国家记忆

# 腾格里的记忆

TENG GE LI DE JI YI

王以刚 著

甘肃文化出版社

**图书在版编目（CIP）数据**

腾格里的记忆 / 王以刚著 . -- 兰州：甘肃文化出版社，2023.8

ISBN 978-7-5490-2623-4

Ⅰ . ①腾… Ⅱ . ①王… Ⅲ . ①长篇小说—中国—当代 Ⅳ . ① I247.5

中国国家版本馆 CIP 数据核字（2023）第 025381 号

腾格里的记忆

王以刚 | 著

责任编辑 | 顾　彤
封面设计 | 今亮后声 · 小九　白今

出版发行 | 甘肃文化出版社
网　　址 | http://www.gswenhua.cn
投稿邮箱 | gswenhuapress@163.com
地　　址 | 甘肃省兰州市城关区曹家巷 1 号 | 730030（邮编）

营销中心 | 贾　莉　王　俊
电　　话 | 0931-2131306

印　　刷 | 兰州新华印刷厂
开　　本 | 787 毫米 ×1092 毫米　1/16
字　　数 | 270 千
印　　张 | 16
版　　次 | 2023 年 8 月第 1 版
印　　次 | 2023 年 8 月第 1 次
书　　号 | ISBN 978-7-5490-2623-4
定　　价 | 58.00 元

# 引　子

地处西北的腾格里沙漠，面积约 4.3 万平方公里，南北长 240 公里，东西宽 160 公里，如苍天般浩瀚无垠。

一条宽阔平整的公路在腾格里大漠中间横穿而过，如同在金色的大海里划开的一条康庄大道。

已是初秋时节，一辆汽车在公路上平稳地行驶。路两边的白杨如同一排排卫士，笔直挺立。远处高大的沙丘上是一块块用稻草压成的草方格，如同无数金色锁链组成的大网，死死地锁住了沙丘，让它无法移动。

开车的人名字叫王谦已，戴着眼镜，四十出头，是个作家，他今天带着妻子女儿去老家沙城县探亲。

“妈，那边的树上，又有两个鸟窝！”女儿王若拙隔着车窗，指着远处树上的鸟窝惊喜地叫道。城市里的孩子到了乡下，见到什么都觉得新鲜。

“前些年来你们老家的时候，树都是光秃秃的，连树叶都没几片，更别说鸟窝了！”妻子李娟看着路边的白杨树叹道，“大哥他们的治沙成果可真了不起啊！”

“是啊，大哥的东辉集团承包了这里几万亩的沙漠，用草方格压沙，种植沙生作物，这样不仅改善了生态，还可以帮助乡亲们脱贫致富！”王谦已笑道。

“什么？大哥他们治沙造林的项目居然还能帮乡亲们赚钱？”李娟疑惑地问道。

“当然了，在你们南方人眼里西北沙漠是不毛之地，可在我们眼里，腾格里沙漠却是聚宝盆呢！”王谦已又笑道，“这些年来，政府对治沙造林十分重视，大力推广生态产业，出台了很多好政策和好办法！大哥他们按照县里的指导，在腾格里沙漠大面积种植梭梭防风治沙，然后在梭梭根下培植被誉为沙漠黄金的名贵药材苁蓉和锁阳，每年都能给农民带来收入！他们还在沙漠里大面积种植苜蓿，修建养殖场，搞起了大规模生态养殖，东辉集团的牛羊肉现在已经成了家喻户晓的品牌！他们还搭建了日光温棚种沙葱，克服了运输保鲜的困难，把沙葱卖到了全国各地！”

李娟点点头说：“‘绿水青山就是金山银山’，腾格里沙漠现在治理好了，真的就成了聚宝盆呀！”

“大哥的东辉集团不光是利用治沙产业赚钱，他们还和沙漠边的乡亲们签订了预购合同，给乡亲们提供农业技术支持，帮他们在互联网上销售瓜果。有了东辉集团兜底，乡亲们现在种的瓜果每年都能卖上好价钱呢！”王谦已继续说道，“东辉集团还开办了好多沙漠特产深加工的工厂，乡亲们农闲的时候就到工厂里上班挣钱。他们还和沙漠边的乡亲们一起成立了合作社，共同发展沙漠生态产业，不仅治沙还致富，为脱贫攻坚和乡村振兴，发挥了巨大的作用！现在腾格里沙漠边的乡亲们，每家每户的日子都发生了翻天覆地的变化，真正实现了生态产业化、产业生态化的新模式，只有这样，腾格里沙漠的治理才能世世代代，祖祖辈辈永远传承下去！”

“嗯，一家富不算富，大家富才算真的富啊！”李娟叹道，“大哥的东辉集团富了也不忘乡亲们，先富带动后富，真的是共同富裕的典型代表呀！”

“这还不算什么，关键东辉集团还与时俱进，成立了青梭网络公益协会，利用互联网的宣传，呼吁广大网友做保护环境的公益志愿者，到腾格里沙漠来亲手种下自己的梭梭。每年都有数以千计的志愿者到腾格里沙漠来种梭梭，这十几年来，累计种植公益梭梭林有五万多亩呢！”王谦已又感叹道。

“这还不是多亏了你在网络上的大力宣传嘛！”李娟笑道，“你不光宣传青梭公益，还把自己每年的一半稿费拿出来种梭梭，我说了你几次，你还骂我呢！”

“我每年拿出来的稿费不过才几十万，相比大哥的东辉集团实在是九牛一毛，微不足道啊！”王谦已叹道，“大哥才是真正的治沙英雄，他几乎把所有的精力和资金都用到治沙产业上了，每天都在沙漠里跑来跑去，风吹日晒的，哪里像个身家千万的大企业家？还有爸，每年都拿出不少钱给大哥治沙，我怎么能光说不做呢？”

“大伯前几天都上了电视呢！我们学校的老师还组织我们学习他的先进事迹！”女儿王若拙笑道，“我这次去可得和大伯好好合个影！”

“未来，你大伯的东辉集团还要借助高科技手段，在腾格里沙漠搞光伏治沙呢!”王谦已笑道。

“什么叫光伏治沙啊?”王若拙好奇地问道。

“光伏治沙就是在太阳能光伏电站外围用草方格沙障和固沙林组成防护林体系，再在光伏板下安装节水滴灌设施，种植绿色经济作物，实现经济效益和生态效益的共赢，为改善荒漠提供可持续的发展动力，非常适合我们在腾格里沙漠做推广!”王谦已又解释道。

“你们一家这几十年治沙致富，还真的不容易啊!”李娟叹道。

“是啊，想想当年的恓惶（窘迫）日子，还真是不容易!”

看着远处的沙丘和路边的白杨，王谦已的思绪不由得飘回到四十多年前……

# 第1章 “寻嘴”

王谦已出生在腾格里沙漠边上的一个小乡村里，不过，小时候的他却不叫王谦已，那时他只有一个粗鄙的小名：狗蛋。在他们家乡，“狗蛋”是一种表示疼爱的昵称，狗蛋的父母就因为疼爱他，才给他取了这样的小名。

不过，狗蛋的童年记忆却并不是只有父母的疼爱。狗蛋至今还清楚地记得，他最后一次挨饿是包产到户的前一年。那年他才五岁，母亲田桂枝从生产队里分来了几个西瓜，抹着眼泪说家里只有这几个瓜，连一粒粮食都没有了。

狗蛋的父亲去了很远的地方修水库，好几个月没有音讯，家里只有母亲一个人挣工分，自然分不到粮食。

母亲切开了一个西瓜，让狗蛋和他的哥哥东子吃了半个，另外的半个说要留着当晚饭。狗蛋和东子你争我抢地吃光了半个瓜，却没有发现母亲什么都没有吃。

母亲等狗蛋和东子吃完了瓜瓤，才拿起铁勺抠着白色的瓜皮吃了几口。西瓜虽甜却不抗饿，只是哄哄肚皮而已。

“妈，我饿！”狗蛋跑去找母亲，拽住了她的衣襟无力地摇着。

母亲为难地皱起了眉头，不知道该怎么回答狗蛋。

“妈，我要去李二叔家寻嘴！”狗蛋见母亲半天没有说话，便又说道。

“寻嘴”是当地的方言，就是混吃蹭喝的意思。

“嗯……去吧。”母亲无奈地叹道。

“站住！”哥哥东子却一把拉住了狗蛋，“你刚吃了瓜，咋这么快就肚子饿了？我都没饿呢！”

东子话音未落，肚子却不争气地出卖了他，“咕噜噜”地响起来。

“我去寻嘴，管你啥事！”狗蛋只是觉得肚子饿，他本能地要去李二叔家找点吃的。

“我说不许去就不许去！”东子拦在了门口。

“我偏去！”狗蛋要推开东子，却被东子一把搡倒在地上。

“你……”狗蛋气坏了，从地上爬起来就朝东子扑去，却又被东子捉住。

东子比狗蛋大三岁，又比狗蛋强壮，力气比狗蛋大得多。

狗蛋着急，一狠心就张嘴朝东子的手背咬去。东子的手背上顿时被咬出了几个带血的牙印。东子顿时怒了，伸手就把狗蛋打翻在地上。

“哇！”狗蛋顺势躺在地上打滚，放声大哭。

这是他被哥哥东子揍了之后的一贯应对招数。只要他躺在地上打滚哭闹，母亲就会给自己撑腰的。

果然，母亲走了过来，一把抱起狗蛋就说东子：“你打他干啥？他也是饿得不行……才要去寻嘴的。”

“我……”东子冷着脸没有说话，不过却让开了门。狗蛋就从母亲怀里跳下来跑出了门。

五岁的狗蛋不懂哥哥东子为什么不许他去寻嘴，那种肚子饿的难受和绝望，深深地烙刻在了他的心底，至今难忘。

狗蛋出了自家的大门，就来到了外院的李二叔家。

他们两家合住在一个大院子里，外院住着李二叔家，里院住着狗蛋家。

狗蛋的高祖王三爷在当年不仅是方圆几十里唯一知书达理的乡绅，还是方圆几十里的首富。是他修起了这座由高大的夯土墙围住的大院。在兵荒马乱的时期，这样的夯土墙庄院可以抵御土匪流寇的劫掠。据说，王三爷在家业鼎盛时期养着几十个长工，上百头骡马，方圆十几里地都是他的田庄。这所大院里，一分为二，外院住着长工，里院住着主人。

现在的里院住着王三爷的后人狗蛋一家，外院住着长工的后人李二叔一家。时代变迁，如今李二叔家是贫下中农，而狗蛋家却成了“黑五类”的地主家庭。

不过，李二叔对狗蛋家一直很照顾。他说狗蛋的高祖王三爷曾经救过他爷爷的命，所以他不能忘恩负义。

狗蛋到了李二叔家，就见他们一家人已经吃完了饭，正在舔碗。他们家劳力多，挣的工分就多，所以还有碗粥喝。

狗蛋几乎每天来他们家“寻嘴”，李二叔都会给个一口两口的。可今天的狗蛋来迟了，只能看着李二叔家的饭碗咽唾沫……

“狗蛋，走，我们去看看有没有熟的枣。”李二叔下炕，抱起了狗蛋，来到了院子里的一棵枣树下。只见，枣树上全是绿色的羊粪蛋大小的枣，连枣核都没有长硬，没有一个熟的。

“那边有一个熟的！”狗蛋却指着枣树说。他压根就没有看到什么熟的枣，他只是想吃东西。

“嗯，南边的那几颗，应该能吃了。”李二叔伸手摘了三颗大一点的青枣给了狗蛋。

狗蛋一把将三颗枣都扔进嘴里，连着枣核一起大嚼起来。一股又苦又涩的味道顿时刺激着狗蛋脆弱的味蕾，他不禁苦着脸摇头。不过，饥饿感最终打败了味蕾，狗蛋还是把那团苦涩的东西硬生生地咽进了肚子里。

“爹，给我也摘几个枣！”李二叔家的二小子小兵扬着头说道。

“你刚才不是吃了一大碗稠饭吗？还吃什么枣？”李二叔眉头一竖说道。

“这枣树是我们家的，凭啥狗蛋能吃枣，我不能吃？”小兵愤愤不平地说道。

“啪！”李二叔抬手就打了小兵一巴掌，“你瞎了？你没看到枣还没有熟吗？狗蛋勺着呢，你也勺着呢吗？”

“勺”是当地一种方言，就是傻的意思。

“哇！”小兵坐在地上大哭起来。

"又咋了！"李二婶走了出来，"好端端的你打小兵做啥呢？"

"你少管！"李二叔脾气暴躁，在家里从来都是说一不二，他眼睛一翻，所有的人都害怕。

在李叔家吃了三颗生涩的青枣，狗蛋的肚子还是饿得"咕咕"叫，只好又回到家里找母亲。

"寻嘴寻饱了没有？"东子冷笑。

"李二叔他们家已经吃完饭了！"狗蛋愤愤不平地说道。

"没出息的东西！一顿不吃就饿死你了？天天去人家屋里寻嘴，你不丢脸吗？"东子气愤地骂道。

狗蛋顿时语塞。他当然也知道去人家屋里寻嘴不是什么光彩的事情，可架不住肚子饿啊。

"算了，把那半块瓜也拿出来吃吧！"母亲叹道。

"妈，吃了那半块瓜，我们晚上吃啥啊？"东子说道。

"我们吃了瓜就去你外婆家，晚饭在他们那里吃吧！"母亲叹道。

"好吧！"东子便去拿来了那半个瓜。

狗蛋赶快拿起铁勺，一下就剜出了最中间的一块红瓤子，用手接着，毫不客气地大口吃了起来。

"妈！您看看他，每次都吃得最好，吃得最多，还整天嚷嚷着肚子饿！"东子又气愤地说道。

"算了，他小嘛，你总大些……"母亲叹道。

"我倒不是为了自己……"东子叹道，"您中午就吃了一些瓜皮，这半个瓜，您可得吃一些……"

"我不饿，你们吃吧！"母亲虚弱地笑道。

"好吧……"东子也拿起了勺子，和狗蛋一起吃掉了那半个瓜。

母亲收拾了一下东西，就带着东子、狗蛋出了门。

"狗蛋他妈，你带着东子、狗蛋这是要去哪里啊？"李二婶在大院门口和几个邻居女人纳鞋底。

"我带娃娃们……去看他们外婆。"母亲捋了捋头发。

"你们家……是不是没吃的了？"李二婶用牙扯着鞋底的麻绳。

“还有……一些。”母亲不自然地笑着。

“你们家狗蛋刚才去我们家，肚子饿得咕咕叫，他二叔还给他摘了几个青枣呢！”李二婶叹道，“你要是有吃的就给狗蛋吃嘛，可别饿坏了孩子的身子！”

“这……”母亲尴尬地愣了愣，“我们家吃的……不多了，得省着点。”

“妈，我们走吧！”东子拉着母亲说道，替她化解尴尬。

母子三人出了大院门，一路向西朝狗蛋外婆家走去。

狗蛋家在二队，他外婆家在六队，相距也就五六里路。

狗蛋虽然刚吃了半个瓜，可路上撒了一泡尿，就又饿得双腿发软，挪不动脚步。

“妈，我走不动了……”狗蛋一屁股坐在了地上，“您背我吧！”

“好……”母亲虚弱地说着。

一旁的东子却早怒了。

“你给我起来！”东子毫不客气地踢了狗蛋一脚，“今天的一个瓜，大半都让你吃了，妈就啃了一点瓜皮，你居然还叫妈背你？”

“哇！”狗蛋坐在地上大哭起来。

“算了，我背他一会儿吧，马上就到了。”

母亲蹲下身子，狗蛋就爬上了母亲瘦弱的背。

“你给我下来！你要走不动，我们就把你扔在这里不要了！”东子一把将狗蛋推在地上，拉起母亲就走。

狗蛋吓得赶紧爬起来，哭哭啼啼地跟在后面，生怕母亲和东子真的不要他了。

快到外婆家的时候，母亲还是抱起了狗蛋，擦干了他满脸的泪水和鼻涕。狗蛋的脸被风沙吹得全是土，经过泪水和鼻涕的“洗礼”，变成了一个“花脸猫”。

母子三人来到外婆家时，已是傍晚。

“外婆！”狗蛋从母亲怀里跳下来，飞跑着进了大门，扑进了外婆怀里。

“狗蛋！我的心肝肝！”外婆开心地抱起了狗蛋，重重地在狗蛋的大花脸上亲了一下。

“妈！”母亲拉着东子也进了门给外婆打招呼。

“你轻易也不回家来……是不是屋里没粮食了？”外婆皱起眉头问母亲。

“我……”母亲看了看院子里正在干活的狗蛋的两个舅妈，低头抹泪，“主要是狗蛋饿得不行，不然我也不来。他给我说他饿，我……实在不知道该咋回答他。”

“这……你咋不早来？孩子可不能饿坏啊！我们劳力多，好歹有口稀饭嘛！”外婆心疼地亲了亲狗蛋，“狗蛋，走，外婆这就去给你找点吃的！”

“真的？”狗蛋小眼顿时放光，兴奋地叫道。

“当然了，那几棵杏树上的杏子，还没熟就让你的哥哥姐姐们‘祸害’光了，我专门给你和东子留了几个！”外婆说着，就抱着狗蛋，领着东子去了仓房。

这里是储藏粮食的地方，有好几个用土块砌成的粮仓。可惜几个粮仓里连半粒粮食都没有。

外婆把手伸进了一个装着麸子的斗里，摸索了半天，摸出了五六个杏子。这是乡村里保存水果的土办法。把水果埋在麸子里可以短时间保鲜。

几个橙黄色的杏子差不多都有鸡蛋大，散发出诱人的甜香。

“哇！”狗蛋二话不说，抢过一个杏子就大口大口地啃了起来。

“东子，你也来吃啊！”外婆递给了东子一个杏子。

东子接过杏子，却皱起了眉头说道：“外婆，我们不是非要来寻嘴，都怪狗蛋，他每顿吃得最多，可还嚷嚷着饿，我妈没有办法……”

“好孩子，你们到外婆家来吃饭，是应当的，咋能算是寻嘴呢？”外婆叹道，“狗蛋生下来就瘦得像个鸡娃一样，身体一直比你差，你可不能老打骂他。”

“好吧。”东子看着咔嚓咔嚓啃着第二个杏子的狗蛋，无奈地摇头。

东子才八岁，因父亲常年在外，所以家里的活他都竭尽所能地干，还经常去田地里给母亲帮忙。而且，东子很有骨气，他宁可饿死也不去人家屋里寻嘴。

兄弟俩正吃得高兴，就见仓房的门“咣当”一声被撞开，进来了四个小孩，原来是狗蛋的表姐金萍、小红，二表哥毛生和表妹小芳。

“奶奶，我也要吃杏子！”小芳咽着唾沫说道。

“我也要吃杏子！”金萍、毛生、小红都叫嚷了起来。

“你们还好意思吃杏子？”外婆瞪了一眼他们说，“杏子还没有指头蛋大，你们就开始‘祸害’，一直‘祸害’到杏子熟了，牙都吃倒了，现在还要吃杏子？”

“不嘛！我就要吃杏子！”小芳干脆躺在地上哭闹起来。

“对！我们就要吃杏子！”金萍、毛生、小红也跟着哭闹起来。

“你们哭也没有用！这十来个杏子，是我专门留给东子和狗蛋的！”外婆说道，“你们好歹顿顿有口吃的，狗蛋这么瘦，天天饿肚子，你们还好意思和他争？”

“不！我们就要吃杏子！”金萍闹得不停。

“算了，大家一起吃吧！”东子拿了几个杏子过去，分给了他们一人一个。四个小孩接过杏子高兴地吃了起来。

“这孩子……真够仁义的！”外婆看着东子摇头叹道，“不愧是王三爷的后人啊！”

兄弟姐妹们吃完杏子，又一起砸开杏核，吃了里面的杏仁，然后就在庄子前后玩起来。他们在寻找一种叫“羊老豌”的植物，它的荚果嫩的时候可以吃，甜丝丝的有很多汁，十分美味，是孩子们绝佳的零食。如果没有“羊老豌”，他们就找一些枸杞、沙棘、沙枣来吃。甚至蒲公英的根也是可以刨来吃的。他们的目标只有一个，那就是填饱肚子。

天黑的时候，狗蛋见母亲提着一个芨芨筐从外面回来，便赶紧跑过去说道：“妈，你找到啥吃的了吗？”

“我给你找了一些‘羊老豌’。”母亲从筐里取出了几个“羊老豌”的荚果。

狗蛋剥开了“羊老豌”荚果的外皮，吃着里面甜美多汁的果实，母亲的芨芨筐里还装着一些灰条菜和曲曲菜，这是他们村子周围常见的野菜。

“走吧！该回去吃饭了！”母亲带着孩子们，就进了外婆家。

外婆家的厨房里炊烟袅袅，狗蛋就跑进厨房，帮外婆拉风箱。母亲择洗好了灰条菜和曲曲菜，切碎倒进了锅里。

这时，外公带着两个舅舅和大舅家的大哥，一起下工回来了。

“狗蛋！”外公走进厨房高兴地叫了一声，然后把狗蛋高高地举起。

“外公！”狗蛋也高兴地叫了起来。

狗蛋聪明伶俐，能说会道，所以大人们都很喜欢他。

外公最疼狗蛋，老说狗蛋将来肯定会有出息。

外公抱着狗蛋到了上房，就从口袋里掏出了一大把红红的沙枣放在了炕头上。几个孩子便冲过去抢起了沙枣。

大舅家的大哥叫胜子，十六七岁，能挣工分了，便跟着大人们一起上工。大姐金萍和二哥毛生、二姐小红，也都是大舅的孩子。二舅家的小芳才三岁，小伟还没有断奶。

外公和舅舅们洗脸抽旱烟，外婆和两个舅妈做了一锅野菜拌面汤。其实就是一锅面糊糊里加了一些苦涩难咽的野菜。不过，这对狗蛋来说，已经是珍馐美馔了。他抱着一个比他脑袋还大的搪瓷碗，和兄弟姐妹们坐在厨房门槛上，用最快的速度喝着野菜拌面汤，嘴烫得直吸溜。吃完半碗拌面汤，狗蛋就赶紧去锅边继续盛。

“我说他二姑，狗蛋他爹……还没回来啊？”大舅妈吃着饭，问起了狗蛋父亲的消息。

“没有……还在水库上做饭。”母亲低头吃着饭回答。

“村里修水库的人都回来了，他咋还在水库上做饭？”二舅妈说道，“狗蛋他奶奶去年过世了，你一个女人带着两个孩子，身子又有病，日子咋过呀？”

“就是，你应该让狗蛋他爹赶紧回来，挣工分养活你们母子三个嘛。”大舅妈又说道。

“狗蛋他爹带信来说，他被修水库的领导看上了，要留在水库上当厨师，也挣工分呢！”母亲捋了捋头发说道。

“烧火做饭能挣几个工分？”大舅妈没好气地说道。

“桂枝，狗蛋他爹最近带过信来吗？”外公问母亲。

“没有，我们队里修水库的人都已经回来了，他想给我带信也没有办法找人带……”母亲叹道，“这都两三个月了，一点音信也没有。”

“那我完了托公社的人打听打听！”外公是六队的队长，和公社的领导也说得上话。

“你们家里是不是没粮食了？”外公又皱起了眉头问道。

“我……”母亲顿了顿，为难地说道，“我身子有病，挣不来多少工分，前几天，队里只给我分了几个西瓜，今天吃了一个，还剩四五个。”

“你咋不早点给我们说啊，行了，你就带着东子、狗蛋安心住着，有我们一口，就有你们的一口！”外公叹道。

吃过饭，一家人便睡觉了。一来是因为累了一天，二来是为了节约灯油。

第二天，天还没亮，狗蛋的肚子就准时饿醒了。

他刚要起来找东西吃，就听见外面有人在吵架。

狗蛋赶紧爬到炕上的窗户边，扒拉开破烂的窗户纸往外看去。

却见院子里空无一人。

狗蛋竖起耳朵，隐约听到东屋西屋里传来大舅妈和二舅妈的吵嚷声。

他转头，就见外公披着衣服坐在炕头闷头抽旱烟，外婆也在叹气。

这时候，母亲走进来说道：“东子，狗蛋，起来穿衣服，我们回家吧。”

“桂枝，”外公磕掉了旱烟里的烟丝说道，“你不要多心，她们一向都是吵吵嚷嚷的。”

“你们一大家子十二口人也没有多少吃的，现在又多了三张嘴，谁的心里也不舒服……”母亲抹着眼泪叹道，“没事，我还有几个瓜，能将就呢。”

“你和东子能将就，狗蛋咋办？”外公说道，“这娃娃生下来就差点没了，昨天晚上我搂着他，发现他瘦得只剩一把骨头，他要是跟着你吃糠咽菜，怕是……”

“不行我就想办法找人带信，让他爹赶紧回来。”母亲擦掉了眼泪，给狗蛋穿好了衣服。

“好吧！”外公喟然长叹道，“那你先回去，要是实在没吃的……你就再来！”

“嗯。”母亲捋了捋头发，牵着东子和狗蛋的手，出了上房。外公外婆也跟了出来。

“桂枝要回去了！你们都出来送送吧！”外婆在院子里大声说道。

“桂枝，你……再住几天嘛！”大舅走出东屋叹道。

“二姐，你家里不是没粮食了吗？回去吃啥啊？”二舅也从西屋出来。

“没事，我想办法带信让狗蛋他爹赶紧回来。”母亲笑了笑。

“对的呢，就是应该让狗蛋他爹赶紧回来！”“没错，狗蛋他爹回来就啥问题都解决了嘛！”两个舅妈也跟了出来。

“行了，你们赶紧收拾上工吧，我们走了。”母亲拉着东子、狗蛋，低头出了院门。

“等等，我给你装点面！”外婆说道。

“妈，不用了……”母亲赶紧拉住了外婆。

“好吧……”外公外婆带着一大家子人送狗蛋母子三人出了门。

“路上操心些。”外婆拉着母亲的手，又抹起了眼泪。

“嗯。”母亲的眼泪，也在眼眶里打转。

“嘟嘟嘟！”这时候，一阵刺耳的汽车喇叭声传来。众人吓了一跳。这穷乡僻壤的，哪会有汽车？众人抬眼，只见一辆解放牌大卡车缓缓开了过来。车后面跟着一群看热闹的孩子。

“这大汽车是找谁的？”大舅好奇地问道。

“不知道啊！可能是谁家外面的亲戚回老家来探亲了吧。”二舅疑惑地说道。

“最近没有听说谁家有亲戚回来啊！”外公思忖道。

“管他是谁家的亲戚，反正不会是我们家的！”大舅妈郁闷地说道。

“行了，桂枝，你带着娃娃们去吧，狗蛋他爹要是十天半月的还不回来，你就再来。放心，有我们一口，就有你们一口！”外公说道。

“嗯。”母亲拉着东子、狗蛋正要走，却见那辆解放牌大卡车居然径直开了过来，停在了大家的面前，大家呆呆地看着，只见车门打开，驾驶室里跳下来一个三十多岁的男子。他身材高大魁梧，面容俊朗，身穿一身蓝色的中山装，梳着背头，格外精神。

“咋，你们都不认识我了？”男子笑道。

“天健？”母亲惊讶地叫了一声。

“爹！”东子冲了过去，扑进男子的怀里。

原来，来人正是狗蛋的父亲王天健。

狗蛋却一脸蒙。他才五岁，自从记事起父亲就常年在外，很少在家。所以狗蛋对父亲的印象十分模糊，甚至有些陌生和害怕。他吓得躲在母亲身后，探出头来悄悄地看着父亲。

“你咋修水库修得不回家了？”母亲喜极而泣，又有几分怨怼，哽咽得说不出话来。

“修水库可是天大的事，成千上万的人没日没夜地干活，我得给几百人做饭呢，哪里有时间回家啊！”父亲叹道。

“那你好歹带个信回来啊！”母亲掩面，泣不成声。

“唉……我们公社的人全都干够时间回来了，我想带信也没人帮我带啊！”父亲不好意思地说道，“你是不知道，修水库的工地就跟战场一样，所有的人都拼了命地干活，哪里还顾得上家啊！”

“这……”母亲擦掉了眼泪。

“天健说得不错！”外公说道，“修水库可是为子孙后代谋福利的百年大计，全县的人都像是在打仗呢！那些领导干部一年都回不了几次家，更何况狗蛋他爹是厨师，天天要给人做饭的！”

“那也不能不管老婆娃娃啊！”大舅妈没好气地说道。

“唉，我其实早就算着家里可能没有粮食了，我也着急，可实在是太忙。刚好今天李师傅的车要来我们公社送货，我就请了一天假，搭他的车来了。”父亲说着，就拉着汽车司机给大家介绍。

李师傅上前，掏出了盒装的“大前门”香烟，递给了狗蛋的外公和两个舅舅。

“哎呀！李师傅，你到我们家来还没喝上一口水，反倒请我们抽你的‘大前门’，这也太过意不去了吧？”外公笑道。

乡下向来抽的是旱烟，哪里抽过这么好的香烟。

“姨夫，我也给您买了一条‘大前门’！”父亲从汽车驾驶室里，取出了一条“大前门”烟给了外公。

在当地，人们把岳父岳母称呼为姨夫姨娘。

“这……”外公接过烟，脸色却冷了下来。

“你花钱给我买这么好的烟做啥，”外公冷冷地说道，“你的老婆娃娃都快饿死了，你还有钱要高料充面子？”

“是啊！烟顶啥用？关键是粮食！”“就是，与其给爹买烟，还不如买袋粮食让娃娃们吃呢！”狗蛋的两个舅妈叹道。

“对不起，是我太忙，没有照顾好他们母子三个！”父亲愧疚地叹道，“不过你们放心，粮食我也带来了！”

# 第2章　铆足劲过好日子

“哦？”众人一愣，有些不相信狗蛋父亲会带来粮食。

“王师傅这次用我的车带来了六七袋大米呢！”李师傅抽着烟笑道，“我们刚才先去了他家，发现嫂子和娃娃们都不在，问了人才知道他们来了这里，我们就卸下了几袋大米，又来你们家了。”

“啥？六七袋米？”外公一家，顿时惊得瞪大了眼睛。

他们家里七八个劳力每天辛辛苦苦地上工也挣不了多少粮食，狗蛋他爹居然弄来了六七袋米！

“这袋大米是我孝敬二老的！”父亲从大卡车的车厢里扛下来一袋大米说道，“我不在的这半年，桂枝带着孩子肯定没少在你们家吃饭！”

“这……”众人又愣住了。

“我们家劳力多，有吃的呢，你把粮食拿回去留给狗蛋娘仨吃吧！”外公叹道。

“没事，我已经在家里卸了五六袋大米，咋都够他们娘仨吃到过年了！”父亲笑道，“这一袋米我是专门孝敬您二老的！”

“好吧。”外公叹了一口气。

“我还带来了一些肉和菜，今天做一顿烩菜大米饭，大家一起吃吧！”父亲又从车上拿下来一块肥嘟嘟的五花肉，还有一些新鲜蔬菜。

“啥？肉？”众人看着父亲手里的肉，不禁咽了一口唾沫。

每年只有到过年的时候队里养的猪杀了，各家才能分到一点肉，平常就连村支书都吃不上肉，就更别说队里的其他人了。但现在狗蛋他爹手里的这块五花肉可是足足有两三斤啊！

“快请他二姑爹屋里坐吧！”“是啊！哪里有站在门上待客的道理！”两个舅妈赶紧接过了肉菜拿进了厨房。

“天健，李师傅，进屋说话吧！”外公也才回过神来，把父亲和司机李师傅让进了上房说道，“你们炕上坐！”在当地，让客人上炕坐是最高规格的礼遇。

“姨夫，都是一家人，您就别客气了！”父亲说道，“我们昨天半夜从水库出发，赶了一晚上的夜路，李师傅可累坏了，让他在炕上睡一会儿，我没事的。你们都去上工，不要耽误队里的农活，我一个人做饭就行，中午你们下工我们一起吃饭！”

“天健，你也睡一会儿吧，我们做饭就行了。”外婆说道。

“不用，我每天都做几百人的饭呢，今天还不到二十个人，我说话的工夫就做好了！”父亲说着，拿起一个黑色的人造革包，从里面取出一条白色的长围裙戴在脖子里，在身后系好带子。

“好吧！那我们就去上工，中午下工来吃饭！”外公说着就带着狗蛋舅舅他们去上工了。外婆则带着一群大大小小的孩子在院子里玩。

“我给你帮忙吧！”母亲对父亲笑道，前面的怨怼早就冰释了。

“不用，我一个人就行！狗蛋！”父亲忽然一把抱起了狗蛋。狗蛋猝不及防，吓得双脚乱踢，踢脏了父亲洁白的围裙。

父亲只好松开了狗蛋笑道：“狗蛋，你咋回事？认不得我是谁了吗？”

“狗蛋，他是你爹啊！快叫爹！”母亲拉过狗蛋推到父亲跟前。

“爹……”狗蛋不情不愿地叫了一声，往后缩着身子。

父亲蹲下了身子，看着狗蛋笑道：“你们以后不要叫我爹了，要叫爸爸。”

“叫爸爸？这是为啥呀？”一旁的东子好奇地问道。

“城里人都把爹叫爸爸，叫爹太土了！”父亲说道，“我们家以后也要当城里人，所以你们现在就得改口叫我爸爸！”

“啥？当城里人？”狗蛋娘仨都愣住了。

“是的，我要把你们都弄到城里去当城里人！”父亲又笑道。

“这……咋可能呢？”母亲皱起了眉头说道，“当城里人要有城市户口，弄一个城市户口比登天还难呢！”

“我现在已经是计划内的合同工了！”父亲说道，“上面的领导看上了我，说将来成立水利局后，让我去县水利局里当正式的厨师呢！”

“这，”母亲愣住了，“这么说，你以后都不回来种地了？”

“当然了！”

“那我岂不是要守活寡了？”母亲嗔怪地笑道。

“咋可能呢？最多三四年，我应该能把你们弄到城里去，你就再也不用种地了！”

“我一个农村女人，去了城里啥都不会干，咋活下去？”母亲叹道，“我还是留在乡下种地踏实。”

“放心吧，就算你啥都不干，凭我这把力气也能养活你和娃娃！”父亲说道。

“这……”

“行了，我去做饭了！”

父亲从黑色人造革包里掏出了一把锋利的菜刀和几块毛巾，就去厨房做饭了。他的这个黑色人造革包给狗蛋留下了极其深刻的印象。

在以后的十几年里，父亲就是提着这个人造革包，装着围裙、菜刀和毛巾，给无数婚丧嫁娶的人家做菜办席。

父亲后来被单位派去省城的国营大酒店里专业学习了两年厨师，拿到了二级厨师的等级证书，成了全县最有名的厨师。每到冬月农闲，父亲的时间就被婚丧嫁娶的人家排得满满当当的。

每年只有到了大年三十，父亲才会提着这个黑色的人造革包回到家里。这个包里就被塞得满满的。里面除了菜刀、围裙、毛巾，还有鞋垫、被面什么的。最关键的是，父亲每次给人家烧菜做席回来，包里都塞着大块大块的熟肉。狗蛋每次都赶紧打开包，取出熟肉抱在怀里大快朵颐。所以他对这个黑色人造革包，实在是太有感情了。

狗蛋虽然有些怕父亲，但还是跟着其他兄弟姐妹围在厨房口看父亲做饭。只见父亲如同变戏法般地把所有的菜淘洗出大盆，然后他的菜刀就在厨房里“当当当”地响了起来。那些洋芋、辣椒、芹菜、葱就像活了一样，在案板上跳跃。不一会儿，菜就被切成了一堆堆小山。而父亲哼着小曲，悠然自得，不慌不忙。

这还不算什么，最令狗蛋吃惊的是父亲的力气。他能端起水缸把水倒入大盆里，盛满水的水缸起码有二百多斤呢！父亲之所以不用木勺来舀水，是因为外婆家的木勺太小，效率太低了。

更让狗蛋震撼的是父亲做饭的效率。他手脚并用，一边干这个，一边干那个。难怪他一个人可以给几百个人做饭。母亲想进去给父亲帮忙，却打乱了父亲的节奏，被他赶了出来。

“刺啦……”父亲把切好的肉倒入了油锅。香气顿时在外婆家的院子里弥散开来。乡下人每天只吃两顿饭，没有什么早点，孩子们可怜的胃被香味刺激着，就咕噜噜地叫起来了。

终于挨到了中午，外公他们今天早早地下工回来，司机李师傅也睡醒了。父亲早在院子里摆好了桌椅。

“开饭吧！”

父亲在厨房里盛饭舀菜。让母亲和两个舅妈把一大盆色香味俱佳的烩菜和一碗碗雪白的大米饭端到院子里的桌子上。

“吃吧！大家不要客气！”父亲解下围裙笑道。

狗蛋发现父亲在厨房忙了半天，蓝色的中山装却依旧干干净净的，只有裤脚和鞋子上脏了一点点。

“啊呀！没想到你居然真的学会了炒菜的手艺，我们今天可得好好尝尝！”外公欣喜地笑道。

大家端起了米饭，舀了勺肉烩菜浇在上面，大口大口地吃了起来。

“啧啧啧！这味道，实在太香了！”众人吃着烩菜和米饭赞不绝口。

“我只吃过小米，还从来没有吃过大米！”大舅笑道。

腾格里沙漠边缘的乡村里，种着麦子、谷子、糜子，却从来没有种过大米。所以村里的人大多都没有吃过大米。

“我想着桂枝一个人带着孩子去磨坊磨面麻烦，就没有买麦子，”父亲笑道，“大米不用磨，焖了或者煮粥都可以直接吃。”

“只要你的心里一直记着他们娘仨，我们就放心了！”外婆笑道。

“我爸还要把我们都接到城里去当城里人呢！”狗蛋得意地说道。

“是吗？”众人半信半疑。

解决一个城市户口谈何容易？更何况他们一家四口？这简直是天方夜谭，大家都认为狗蛋父亲是在吹牛。

“天健啊！俗话说厨子不偷，五谷不收，可你这……”外公担心地说道，

“你半年时间就弄来了这么多的粮食，可别让水库的领导发现了。”

众人一愣，才明白了外公话里的意思。外公以为狗蛋父亲带来的这些粮食都是悄悄偷来的。

“姨夫，您想多了！”父亲笑道，“这些粮食可不是我偷来的！”

“是吗？”外公还是有些不信，又问道，“你一个农民，只是在水库上帮忙做饭，能给你点工分就不错了，哪里能弄来这么多粮食？”

“我现在已经不是农民了！”父亲笑道，“我是计划内合同工了。”

“啥？计划内合同工？是个啥东西？”众人面面相觑。

“这到底是咋回事？你为啥被留在水库了？”外公好奇地皱起了眉头。

“这说来话可就长了。”父亲说道，“我当时跟着队里的人一起去水库干活，上面的领导问谁愿意做饭，好多人都觉得做饭是女人干的活就不愿意干，我饭量太大怕吃不饱，就主动说自己愿意做饭，我寻思做饭虽然累些，不甚光彩，可起码能吃饱。后来我就去了大灶学做饭，做了一个月我就学会了蒸馒头、炒菜、煮粥，一个人能做几百人的饭。等到我们队的人时间干够要回去的时候，水库的领导找到了我，想让我留下来继续做饭。因为好多人都不愿意做饭，而且其他做饭的人都没有我力气大，也没有我干活利索，于是我就留下来一直做饭，领导对我很看重，说给我解决工作，让我当计划内的合同工，留在水库一直做饭。这个计划内的合同工不用城市户口，农民也能当，待遇工资和正式工人是一样的。这些粮食，就是我拿这半年的工资和粮票买的，不是偷来的。”

“是啊！王师傅就算偷，也偷不了这么多啊！”司机李师傅笑道。

“狗蛋他爹居然当了工人？”“这……算是吃上公家饭了吗？”众人都羡慕地看着父亲。

“那水库修完呢？你是不是还得回来种地？”外公又问道。

“不，水库修完，县里就要成立县水利局，到时候我就去县水利局当厨师！”父亲笑道。

“这么说，你真的成城里人了？”外公吃惊地问道。

“应该没有问题。我和水库这边已经签了合同，就差在大队里盖个章子了。”

“看来，他们一家将来真的都能进城去当城里人！”“是啊！他们再也不用面朝黄土背朝天地种地受苦了！”“唉，我们还得天天上工挣那一点点工分啊！”外公一家人纷纷叹道。

“你们也会慢慢好起来的。”父亲说道，“我给领导们做饭的时候，听到他们讨论的一些时事，说我们沙城县翻过年应该也要包产到户了！”

“啥？包产到户？真的吗？”众人一惊。

“我那天去公社也‘刮’了一耳朵风声，没想到这么快！”外公思忖道。

“我们这里已经算是落后的了！”父亲笑道，“南方好多地方都已经包产到户好几年了，农民种地的积极性可高了！”

“这可太好了！”外公捋着胡须叹道，“只要包产到户的好政策能落实下来，凭我们家受苦的劲头，莫说是十几口子人，三十口子人我都能养活得住呢！”

“是啊！现在天天上工谁都是磨洋工，多干少干一个样，干与不干也一个样，谁都没有积极性干活呢！”大舅也叹道，“只要能包产到户，我们的这把子力气就有地方使了，日子肯定会越过越好！”

“等着吧！最迟明年开春肯定会包产到户！”父亲说道，“我们国家的政策现在越来越好，所有人都有奔头有盼头，将来我们都要铆足了劲过好日子！”

“是啊，自从十一届三中全会提出改革开放以后，上上下下都是焕然一新呢！”

“党和国家最关心的就是我们农民，肯定不会让我们像以前那样饿肚子！”

“我们的日子肯定会越来越好！”

众人纷纷议论。

狗蛋的家乡叫阳曹村，在西北腾格里沙漠边沙城县的最北面。虽然是偏僻的小乡村，可改革开放的大潮还是影响着每个人。这几年来，大家都能明显地感受到政策的松动和开放。只要包产到户，每家每户的积极性都会被充分调动起来，到时候就再没有人饿肚子了。

吃过饭，父亲麻利地收起自己的菜刀和毛巾，装进了人造革皮包，带着母亲、东子和狗蛋就要告辞。

“姨夫，姨娘，我明天一早就要赶回水库，以后狗蛋他们娘仨还得麻烦你们多照顾着些。”父亲叹道，“等我在城里站稳了脚跟，我就把他们都接去城里住！”

“你放心奔你的事，狗蛋娘仨有我们呢！”外公笑道。

“是啊！我们就离着几里地，桂枝有啥事带个信我们就过去了！”外婆也笑道，“家里你就别操心了，等你当了城里人也带我们进城去转转！”

“好，有你们照顾狗蛋娘仨我就放心了，那我们走了。”父亲说着，就打开了“解放牌”大卡车的驾驶室门。这种卡车的驾驶室又高又大，乡下人就把驾驶室叫作“驾驶楼”。

“上车，我们走吧！”父亲说道。

“这……”母亲有些迟疑地看着卡车驾驶室里干净整洁的座椅和各种操作按钮仪表，不敢上去，就对父亲笑道，“你先上，我和娃娃们坐在外面。”

“外面是车门，娃娃们万一把车门打开可就危险了。”父亲笑道，“你快带着娃娃们上去，我坐在外面！”

“好吧。”母亲便小心翼翼地踩着卡车的踏板上了驾驶室，坐在了最中间。

父亲把东子和狗蛋抱了起来递给了母亲，又从驾驶员李师傅的脚下抽出了解放牌卡车的摇把伸进车头里，开始用力摇动。四十年前的这种老“解放”卡车是我国第一批自主生产的汽车，还没有启动电机，只能用手摇的方式来点火，十分费劲。不过，父亲是个大力士，他只摇了三四下就启动了卡车。

“轰！”大卡车发出了巨大的轰鸣声！

坐在驾驶室里的狗蛋发现车在剧烈地震动，再加上巨大的轰鸣声，让一向胆小的他感到十分害怕。狗蛋吓坏了，一下子从母亲的怀里挣脱，跳下了驾驶室，扑进了外婆的怀里。

“哈哈哈！”众人被狗蛋的傻样子逗笑了。

“狗蛋，让你坐大汽车呢，你跑啥啊？”外婆笑道。

“这个大家伙叫的声音这么大，还乱抖，我害怕得很！”狗蛋惊恐地说道。

“哈哈哈！”众人又是大笑。

“狗蛋，快上来！”母亲在驾驶室里叫着狗蛋。

其实，刚才卡车发动的时候母亲也是吓了一跳，所以没有搂住狗蛋，才让狗蛋跑掉的。

父亲把卡车摇把放回了驾驶室，从外婆的怀里接过了狗蛋笑道：“不用害怕，爸爸抱着你！”狗蛋缩在父亲宽厚结实的怀里，就不那么害怕了。他想：父亲力气很大，又那么厉害，就算有什么事情他也会保护好自己的。一向胆小的狗蛋，第一次从父亲的怀抱里，感受到了一种叫“安全感”的东西。

父亲抱着狗蛋上了卡车驾驶室，关好车门摇下车窗，对窗外的外公一家挥手说道：“姨夫姨娘，那我们走了！”

“嗯，把娃娃们抱好！”“路上小心！”外公外婆叮嘱。

“知道了！狗蛋，赶紧给外公外婆再见！”父亲把狗蛋抱到车窗前，让他给外公外婆告别。狗蛋却没有挥手说什么再见，而是吐出舌头挤着眼睛，给大家做了一个极为滑稽的鬼脸。

“哈哈哈！”外公、外婆、舅舅、舅妈、表哥、表姐，都让狗蛋的鬼脸给逗笑了。这就是他们为什么都喜欢狗蛋的原因。

李师傅驾驶着大卡车离开了外婆家，沿着土路朝狗蛋家的二队驶去。土路有些地方的土足足有一尺厚，卡车走过的地方就扬起一片尘土。好多孩子就跟在卡车后面的尘土里奔跑看热闹。生活在极度干旱缺水的腾格里沙漠边，沙尘暴就如家常便饭，卡车后面的这点尘土对于孩子们来说根本不算什么。他们每天都在野地里玩，每个人回家鼻孔里都是沙子。

# 第3章　希望

狗蛋坐在父亲的怀里一动不敢动。他发现卡车座椅一晃一晃的，非常有弹性。车走在土路上很颠簸，狗蛋的身子晃晃悠悠的，感觉很好玩。狗蛋透过大卡车的窗户，看到两边的庄稼和白杨树急速地往后跑……狗蛋知道，这种错觉是因为卡车跑得太快了。这大卡车比外公赶的骡车跑得还快！

狗蛋看了一会儿窗外急速往后逃跑的白杨树，感觉有些头晕便不敢再看了，静静地缩在父亲的怀里。大卡车回到了二队，直接开进了夯土墙大院，停在了狗蛋家的大门口。卡车巨大的轰鸣声早就惊动了李二叔一家，他们都跑出来看热闹。

“四爷，你把狗蛋他们娘仨接回来了啊！”李二叔笑道。李二叔仍然按照老辈分排行，称呼狗蛋父亲为四爷。

“是啊，顺便去看望了一下狗蛋的外公外婆。”父亲抱着狗蛋跳下了车，把他放在了地上。狗蛋却一个趔趄摔倒。

“你咋了？”母亲赶紧跳下车，担心地问道。

“我脚好麻，好像不是我的了……”狗蛋一瘸一拐地走着，龇牙咧嘴地说道。他刚才在车上缩在父亲怀里，紧张得一动不都不敢动，结果把脚给压麻了。

“哈哈哈！”众人看着狗蛋滑稽的样子，大笑起来。

“你这是脚压麻了，我给你搓搓！”母亲蹲下身子，把狗蛋揽在怀里替他搓脚。

这时，李二叔家的小兵爬进卡车的驾驶室，惊奇地看着里面的操作杆和仪表盘。他坐在卡车座椅上晃了两下，便握着方向盘乱摇。

“别动！”东子对着小兵叫道，“汽车上的东西不能乱动！”

“小兵，快下来！”李二婶上来拧着小兵的耳朵，把他揪下了卡车。

“我也要坐大卡车！”小兵捂着自己的耳朵哭闹道。

“你想坐大卡车？先问你爹能不能开着来大卡车！”李二婶没好气地说道。

“我哪有四爷的本事！他可是王三爷的后人！”李二叔笑道。

“他二叔，你快别这么说，我老不在家，狗蛋娘仨多亏了你们一家照顾呢！”父亲叹道。

“嗨！远亲不如近邻嘛！再说了，王三爷当年救过我爷爷的命，他的后人我咋能不照顾呢？”李二叔笑道。

“四爷，我们邻里邻居的相互照应不是应当应分的嘛！”李二婶也笑道，“你们家的狗蛋经常来我们家玩，他二叔昨天中午还给他摘了三颗青枣呢！”

“昨天我也想吃青枣，我爹却不给我，还打了我一巴掌呢！”小兵也愤愤不平地说道。

“狗蛋调皮捣蛋，给你们添了不少麻烦……”父亲不好意思笑道，“下午你们家别开伙了，过来这边一起吃饭吧！”

“这……咋好意思？”李二婶笑道。

“行了，你就别假惺惺了！”李二叔笑道，“四爷是自己人，不用客气。”

“对，就是不要客气才好，那我下午做好饭等着你们。”父亲笑道。

回到家，母亲就赶紧让东子抱来柴火，烧开水给李师傅泡茶。父亲却用报纸包了一条烟又要出门。

“爹！你去哪里？”狗蛋一溜烟跑过去，拉住父亲的手问道。过了这半天，狗蛋已经不再和父亲生分了。

“我去大队部里办点事……”父亲说道，“说了让你以后叫爸爸的，咋又叫起爹来了？”

“爸爸……你能不能在大队部的小卖部里给我买个糖？”狗蛋咽着口水说道。

前几天栓子的爹从水库干活回来，带着栓子去大队部的小卖部里买糖，馋得狗蛋直流口水，说了一箩筐的好话，栓子才勉强分了一小块糖给狗蛋。

“行，我给你和东子一人买一大把糖！”父亲笑道。

“你去大队里盖章子吗？”母亲从厨房里出来问道。

“嗯。”

“这烟……是给李书记的吗？”母亲皱起眉头看着父亲夹着的烟。

“是的，空着手让人家办事不像话嘛。”父亲笑道。

“好吧，那你早些回来。”母亲叹道。

“嗯，你把肉、菜洗了切好等我回来做。”父亲说着出门而去。

母亲在厨房里切肉洗菜，东子就带着狗蛋出门来玩。只见小兵领着一群孩子围着大卡车新奇地参观着。李二叔家的大儿子大军和姑娘秀儿都十来岁，可以上地挣工分了，小儿子小兵和东子同岁，比狗蛋大三岁。小兵身体壮实，力气很大，是村里的孩子王。

“狗蛋，你们家今天做的啥好吃的？”小兵问道。

“大米饭，烩肉菜，谁不爱吃就滚蛋。”狗蛋随口编了一段顺口溜。

“哈哈哈！”孩子们都被狗蛋的顺口溜逗笑了。

“大米饭加烩肉菜……啧啧啧！我当然爱吃了！”小兵流着口水对狗蛋笑道，“你天天来我们家寻嘴，我今天可得去你们家一次吃回来！”

“行呢，我爸爸用大卡车拉来了很多吃的，你今天尽管吃就是了！”狗蛋倒是很大方。

“真的能吃饱吗？”小兵欣喜地笑道。

“我爸爸说今天要请你们一家人吃饭，就肯定会让你们吃饱的！”东子说道。

“那可太好了！我今天起码吃三碗，不，四碗！”小兵笑道。

“几碗都行，只管吃。”东子又说道。

“大米饭是个啥啊？”栓子却好奇地问道。

“是啊！我们就吃过小米，从来没有吃过大米。”其他孩子也好奇地问。

“大米……就是大一点的小米呗！还能是啥？”小兵说道。

“大米是大米，可不是大一点的小米！”东子纠正了小兵的话。

“就是，大米和雪一样白，也不是黄色的，一粒就有十粒小米那么大！”狗蛋便吹起了牛。

“啥？有十粒小米那么大？那岂不是比麦粒还大？”

生活在腾格里沙漠边的孩子们从来都没有见过大米长啥样子。

“大米就和麦粒差不多大，没有狗蛋吹得那么玄乎。”东子当场拆穿了狗蛋的谎言。

“那也比小米大！”狗蛋争辩着，想挽回了一点面子，“我爸爸还带回来了好几块肉呢，每块……都比我的脑袋还大！”

“啥？这么多肉？”一帮小孩都吃惊得瞪大了眼睛。

“狗蛋，你也不怕把牛皮吹破？”东子瞪了狗蛋一眼，这才对其他小孩说道，“我爸爸的确是带来了肉，不过也就一小块，没有狗蛋吹得那么多。”

“我就知道狗蛋又在吹牛！”栓子不屑地说道。

“我……”狗蛋郁闷地低下了头。他和东子平常老被其他小孩看不起，所以他才经常吹牛，想挽回点面子。没想到哥哥东子却毫不客气地把他吹的牛都拆穿了，一点面子都不给他留。

“东子，你们现在为啥把你爹叫爸爸？你们以前不是和我们一样叫爹的吗？”小兵问道。

“我爸爸说城里的人都叫爸爸，所以就让我们也改口叫爸爸了。”东子说道。

“没错！二林子的大伯一家就是城里人，他们的娃娃都叫的是爸爸！”栓子说道。

“爸爸是城里人的叫法，可你们家和我们一样也是农民，咋就好意思学城里人叫爸爸？”小兵冷笑。

“就是，笑死人了！”小栓和其他几个孩子都取笑起东子和狗蛋来。

“哼！我爸爸说了，他已经成了啥计划内的工人，吃上了公家饭，将来就要带我们去城里当城里人呢！”狗蛋一听大家又嘲笑他，顿时急了，就赶紧把父亲当了工人的事情说了出来。

“真的？”大家都吃惊地瞪大了眼睛。

在那个年代，农民想要改变自己的身份当工人几乎是不可能的事情。

“当然是真的了！不然我爸爸能坐着大卡车带回那么多的大米和肉吗？”狗蛋鼻孔朝天，骄傲地说道。

孩子们不相信狗蛋的话，都转头看向东子，他们知道东子从来不说瞎话。

“是有这么一回事，不过我爸爸不是正式工人，只是计划内的合同工，还没签合同呢！”东子一向低调，从来不像狗蛋那样好大喜功爱吹牛。

“啥叫个……计划内的合同工啊？”小兵又好奇地问。

“大约就是临时工吧！”东子回答。

“哦……原来是临时工啊！”

“我还以为他爹真的当了工人，原来不过是临时的。”

“那还不如老老实实地回家当农民种地呢！”

几个孩子便又不屑起来。

“临时工人也是工人！”狗蛋刚沾沾自喜没一分钟就又被大家看不起，便赶紧争辩道。

“狗蛋，你就别吹牛了！临时工咋能是工人？你们家的酱油难道是油吗？”

“就是，娶来的新娘是娘吗？”

几个孩子又开始嘲笑狗蛋。

“我……”狗蛋气得小脸通红，却无可奈何。

这时，却见父亲从大队里回来了。

他见孩子们围在门口看大汽车，便从中山装的兜里掏出了一把糖。

“糖！”狗蛋冲过去，一把将所有的糖都抢过来装进自己的口袋，还紧紧地捂住口袋生怕别人来抢。

“狗蛋，你这是干啥呢？”父亲笑道，“有糖就要分给大家吃嘛！”

“就是，快把糖拿出来分给大家吃！”东子也说道。

“不！我不分给他们！”狗蛋叫道。

“你……”东子见狗蛋又犯浑，抬手就要打他，忽然又意识到父亲在一边，便放下了手，对狗蛋怒目而视。

“狗蛋，那天我爹给我买了糖，我都分给了你半块呢，今天你爹买了糖为啥不分给我？”栓子愤愤不平地说道。

“就是，小气鬼！”其他孩子也纷纷骂了起来。

“狗蛋，人家有糖的时候请你吃，你现在有糖了不请人家吃可不像话呀？”父亲皱起了眉头。

“我可不是舍不得糖，”狗蛋见父亲生气了，便委屈地说道，“他们刚才说，您的工人是假的，是临时的，不算数，我才不想给他们糖呢。”

父亲哑然失笑：“原来你是生他们的气才不肯给他们糖吃啊？”

“对，他们经常笑话我呢！”狗蛋愤愤不平地说道。

平常也就罢了，现在父亲都坐着大卡车来了，居然还有人嘲笑自己，这让狗蛋十分生气。

“哼！你要不到处寻嘴，谁会笑话你？”东子冷冷地说道，“你自己丢人也就罢了，害得我和妈也跟着你丢人！”

“我……”狗蛋语塞。

“你哥说得没错，想要不让人家笑话，自己首先要行得正走得端！”父亲叹道，“你还小，有些事情不懂，以后可得跟着你哥好好学着点！”

“好吧。”狗蛋见父亲不肯为自己撑腰，只好从口袋里摸出了糖分给小兵和栓子他们。

“爸，那你的工人到底算不算数啊？”狗蛋吃了一颗糖后问父亲。

“当然算数了，我把大队的章子都盖上了呢！”父亲扬着一张盖着红头章子的纸笑道。

“听，我爸的工人是真的，不是假的！”狗蛋又得意地看着小伙伴。

“行了，好好和大家一起玩。”父亲安顿了狗蛋几句，进屋把夹着的那条烟又放回了柜子里。

“你不是说要把烟给李书记，咋又拿回来了？”母亲疑惑地问道。

“李书记没有要。”父亲笑道。

“那章子呢？”

"盖上了。"

"你要招工的事情，队里人怕是有人说话呢，没想到李书记居然这么痛快地给你盖了章子。"母亲说道。

"李书记说招工是好事，队里人有意见他做工作呢！"父亲说着，脱下了干净的中山装换上了家里的一身粗布大褂，拿起了铁锹就在院子里挖起了土。

"你明天就要走，快歇着吧！在院子挖土做啥啊？"母亲不解地问道。

"我们的院子这么大，空着太浪费了！"父亲说道，"我想挖出个树槽来，明年开春栽上些白杨树，等娃娃们长大了娶媳妇的时候就有椽子盖房子了！"

"离明年开春还早呢，你现在着急挖树槽做啥啊？"母亲又好奇地问道。

"我想挖一个三尺深的树槽，将来把树种在里面，就能多浇水了！"父亲笑道。

"浇水？"母亲更加疑惑了，"我们这里的机井水连田地都浇不过来呢，哪有水给你浇树？"

"你忘了？我们的水库马上就要修起来了！"父亲笑道，"等水库修起来，里面的水就会沿着水渠流到我们这里来，我们就能浇树了！"

"是吗？"母亲半信半疑。她虽然知道县里在修水库，可到底是什么情况，修完有什么好处，却没有概念。

"等水库修好，我们这里就有水了，不仅地里的粮食收成能翻番，还能种树治沙，我们再也不怕沙子把地埋掉了！"父亲笑道，"我在我们院子里种树，不仅是为了将来给娃娃们盖房子，也是为了防风治沙呢！"

"治沙？"母亲愣了愣说道，"你的意思是说，我们这里只要种上树，就不刮黑风了？"

"当然了，不然县里动员全县的人修水库做啥啊！"父亲笑道。

所谓的"黑风"就是指沙尘暴。腾格里沙漠边的人都把沙尘暴叫"黑风"。这些年随着时代进步，腾格里沙漠边的人口越来越多，生态压力就越来越大，狗蛋的家乡每到春天都会刮沙尘暴。风沙肆虐埋压了很多田地，造成土地盐碱化、荒漠化，收成越来越少，这里的人就开始饿肚子。防风治沙已经到了刻不容缓的地步，成了生死攸关的大事。

于是沙城县下定决心集全县之力兴修水库，就是为了改善环境，防风治沙，恢复生态。虽然在沙漠里修水库极其困难且工程浩大，可为了守住家园，为了子孙后代不再饿肚子，再大的牺牲都是值得的。

“啊呀！我们这里要是有了水，再栽满了树，也不刮黑风了，岂不是成好地方了?”母亲欣喜地憧憬。

“没错，只要我们把水引来，下苦功植树造林，防风治沙，我们这里肯定比江南水乡还美呢!”父亲在手心里吐了一口唾沫，拿起了铁锹在院子里挖起了树槽。

“我和你一起干!”母亲也拿着铁锹。

“你身子有病，最近又老饿肚子，就别干了。”父亲笑道，“我一个人一会儿就把树槽挖好了!”

“我没事，只有享不了的福，哪有吃不了苦?”母亲挖着土笑道，“你说的日子那么好，我心里全是干劲呢！我们挖完了前院的树槽，把后院的也挖了，完了也种上白杨树!”

“好!”父亲用赞许的目光看着母亲，两人便在院子里一起挖起了树槽。

狗蛋高祖王三爷当年建造的这个夯土墙庄院极大，狗蛋家虽然只占了内半院，却也有十几个篮球场那么大。当年王三爷家业鼎盛的时期，每天晚上都有家丁在墙上巡逻值班放哨，防止土匪来袭。庄院中轴线的最后面还有一个十平方米左右的巨大夯土台，和夯土墙一般高，足足有七八米。当年，这个夯土台上面建造着一个漂亮的八角楼，是王三爷招待达官贵人的地方。只有来了很贵重的客人，王三爷才会把客人请到夯土台的楼上，置酒高会，欣赏四周的田园美景。

这个八角楼是村子里的制高点，也是身份的象征。当年好多人都以上过王三爷家的八角楼为荣。时过境迁，沧海桑田，王三爷的八角楼早就被拆除了，只留下了一个荒凉的夯土台，上面长起了芨芨草和白刺。中轴线上的三间上房也破败不堪，早没有了往日的辉煌和荣光。

狗蛋一家就住在这三间祖上留下来的上房里。院子的北边也有三间破破烂烂的房屋，是仓房和厨房。仓房厨房的背后又是一个很大的后院，空荡荡的，只修了一间旱厕。

父亲母亲挖好了前院的树槽，便又来到了后院，在后院的空地上也挖了树槽。东子也拿着铁锹跟着父母挖土，居然也挖了不少土。狗蛋虽然还拿不动铁锹，却也拿着自己的小铲子跟在后面装模作样地挖土。没一会儿，前院后院的树槽就都挖好了。

这个工程其实也不小，可父亲挖土的速度极快。他似乎有永远都使不完的力气，一个人就相当于三个人。母亲虽然体弱，却也没有休息。一家人挖好了树槽，收拾好了东西，父亲便洗手做饭。不一会儿，狗蛋家里便飘起了肉香味。小兵和一群孩子围在狗蛋家的厨房门口看狗蛋的父亲做饭。

“小兵，去叫你们家的人过来吃饭。”父亲笑道。

“嗯!”小兵一溜烟地去把他们一家人都叫来。

母亲早在院子里摆好了桌子，父亲就把烩菜盛在大盆里端到了桌子上，东子就帮着盛米饭。

“他二叔，二婶，赶紧坐下吃吧!”母亲笑着招呼道。

“我的妈呀！四爷真是发财了啊!”李二婶看着桌子上的白米饭和肉烩菜吃惊地叫道。

“四爷，您是咋留到水库上的？咋弄来这么难得的大米?”李二叔叹道，“我们在家里这青黄不接的日子，只能顿顿喝高粱糊糊!”

“我在水库大灶上做饭，领导看我手脚勤快，就把我留下来继续做饭，月月都有工资粮票。”父亲笑道，“这些肉菜大米都是用我的工资和粮票买的。”

“这么说，您已经成了公家的人了?”李二叔惊喜地问道。

“差不多吧，虽然是计划内的合同工，可和正式职工的待遇一样!”父亲又笑道，“我刚刚去大队里找李书记盖好了章子，明天回到水库就能办手续了。”

“啊呀，这可是天大的好事，今天必须给你好好庆祝一下!”李二叔笑道。

“行了，赶快吃饭吧!”父亲又去叫醒炕上睡觉的李师傅，大家便一起吃起了饭。

栓子和几个小孩却在院门口站着，看着桌子上的肉烩菜不停地吸着鼻涕。

“东子，去把栓子他们叫来，给他们也盛一碗饭吃。”母亲说道。

“嗯。”东子便叫了栓子他们几个过来，给他们盛了碗米饭，又在米饭上盛了菜。

几个孩子就坐在门槛上狼吞虎咽地吃起来。

“王师傅，你可真是个下苦人啊！”司机李师傅吃着饭说道，“我才眯了一会觉，你居然就在院子里挖出了这么大一个树槽！”

“我爸爸在后院里也挖了树槽呢，比前院的还大！”狗蛋赶紧炫耀，“我爸爸干活可快了，就像牛跑一样！”

“哈哈哈！”众人被狗蛋给逗笑了。

“李师傅，四爷可是我们大队里最能下苦的人！”李二叔叹道，“您是不知道，四爷八岁的时候，老太爷就去世了，三个哥哥都逃了荒，四爷一个人养活老太太，要没有这把吃苦的劲，恐怕早就饿死了！”

“田大爷也是看上四爷吃苦的劲，才把狗蛋妈嫁给四爷的！”李二婶也笑道。

“你们这个地方其实挺好，就是缺水，等明年水库修起来，再包产到户，肯吃苦的人就有好日子过了！”李师傅笑道。

“真的要包产到户了吗？”李二叔问道，“我经常听人家说，却总是没有动静。”

“最迟翻过年就能包产到户了！”父亲对李二叔说道，“水库明年也就修好了，所以我才在前院后院都挖了树槽，准备将来种树。你闲了也挖好树槽，明年我弄些树苗来，我们两家一起把庄前屋后都种上树，就再也不怕刮风了！”

“对！我们把这个大院子里种得绿绿的，沙子就刮不进来了，夏天还能乘阴凉呢！”母亲也笑道。

“好！那我也早点挖好树槽！”李二叔笑道。

“四爷，水库到底修得咋样了，有多大啊？”李二婶问道。

“水库可大了去了，”父亲笑道，“比我们整个阳曹大队都大呢！”

“啥？水库不就是个湖吗？居然比我们阳曹大队还大？”李二婶吃惊地问道。

“水库要是没有这么大，需要我们全县的男人去修吗？”李二叔叹道，“你是没去水库工地上看，水库起码有我们阳曹大队两个大，工地上密密麻麻的有上万人，可壮观了！”

“是吗？我可真想去看看！”李二婶说道。

“你可去不了！”李二叔叹道，“我们去修水库的时候，坐着队里的驴车走了两天两夜才到呢！”

“是啊！水库到你们这里有两百多里路呢！”李师傅叹道，“就算我们汽车跑，也得四五个小时呢！”

“狗蛋妈，既然李师傅的车到了你们家门上了，你就带着娃娃们坐着车去看看水库，见见世面嘛！”李二婶笑道。

“这……”母亲愣了一下说道，“我去了住哪里？吃啥？咋回来啊？”

“水库那么大，还愁住不下你们娘仨？吃的就更别说了，王师傅就在灶上做饭，你们想吃多少就吃多少。”李师傅笑道，“你们娘仨要是想去，明天早上我们就一起走，到了水库你们转几天，我再来你们公社送货的时候就把你们捎回来。”

“这……能行吗？”母亲疑惑地看着父亲。

她当然很想去看看人山人海的水库。

“行呢！明天你们娘仨就和我们一起去水库吧！”父亲笑道，“就是太麻烦李师傅了！”

“王师傅，你太客气了！”李师傅笑道，“我每次去大灶上吃饭，你可都给我舀一大勺肥肉片子呢！”

“你们熬夜开车，比别人累得多，当然得吃好些了！”父亲笑道，“那明天就让他们娘仨去水库转转，完了麻烦你再把他们捎回来。”

“没问题！”李师傅笑道。

“哇！去看大水库咯！”狗蛋高兴地大叫起来。

“你知道水库是个啥吗？就瞎高兴。”母亲笑着问狗蛋。

“就是有好多人干活的大地方呗，那里的人肯定比公社开会的人还多！”狗蛋笑道。

“哈哈哈！”众人大笑起来。

吃过饭，李二叔一家告辞而去，母亲就收拾出北屋让李师傅去睡。父亲没有歇着，拿起镰刀去野地里割来了一捆柳条。他借着月光，坐在院子里用柳条编了五个篮子一样的东西，吊在房檐下面。

“我还以为你给娃娃们编铲草拾粪的篮子哩。”母亲疑惑地问道，“你把这些篮子吊在房檐底下做啥啊？”

“养鸽子。”父亲又在五个篮子里，垫上了柔软的麦草。

“养鸽子？”母亲疑惑地说道，“你明天就要走了，我去哪里抓鸽子啊？再说了，我们都没吃的呢，哪有粮食喂鸽子呢？”

“不用你抓鸽子，也不用你喂鸽子，只要你垫好了窝，就会有野鸽子飞来这里安家呢！”父亲笑道。

“是吗？”母亲有些不信。

“你看着吧，准有鸽子来。”父亲笑道，“这是水库工地上一个老猎人给我悄悄教的法子，我在水库上编的鸽子窝里，已经住了十几只鸽子了！”

“你没事养鸽子做啥啊？”母亲好奇地问道。

“吃啊！”父亲笑道，“野鸽子的味道可好得很，我在水库养的那些鸽子，数量一多我就抓几只来炒了吃，一直养着十几只呢！”

“哦。”母亲这才明白父亲的意思。

“我现在做好鸽窝，等过年我回家来的时候，就能吃鸽子肉了！”父亲笑道。

第二天早上，狗蛋睡得正香，却被东子摇醒了。

“干啥呢……”狗蛋没好气地转过身又迷迷糊糊睡了过去。

“那你睡着，我们要去看水库了！”东子说道。

“啥？水库！”狗蛋一听水库两个字，一骨碌就从炕上爬了起来。

“赶紧洗脸，迟了我们可就走了！”东子看着狗蛋猴急的样子忍不住笑了。

狗蛋三下五除二穿好衣服，下炕洗了脸，便和东子出了门。母亲早就做好了饭，父亲和李师傅已经吃完了饭，在收拾大卡车上的东西。东子和狗蛋也赶紧吃了饭。母亲梳了长长的麻花辫，换上了一身干净衣服，收拾好出门的包袱。

母亲是十里八乡出名的俊女子，当年提亲的好后生都快把她家的门槛踏破了。他们的家庭条件都非常好，可最后外公却力排众议，把母亲嫁给了穷得叮当响，还是地主成分的父亲。外公一来看上了父亲是王三爷的后人，二来是看中了父亲一身的力气，还有肯吃苦的精神。

狗蛋娘仨上了解放牌大卡车，父亲就提着摇把摇着了卡车。

“轰！”解放牌大卡车一阵轰鸣，在蒙蒙亮的晨光中驶出了阳曹大队。阳曹大队的人几乎都被汽车的轰鸣声吵醒了。

# 第4章　集中力量办大事

大卡车上，狗蛋被父亲抱在怀里，在乡下的土路上颠簸了一会儿就来到了公社所在的镇上。

他们的这个镇子叫青湖镇，算是沙城县的一个大镇。百年前的青湖镇曾是一大片湖泊沼泽，所以取名青湖镇。可现在腾格里沙漠步步紧逼，青湖早就干涸成了戈壁滩，青湖镇也就徒有虚名，成了沙县土地荒漠化最严重的镇子。

天已经大亮了，镇子的街道上却是空无一人。狗蛋趴在汽车车窗上，看镇子上的街景。

镇子离狗蛋家有十五里路，狗蛋曾经跟着母亲坐着大队里的驴车来镇子上参加过公社大会。大会在戏台上举行，那次的大会具体说了什么狗蛋完全忘记了，他只是记得那天参加大会的人非常多，十分热闹。父亲说，水库上的人比参加公社大会的人还多，那该有多少人啊！

狗蛋无限向往，恨不得现在就插上翅膀飞到水库的工地上去看个究竟。卡车过了青湖镇，狗蛋就在父亲的怀里又睡着了。解放大卡车的座椅一晃一晃的，睡起来可真舒服。

“狗蛋！快醒来，到城里了！”快到中午的时候，狗蛋被东子摇醒了。

他迷迷糊糊地睁开眼睛，赶紧朝车窗外看去。只见车窗外是一眼望不到头的房屋，宽阔平整的大街上有好多好多的人，他们都穿着蓝色和绿色的中山装、军便服什么的，打扮得干干净净。更让狗蛋惊奇的是，大街上居然还有其他的车。有解放牌大卡车，也有蒙着帆布的小吉普车……李师傅需要小心地握着方向盘会车。

还有一些人骑着那种神奇的自行车。狗蛋还是在去公社大会的时候，见过一个大干部骑过自行车。当时，大家都从会场上涌过去，参观那个大干部骑着自行车离开。没想到，这里的大街上随随便便就能看到自行车，居然没有人围观！这让狗蛋大惑不解。

“这就是城里啊！”母亲也从来没有来过沙城。

县城离阳曹大队有七八十公里，要是坐着驴车得两天才能走到。乡下的人就把县城叫作城里。在他们的认知里，只要住在县城里的人就是城里人。

“爸爸，你将来就要带我们来这里住吗？”东子也张大了嘴巴惊奇地看着窗外的景色。

“是的，等水库修好了，县里要成立水利局，我就去水利局里当厨师！”父亲看着窗外的县城，也兴奋地说道，“等我站稳了脚跟，就把你们娘仨都接来城里住，你们兄弟俩就到城里来上学！”

“好啊！”东子和狗蛋开心地叫了起来。

“快看！那个房子真高！有我们家院墙的两个高！”狗蛋忽然发现远处有个十几米高的大房子，就吃惊地叫起来。

“哈哈哈！”父亲笑了起来，“那个是楼房！”

“楼房？”狗蛋从小到大都没有见过楼房。

“那里是县政府，是沙城唯一的一栋楼房！”李师傅给大家介绍。

“李师傅，我们去国营食堂里吃顿饭吧？”父亲对李师傅说道。

“不了，早上吃得扎实，我们还是抓紧赶路，到水库再吃吧！”李师傅开着大卡车穿过沙城县城，又走上了大路，就见路边有一条宽阔的水渠。

“这是跃进渠，将来水库里的水就从这渠里一直流到我们阳曹大队！”父亲说道。

“是吗？那这水库里的水……岂不是要流过二百多里地？”母亲感叹道，“这得多少人力才能把水渠修到我们阳曹大队啊？”

“这可是造福子孙，千秋万代的大事！所以县里集中了全县所有的劳力来修水库，”父亲说，“这就是集中力量办大事啊！”

“不错！这要是放在旧社会，即便是太平盛世，这样大的工程也是想都不敢想呢！”李师傅也感叹道。

“是啊！等水库修好，我们在沙漠里都种上树，就再也不会刮黑风了，我们县的人世世代代都不会饿肚子！”父亲说。

汽车沿着跃进渠又走了三十公里，终于来到了水库。两道巨大的坝墙依山而建，足足有十几米高。坝墙的两边人山人海，全是来修水库的工人。

他们有的拿着铁锹，有的挑着土筐，有的拉着架子车，在热火朝天地干活。李师傅的汽车，就直接开上了水库的坝墙。坝墙的上面有十几米宽，可以并排走好几辆汽车。狗蛋兴奋地站在汽车座椅上，隔着车窗看着坝墙下边的水库。只见水库里并没有水，密密麻麻的全是人。成千上万的人如同蚂蚁搬家一般，把水库下面的土用架子车运到坝墙上。他们前赴后继，奋力地推着沉重的车，没有一个人退缩。

看着热火朝天干活的人们，狗蛋不禁热血沸腾。他虽然不懂事，却也从这些人的身上感受到了一种不屈不挠，勇往直前的精神！

汽车走了没一会儿，狗蛋又看到坝墙上有人一边喊着号子一边抬起沉重的石夯。

“嘿哟！嘿哟！”随着浑厚有力的号子节奏，巨大的石夯被工人们高高抬起，重重地砸向地面，夯实了坝墙上的土。那些抬石夯的人全都赤着上身，古铜色的健壮身体上满是汗珠。

狗蛋这才明白父亲为什么半年都不回家。这么多的人为了修水库付出艰辛的劳动，父亲必须给他们做好饭，不能让他们饿肚子。

卡车沿着坝墙一路向西，来到了一座山下。这座山就是一道天然的坝墙，和东边北边的坝墙连成了一片，形成了一个月牙，拦住了上游的河水。

“这个山叫崖山，我们的水库修起来就叫崖山水库……”父亲对东子和狗蛋说道，“你们的太爷爷王三爷曾经在这崖山下研究一种‘蝌蚪文字’，所以被称为崖山秀才！”

“啥叫‘蝌蚪文字’啊？”狗蛋好奇地问道。

“是一种长得像蝌蚪一样的文字，就刻在崖山的一片石壁上，所以被称为崖山天书，”父亲解释，“据说那些文字是上古先民留下来的，有几千年的历史了，谁都认不出来写的是啥字。当年，你太爷爷住在那个石壁下研究了很多年，才研究出几个‘蝌蚪字’的意思，轰动了沙城县。可惜，我现在连一个字都不认识，实在是给先人丢脸啊！”

东子好奇地问道：“爸爸，那太爷爷研究过的那些‘蝌蚪字’现在还在吗？”

“在呢，就在下面的崖壁上，被称为‘崖山蝌蚪字’，我明天带你们去看！”

父亲说道。

“好啊！”东子和狗蛋又兴奋地大叫起来。

汽车到了崖山边便停了下来。众人下车，狗蛋就看到山边搭起一片密密麻麻的工棚。这些工棚都是用木头椽子绑成“人”字形架子，再苫盖上帆布搭建而成。修水库的几万工人就住在这些工棚里。

“李师傅，谢谢你，这条烟你拿着抽吧！”父亲从人造革皮包里拿出了那条村支书没有要的“大前门”香烟。

“你这是干啥嘛！”李师傅说道，“我可把你当自己人，你咋跟我客气起来了？”

“我又不抽烟，这烟留着也干了。”父亲笑道，“再说，完了还得麻烦你把狗蛋他们娘仨捎回去呢！”

“这个没问题，你不给我烟我也肯定得把他们娘仨捎回去！”李师傅笑道。

“烟你就拿上抽去吧，以后麻烦你的地方还多着呢！”父亲把那条烟，硬塞给了李师傅。李师傅只好拿着烟开车走了。

“走，我带你们去大灶。”父亲带着狗蛋娘仨穿过密密麻麻的工棚，来到了一排巨大的木棚边。这些大木棚里有好多热气腾腾的大锅，这正是水库工地的大灶。

“王师傅，你终于回来了！”几个戴着围裙的厨师见狗蛋父亲回来就欣喜地说道，“你请了一天假，可把我们忙死了！”

“没办法，我都半年没回家了，老婆娃娃没吃的，在外父家寻嘴呢！”父亲叹道。

“这是嫂子和孩子啊！”几个厨师过来给狗蛋母亲打招呼。

“你们去一边坐着，我得赶紧做下午饭了！”父亲安顿狗蛋娘仨坐在一边，他拉开了黑色人造革包，取出了菜刀和围裙开始干活。

他把一大袋面粉直接倒在一个巨大的案板上，加水开始和面。不一会儿，父亲像变戏法一样把一整袋面粉和成一大块面团，他的身子剧烈晃动，双脚交替踮起，用全身的力气快速揉面。揉好了面，父亲把面饧在一边又开始切菜了。他切菜的速度可比在家里快多了，狗蛋几乎看不清父亲菜刀的影子，只能听见菜刀急促密集的“当当”声。父亲刀下的木头案板上，切菜的地方已经形成了一个凹槽。

可想而知，父亲不知道在这个案板上挥动了多少次菜刀，切掉了多少菜。切好了菜，父亲便把饧好的面团拿出来揉成条状，用刀切成一块一块，放在蒸笼里，架在大锅上蒸。后来狗蛋才知道，这种直接用刀切出来的馒头叫“刀把子”。成千上万的人吃饭，揉馒头根本来不及，就只能做这种简单的“刀把子”。不过，父亲蒸出来的“刀把子”一直被公认是最好吃的。父亲把一袋面做成了“刀把子”蒸在了大灶上，又开始和第二袋面。饧面的空档，他就去极速地切菜。他满头大汗，就用脖子里的毛巾擦擦，继续干活。

“这哪里是在做饭……这简直就是在打仗啊！”母亲心疼地走过去，围起一个围裙要给父亲帮忙。

“算了，你就坐着吧！”父亲快速地揉着面。他的动作太快，母亲根本帮不上忙。

“我……帮你切菜吧！”母亲只好找了一把菜刀去一边切菜，免得打乱了父亲做饭的节奏。

东子和狗蛋看着父亲像打仗一样拼命地做饭，彻底惊呆了。他们这才明白水库的领导为什么要让父亲留下来当工人，原来父亲真的一个人能顶三个人。

父亲拼了命地努力，才赢得了别人的尊敬和赏识，改变了自己的命运。父亲的这种精神，一辈子都激励着东子和狗蛋。他们兄弟俩一直坚信，只要自己足够努力，就能改变自己的命运。

蒸好了“刀把子”馒头，父亲就和母亲一起切菜。父亲切菜的速度几乎是母亲的十倍，切得又快又好。切好了菜，父亲就在一口大锅里倒上了油，拿起一把铁锹一样大的铲子炒菜。大锅的直径足足有两米，里面放满了菜，炒起来十分费力。

父亲的力气极大，炒了满满一锅的菜。菜炒好的时候天色就暗了下来，水库工地的工人收拾了工具，拖着疲惫的身子到大灶上来吃饭。

“王师傅你回来了？饭好了没？”

“还是王师傅的菜炒得好，刀把子蒸得也香！”

“我们赶紧在王师傅这里排队吧，迟了他的饭菜打光了！”

好多工人说着就在父亲的大灶前排起了长队。

父亲速度极快地给工人们打饭，他收了工人的饭票，在他们的搪瓷碗里舀一勺菜，又给每个人两个“刀把子”。不一会儿，父亲大锅里的菜就不多了。十袋面的“刀把子”也快没了。

“四爷！你可回来了！”这时一个高大的中年男人带着两个人走了过来说道，“他们做饭速度太慢！天都黑了，还有工人没吃上饭！”

“对不起，王总指挥，家里老婆娃娃都没吃的了，我不回去一趟也不行啊！”父亲赶紧给那位中年男人打了饭，不好意思地笑道。

“家里这下都安顿好了吧？”王总指挥问道。

“安顿好了，我把老婆娃娃也带来了，让他们见见世面。”父亲回答着，又拉过了母亲，给她介绍道，“这位就是我们崖山水库工程的王总指挥！”

“四奶奶，您好啊！”王总指挥看着母亲笑道。

“这……”母亲愣住了。

“四奶奶，我把四爷留在水库工地上干活，让你一个人带着娃娃们在家里饿肚子，实在是对不住啊！”王总指挥笑道。

“王总指挥，您快别这么说！我一个乡下妇女……哪敢让您叫四奶奶？”母亲满脸通红地说道，“您叫我小田就行了……”

“那咋能行？”王总指挥笑道，“四爷和我是本宗，按照家谱的排行，我比他低两辈，当然得叫他四爷，叫你四奶奶了！”

“您是大干部，又做主让天健留在了水库当工人，您可是我们家的贵人啊！”母亲激动得说不出话来。

“四奶奶，我把四爷留在水库工地上可不是因为他是我的本家子。”王总指挥又笑道，“你没看到吗？四爷一个人能顶三个人。他请了一天假，昨天的工人天黑了都吃不上饭，也就没有办法按时休息。所以我们指挥部才一致决定要把四爷留下来当工人！有了他，我就不愁工人的吃饭问题了。等将来我们修好了水库成立水利局，就让四爷去水利局里当厨师！”

“王总指挥，我们一家都不知道该咋感谢您！”母亲叹道。

“四奶奶，我叫王福恭，你直接叫我的名字就行，不要叫啥总指挥！”王总指挥笑道，原来他的名字叫王福恭。

“这咋能行？”母亲说道，“您是大干部，又是天健的领导。”

“我这个总指挥啊，指挥得了四爷却指挥不了你这个四奶奶嘛！”王福恭笑着，又转头问狗蛋父亲，“四爷，你大队的章子盖好了吗?”

“盖好了！”父亲解开围裙，从中山装的口袋里掏出了那张盖了章的文件，递给了王福恭。

“行，那我明天就给你办手续！”王福恭收起文件，又叹道，“修水库可是千秋万代，造福子孙的大事，必须有得力的人才行，要是把水库修不好，我们都要被子孙后代指着脊梁骨骂呢！”

“嗯，不错！”大家都点头。

“我们这崖山水库可是亚洲最大的沙漠水库，技术难度非常高，请来的总设计师是京城的大科学家左凤璋左工，”王福恭又说道，“左工可是放弃了京城的优越条件到我们这鸟不拉屎的沙城县来，从开始设计到现在已经十几年了，他说以后也不回去了，就扎根在我们沙城县，继续帮我们治理腾格里沙漠，我们要是拉稀摆烂的也对不起左工啊！”

一旁的狗蛋听着王福恭的话也激动起来，就忍不住问：“王总指挥，我爸说水库修好后我们家就再也不刮黑风了，是真的吗?”

“光修好水库当然是不行的，我们还得在腾格里沙漠里种草种树，治沙造林，这样才能控制住沙漠，我们沙城县才会变成沙漠绿洲，塞上江南！”王福恭叹道，“我们沙城县就像一个楔子插在腾格里沙漠和巴丹吉林沙漠之间，如果再不治理，两大沙漠就会合拢，到时候我们沙城县的所有人都无家可归了！两大沙漠合拢后形成的沙尘暴会影响整个北方的气候，所以我们这代人无论如何也得想办法治理沙漠，坚决不能让两大沙漠合拢！”

“对，必须治沙，不然我们就无家可归了！”

“我们就算苦死累死，也不能让后人没有了家啊！”

“我们不仅要把沙漠治理好，还要把沙城县建设成塞上江南！”

众人听了王福恭的话，都充满了干劲。

大家说着话的工夫，父亲锅里菜已经打完了，只剩下了一些菜汤和菜渣。

父亲便把菜渣和菜汤舀了三碗给了狗蛋娘仨，又给他们每人一个“刀把子”。狗蛋早上吃了早饭后就一直没有吃东西，早饿得前胸贴后背了，他把“刀把子”掰碎泡在菜汤里，大口大口地吃起来。大锅锅底的菜汤才是一锅菜的精华，虽然没有什么菜，却十分有味道。“刀把子”泡在菜汤里面更是好吃，这对于平常连正经粮食都吃不上的狗蛋来说简直就是美味佳肴。

“四爷，你咋能让四奶奶和孩子们吃锅底的剩汤呢？”王福恭在一边的桌子上吃着自己的饭，皱起了眉头。

“他们娘仨没有饭票，能吃菜汤已经不错了！”父亲不好意思地说着，把锅底最后一点菜汤舀了自己吃。

“你干着三个人的活却老吃着锅底的剩菜汤，省下的粮食也够给他们娘仨吃了！”王福恭叹道，“再说了，四奶奶娘仨只是来转几天，又不是天天来吃，你可别让他们跟着你吃剩菜汤啊！”

“我的饭量大，就算没有菜，只要‘刀把子’能吃饱就行！”父亲笑道，“狗蛋娘仨在家里连顿饱饭都吃不上，现在能吃白面做的‘刀把子’已经很不错了！”

“唉，”王福恭看着狼吞虎咽的东子和狗蛋叹道，“好好干吧！等水库修起来，再包产到户，我们县里的人就没有饿肚子的人了！”

“是啊！只要有水，再包产到户，我一个人种地也能养活两个娃娃呢！”母亲叹道。

“放心吧！最迟明年开春就能包产到户！”王福恭笑道，“我们水库最迟明年夏天也能竣工，到时候你想浇多少水都行呢！”

“这可太好了！”母亲充满希望地笑道，“现在的政策对我们农民越来越好了！”

“四爷，你明天弄两只鸽子来给四奶奶和孩子们打打牙祭！”王福恭又对父亲说道，“他们来一趟不容易呀！”

“好吧！”父亲笑道。

“那我走了，有啥困难就来指挥部里找我！”王福恭吃过饭就带着人走了。

东子和狗蛋都吃了四个“刀把子”，这才摸着圆滚滚的肚子放下了碗，兄弟俩第一次有了吃撑的感觉。而父亲一个人居然吃了十个“刀把子”才饱。东子和狗蛋这才明白父亲为什么要当厨子，原来父亲真的是怕吃不饱！平常的工人一张饭票才给两个“刀把子”，父亲要不在灶上做饭肯定得饿肚子。

吃过了饭，父亲利索地洗刷了大锅，打扫了案板，带着狗蛋娘仨来到了一个工棚。这里本来住着四个厨师，但今天狗蛋娘仨来了，其他三个厨师就去别处找地方睡，把工棚腾给了狗蛋一家。

狗蛋坐了一天的车，又吃得饱饱的，倒头就睡。第二天大早，狗蛋醒来发现母亲和父亲都不在工棚里。哥哥东子打来了一桶水和狗蛋洗了脸，兄弟俩就来到了大灶上。只见这里依旧是热气腾腾，父亲早就蒸好了一千多个“刀把子”馒头。母亲帮着父亲煮好了一大锅粥，工人们的早饭就是稀粥加“刀把子”。吃过了早饭，水库的工地上又沸腾了起来，大家又开始热火朝天地干活。

他们靠着一腔热血，为今天的盛世打下了坚实的基础！如果没有他们拼了命地修好水库，腾格里沙漠和巴丹吉林沙漠的治理就无从谈起，沙城县恐怕早就被沙漠淹埋了。

父亲母亲收拾了大锅，狗蛋就闹着要父亲带他去看崖山上刻着的“蝌蚪文字”。父亲便带着狗蛋娘仨下了水库的坝墙，来到了崖山的山脚下。只见一面陡峭的山崖上，离地几十米有一块巨大的浅红色绝壁，长约一百米，宽有三十米。绝壁上有二十几个深红色、形似古文的符号。这些符号弯弯曲曲的，似篆非篆，若隶非隶，非镌非刻，横不成列，竖不成行，大者如斗，小者如升，透出一种古朴苍劲的韵味。

“哇……真有‘蝌蚪字’！”狗蛋惊喜地扬起脖子看着石壁上的符号文字。

“我们的太爷爷真的住在这山崖下研究过这些‘蝌蚪字’吗？”东子参观着先人的遗迹也是激动不已。

“当然了！你太爷爷在这里研究崖山天书的事情都在我们家谱上记载着呢！”父亲叹道，“可惜我却不识字，你们两个将来可一定要好好念书，不然愧对于你们的太爷爷！”

“嗯！我一定好好念书，将来把这些‘蝌蚪字’都弄明白了！”狗蛋用力地点头。

“你将来怕是再也见不到这崖山天书了！”父亲却叹道。

“为啥啊？”

“这里的地势很低，将来水库修起来水就会淹没这片石壁，”父亲解释道，“到时候这‘崖山天书’就淹没在水下面了，你当然看不到了！”

“那可咋办呀？”狗蛋顿时着急地说道，“要不我们找个纸笔来把这些‘蝌蚪字’先记下来，不然就让水泡坏了!”

“不用你瞎忙，”父亲摸着狗蛋的小脑袋笑道，“县里早就把‘崖山天书’拓成了拓片保存起来，让专家们去研究了!”

“哦。”狗蛋这才放下心来。

参观完崖山天书，父亲又带着狗蛋娘仨来到一处隐蔽的山崖。只见山崖上吊着几个柳条编的篮子。篮子里面就有十几只鸽子在“咕咕”地叫着。父亲让狗蛋娘仨躲在山崖边，他一个人悄悄踩着凿出来的脚窝爬上山崖，爬到了鸽子窝边，他瞅准机会忽然伸手，抓住了两只大鸽子。

“哇!有鸽子肉吃了!”狗蛋兴奋地大叫。

“嘘!别嚷嚷!”父亲笑道，“这鸽子可得悄悄地吃，你们把这两只鸽子先抓去工棚里藏着，晚上等别人都走了咱们悄悄吃!”

“嗯。”东子和狗蛋找了两根柳枝把鸽子的翅膀绑了藏在怀里，跟着父亲回到了工棚。

父亲去做中午饭，东子和狗蛋就在水库上到处玩，他们心里一直惦记着吃鸽子肉，只盼着天快点黑。终于到了晚上，等工人们吃过饭都走了，父亲才把两只鸽子拿出来红烧，还放了好多的土豆一起烧。父亲又打发东子叫来了司机李师傅，五个人就悄悄吃了两只鸽子。虽然鸽子没有多少肉，可汤汁的味道极为鲜美，就连炖在里面的土豆，也是非常好吃!

第二天，李师傅要去青湖镇公社送货，一大早就把狗蛋娘仨捎回了阳曹大队。狗蛋父亲招工的事情在阳曹大队引发了不小的“震动”，好多人都不相信地主成分的王天健能招工，纷纷来狗蛋家问东问西，母亲便十分小心地应付着。

没过几天，暑假结束，东子该上二年级了，他每天去大队部旁边的阳曹小学里上学，母亲则带着狗蛋上工“打雀儿”。

“打雀儿”是当地方言，可不是打麻将，而是轰赶麻雀的意思。在那个年代，麻雀属于“四害”，它们成群结队地飞来飞去，祸害没有成熟的庄稼，所以需要人站在地边把它们轰赶走。

麻雀虽小可架不住数量多，成千上万的麻雀每天吃掉的粮食难以计量。当时人们都吃不饱，哪有粮食让麻雀吃？母亲体弱多病，干不动太重的活，只能干“打雀儿”这种简单的营生，不过“打雀儿”只能挣半个工分。

父亲上次带来的大米足够狗蛋娘仨吃到过年，母亲一点都不着急。狗蛋却很孤独。他本来是东子和小兵最忠实的“跟屁虫”，整日在野地里玩耍。可暑假结束后东子和小兵都去阳曹小学上学了，狗蛋只好在母亲“打雀儿”的田地附近独自玩耍。他寻找一些可吃的沙棘、枸杞，或者撒尿淹了蚂蚁洞，看蚂蚁们匆匆忙忙地“搬家”，或者把燕麦的麦芒抽下来插在尿湿的泥里，看麦芒孤独地转圈圈，就像是时钟的指针……

狗蛋盼望着自己能赶快长大，也去大队部旁边的阳曹小学里上学。全大队的孩子都在那里上学，每天放学，孩子们就在一起玩，别提多热闹了！东子每天放学回家就给狗蛋讲学校里的趣事，狗蛋听得津津有味。

时间很快就到了十月秋凉。队里的庄稼都收割上来，却没有打下多少粮食。阳曹大队往北四五里地就是浩瀚无边的腾格里大沙漠，所以阳曹大队的地虽然很多，可沙化和盐碱化却极其严重。沙化的地里勉强还可以种瓜，可白花花的盐碱地一脚踩下去都是空的，莫说种庄稼，连野草都不长。再加上这几年生态环境越来越差，这里严重干旱缺水，风沙肆虐，所以阳曹大队的土地只能勉强养活队里的几百户人家。

现在干活都按工分算，多干少干一个样，甚至不干也一样拿工分，所以大家都在“磨洋工”，没有人肯出力气干活。每天上工的时候，大家都拿着工具在地头装模作样，出工不出力。土地爷可不好糊弄，一分耕耘一分收获，你骗了土地爷，他自然不会给你长出好庄稼来。所以阳曹大队一年到头下来收获不了多少粮食，已经不够一千多张嘴吃了。

劳力多的人家赚的工分多，勉强还能吃个半饱。劳力少的人家，肯定得饿肚子。母亲打了一季的麻雀，却只分到了一小袋小米。不过父亲托李帅傅又捎来了一袋大米和菜、肉，狗蛋家的粮食比谁家都多。

# 第5章　外面的世界

收获完庄稼便进入了农闲，母亲不用去地上“打雀儿”，就天天在家里做针线活。狗蛋就更加无聊了。

自从父亲招了工，周围的孩子都不愿意和狗蛋一起玩，就连一向关系不错的栓子和二林子都躲得远远的，这让狗蛋十分郁闷。狗蛋每天背着母亲，悄悄溜到大队部旁边的阳曹小学大门口，偷看里面的大孩子上学。

有些教室里的学生在琅琅读书；有些教室里的学生在齐声唱歌；有些教室里的老师在抑扬顿挫地讲课。虽然狗蛋听不清楚老师讲的是什么，可觉得老师讲的东西肯定非常神秘好玩。狗蛋也想坐在教室里，听听老师到底在讲什么。

下课的时候，看大门的退伍老兵张二爷就瘸着他在战场上中弹受伤的腿，去院子的大槐树下敲响一块吊在树上的犁片。这是一块废弃犁头上的铁片，早已经锈迹斑斑，它是阳曹小学的“钟”。看大门的张二爷敲响这块犁片就表示上课，再次敲响就是下课。

这块锈迹斑斑的犁片因为有了发号施令的作用，在孩子们的眼里就变得神圣且庄严。倘有人敢乱敲这块犁片，张二爷便会一瘸一拐地追上他，狠揍他的屁股。张二爷虽然在战场上伤了腿，可他是立过功劳的退伍军人，在村里的威信很高。连村支书和校长都对张二爷客客气气的，就别说一帮小屁孩了。

张二爷虽然伤了腿，行动却十分敏捷，几步就能追上捣乱的孩子，所有的孩子见了张二爷比见了校长还害怕。

狗蛋天天躲在大门边偷看张二爷“当当”地敲响下课钟声。下课的时候，学生们从教室里跑出来欢快地嬉闹。男孩子们就抬起一条腿，一蹦一跳地玩一种叫“抗咚咚”的游戏，也就是城里人说的“斗鸡”。女孩子就丢手绢、打沙包、吃子儿……不大的校园里，顿时沸腾了！狗蛋很想溜进去和大孩子们一起玩，可门口坐着的张二爷冰冷的眼神阻挡住了他。

“当当！”张二爷再次敲响犁片，孩子们就呼啦啦地跑进了教室。校园里，顿时又是一片安静。狗蛋孤独地倚靠在的大门边的土墙上，把衣服蹭得满是黄土。

“你是谁家的娃娃？”张二爷一瘸一拐地走出校门，冷冷地说道。

“我……我叫狗蛋，是二队里的。”

“你天天躲在校门口做啥？”

“我……我等我哥放学。”狗蛋赶紧找了一个看似合理的理由。

“放学还早呢！”张二爷没好气说道，“你咋不和别的娃娃去玩？”

“他们……不要我。”

“为啥？”

“我爸在水库招了工，他们就不和我玩了。”

“你是四爷家的小娃子？”张二爷和狗蛋家有些“扯拉蔓”的远亲，便也叫父亲四爷。

“嗯。”

“跟我来。”张二爷拍打干净狗蛋身上的土，把他带进了门房。

门房里有炉灶、床铺、桌凳……生活的家什一应俱全，收拾得十分干净。所有的东西也都摆放得整整齐齐，就连被子也叠得四四方方的，像一块大方馍。张二爷没有娶媳妇，他一个人住在学校的这间门房里。

狗蛋对张二爷方馍一样的被子十分好奇，忍不住拿手摸了一下，被子上顿时留下了一个黄土小手印。

“快过来洗手！”张二爷无奈地说道。

“嗯。”狗蛋不好意思地笑了笑，赶紧去搪瓷脸盆里洗了手，只见脸盆的底下印着一行字：×××战役胜利留念。

“过来吃饼干。”张二爷见狗蛋洗干净了手，便拉开桌子的抽屉从里面取出一个铁盒，拿出了一块饼干。狗蛋抢过来就啃，却差点崩掉了门牙。这块饼干居然比放了十几天的干馍还硬！

“你急个啥嘛！”张二爷被狗蛋的傻样逗笑，他从腰里取出一把军用尖刀，切下了一块饼干给了狗蛋。

狗蛋便把饼干丢进嘴里用力地嚼起来。饼干咸里带甜，味道其实不怎么样，可对于狗蛋来说已经算是最美味的零食了。吃完了一小块饼干，狗蛋吸吮着手指又看向了那块饼干。张二爷却将那块饼干用纸包起来，装进铁盒放回了抽屉。狗蛋郁闷地咂巴着嘴，意犹未尽。

张二爷把桌子上饼干的残渣扫到手掌里，递到狗蛋嘴跟前说道："张嘴。"

狗蛋顺从地张大了嘴，让张二爷把饼干渣倒进了他的嘴里。

"这东西可不能多吃，"张二爷笑道，"这是我战友给我寄来的压缩饼干，吃多了会撑死人的！"

"人还会撑死吗？"狗蛋不信。人只有会饿死，怎么可能会撑死？

"当然会撑死了。"张二爷叹道，"我当兵的时候有一次伏击敌人，潜伏在壕沟里三天三夜没有吃东西，直到打败敌人后我们才开始吃这种压缩饼干。我们班长说每人只能吃一块，吃多了会撑死，可有个战友饿得很，就悄悄吃了两块，又喝了一水壶水，结果压缩饼干撑破了他的胃。"

"啥是胃啊？"狗蛋好奇地问道。

"胃就是我们的器官，人吃了东西首先会在胃里消化。等你将来上学的时候会学这些的。"张二爷又说道，"这种压缩饼干大人只要吃一块就饱了，你一个小娃娃吃刚才那一小块，一整天都不饿呢！"

"真的吗？我咋还是觉得饿。"狗蛋摸了摸瘪瘪的肚子，感觉里面还是空空的。

"那是你没有喝水，等你喝了水把饼干泡开就不饿了。"张二爷又给狗蛋用搪瓷缸子倒了水。

狗蛋看到搪瓷缸子的外面也印着一行字：奖给战斗标兵。下面是部队番号。

喝了水没一会儿，狗蛋的肚子就真的饱了。

"张二爷，你的这个饼干可真神，我真的饱了！"狗蛋笑道。

"当然，我们当年行军打仗的时候全靠这个压缩饼干呢！"

"你们为啥要打仗啊？"狗蛋好奇地问道。

"当然是为了保家卫国啊！如果不打败敌人，我们哪里能过上现在的这个安稳日子？"张二爷叹道。

"那你们和谁打仗？坏人吗？"狗蛋又好奇地问道，在他的认知里，人只分好人和坏人两种。

“是的，坏人打到了我们的家门口，我们把他们又揍回去了！”张二爷得意地笑道。

“坏人都长啥样子啊？”

“他们的个子比我们高，身子也比我们强壮，武器也比我们先进。”

“那你们咋能打得过他们啊？”狗蛋疑惑地问道。

“我们是正义之师，仁者无敌，他们再厉害，也是纸老虎！”

“啥叫正义之师，啥叫仁者无敌啊？”狗蛋正处在打破砂锅问到底的年龄，自然对什么都很好奇。

“这……”张二爷没有办法给狗蛋解释什么是正义之师和仁者无敌，便说道，“我们是好人，他们是坏人，坏人肯定是打不过好人的嘛！”

“嗯，不错！”狗蛋点头，对张二爷的这套理论，颇以为然。坏人当然是打不过好人的，不然大家都当好人做什么啊！

“有一次，他们动用了飞机大炮，还有坦克，我们虽然只有小米加步枪，却打得他们屁滚尿流……”张二爷便给狗蛋讲起了他的战斗故事。

狗蛋听得如痴如醉，津津有味。他没想到这个世界居然这么大！他以前以为青湖镇就是世界的尽头了，可没想到青湖镇外面还有沙城，还有更远的崖山水库，可现在张二爷说，沙城比起整个世界就像是粮仓里的一粒麦粒一般。

狗蛋第一次从张二爷这里听说了外面更加广阔的天地。张二爷虽然也没有多少文化，可他十几岁就参军，南征北战走了很多地方，见识了很多东西，他就把自己的见闻，讲给狗蛋听。

张二爷住在阳曹小学里孤苦伶仃。学生们一放学，学校里就只剩他一个人，连个说话的伴儿都没有。现在狗蛋当了他忠实的听众，张二爷就兴致勃勃地给狗蛋讲故事。狗蛋傻乎乎地问东问西，张二爷就给他耐心地解释。

“张二爷，这都放学二十分钟了，你咋还不敲钟？”张二爷和狗蛋正聊得起劲，校长李卫民推门进来说道。

“哎呀，我和狗蛋喧（聊）得忘记时间了！”张二爷一看桌子上的机械闹钟，发现放学的时间果然已经超了二十分钟了，赶紧一瘸一拐地去槐树底下敲钟。

在那个年代，钟表可是稀罕东西，整个阳曹小学里也就只有校长李卫民有一块手表，再就是门房里张二爷的这个上发条的闹钟。所以其他老师都没有发现放学的时间已经早过了。

放学的钟声敲响，孩子们蜂拥跑出校门，嬉闹着回家。人都快走尽了，狗蛋才看到哥哥东子和小兵一起走出校门。狗蛋赶紧告辞了张二爷，从门房里出来追了上去。

“你咋又跑到学校里来了?”东子不悦地说道。

“我……我也想上学。”狗蛋嗫嚅道。

“你急啥？等明年岁数够了自然就能上学了。”东子没好气地说道。

“我……”狗蛋低头，哥哥东子不喜欢他天天来学校，可狗蛋一个人待在家里也太闷了。

“上学有啥好的?”小兵却郁闷地说道，“整天被关在教室里，上课也不许说话，回家还得写作业，一点都不好玩!”小兵是二队里出了名的孩子王，整天就喜欢掏鸟窝挖老鼠洞，一点都不喜欢上学，所以他一年级就被留了级。不过小兵却一点都不在乎，依旧我行我素。

东子整天和小兵一起玩，渐渐地和小兵一样不喜欢上学了。他们有时候结伴逃课，躲在大队部里悄悄玩耍。东子的成绩自然也是一落千丈。母亲对此十分着急，却一点儿办法都没有。狗蛋却对上学充满了憧憬，他几乎每天都去学校大门口转悠。

张二爷闲的时候就会把狗蛋叫进门房，给他吃压缩饼干。张二爷的战友可能怕他在老家饿肚子，就给他寄来很多的压缩饼干。张二爷偶尔还会拿出用糖腌的槐花，用水冲了让狗蛋喝。这槐花就是校园里那棵大槐树上的。腾格里沙漠边的人只会用面拌了槐花，蒸成一种叫“槐花布拉”的面点来吃，没有人会用糖腌槐花。张二爷应该是从南方的战友那里学会的这种腌槐花的方法。

狗蛋有时候聪明伶俐，有时候却傻得可爱，经常惹得张二爷开怀大笑。再加上狗蛋嘴甜，一口一个张二爷，叫得十分亲热，张二爷便十分喜欢他。于是，张二爷经常给狗蛋讲各种见闻，狗蛋从张二爷那里知道了很多很多新奇的事情。

外面的世界有一种叫大海的东西，里面的水一眼望不到边，味道居然是咸的，人却不能喝。外面的大城市就有一百个沙城县那么大，里面的人就跟腾格里沙漠的沙子一样多，数都数不过来。南方一些地方一年四季居然都不下雪，也不用穿棉袄，天气也不冷。那里的小孩子生来就会游泳，他们天天在河里洗澡。不过，南方的小孩没有见过沙漠，也没有见过骆驼。

狗蛋对外面的世界无限向往。他暗暗发誓，自己长大了一定要去外面看看。

秋去冬来，腾格里沙漠里下了一场百年不遇的大雪。

清晨，母亲发现门被厚厚的积雪埋住了，完全推不开。东子便从窗户里翻出去，拿铁锹铲开了一条通道，这才拉开了门。

狗蛋兴奋地套上棉袄，拿起了小铲子，和东子一起把院子里的雪都铲到了父亲母亲挖好的树槽里，等春暖雪化，就可以种白杨树了。

把雪铲成了一座小山，东子和狗蛋就开始堆雪人。东子是“总设计师”，狗蛋则屁颠屁颠地按照东子的指令寻找着各种道具。水桶当帽子，笤帚当手，煤块当眼睛，堆的雪人栩栩如生。

“哥，你咋会弄这雪人的？”狗蛋对东子佩服得五体投地。

“书上看的。”东子拿出自己的语文课本，上面果然有一幅插图里画着一个雪人。

“哇！你堆得真像！”狗蛋笑道。

“啪！”忽然，一颗雪球砸中了狗蛋的头。

雪就“簌簌”地钻进狗蛋的衣领里，冷得他一个激灵。他转头一看，却见小兵又捏了一个雪球朝他和东子砸来。三个人就打起了雪仗。狗蛋和东子虽借助雪人的掩护，仍不是小兵的对手，只好举手投降。

“我们去‘灭四害’，抓雀儿吃吧！”小兵笑道。

抓麻雀、老鼠是小兵的拿手好戏，他经常能抓到麻雀烤来吃，这让所有的孩子羡慕不已。在那个年月里，大家连肚子都吃不饱，更别说能吃到肉。

“去哪里抓雀儿啊？能抓到吗？”狗蛋兴奋地叫道。

“嘘！”小兵示意狗蛋小声点，然后说道，“下雪天麻雀找不到吃的，最好抓了，支起个筛子撒上粮食，就能抓到！”

“那还等啥，我们赶紧去抓吧！”狗蛋咽着吐沫，着急地说道。

“我已经偷了我们家的筛子，就缺粮食了，你们得去偷点你们家的米！”小兵小声说道。

“行，”东子一推狗蛋说道，“你去偷米！”

“为啥又是我？”狗蛋愤愤不平地说道。每次干一些偷偷摸摸的事情，东子都会指使让他去。

“你的目标小一些，不会引起妈的怀疑嘛！”东子拍了拍狗蛋的肩膀。

“就是，你要不去偷米，我们抓到雀儿就不给你吃！”小兵开始威逼利诱。

“好吧。”狗蛋郁闷地噘着嘴回到了屋里。

炉子里燃烧着父亲托李师傅捎来的炭，所以屋子里十分暖和。母亲和李二婶坐在热炕上，裁剪着过年的衣服。

狗蛋假装漫不经心来到了柜子边，借着桌子的遮挡轻轻打开了柜子的门，伸手抓了一把小米，迅速装进了口袋里，然后又漫不经心朝门口走去。

“狗蛋！”母亲却叫住了狗蛋。

“啊？”狗蛋顿时吓得手足无措，以为母亲发现了他在偷米。

“雪这么大，你们就在院子里玩，不要跑出去，仔细滑倒摔了牙！”母亲嘱咐道。

“嗯。”狗蛋松了一口气，赶紧出门。

“咋样？”东子、小兵紧张地看着狗蛋。

狗蛋没有说话，悄悄从口袋里，掏出了小米。“行！一会让你吃两只麻雀！”小兵赞许地拍了拍狗蛋，就带着他们来到大院的一处墙角。这里有好几个麦草垛和柴垛，是堆放柴火的地方，十分僻静。

这里也是麻雀栖息的好地方，墙缝和柴草垛里有好多麻雀窝。小兵在雪地里扫出了一片空地，老练地支好了筛子，在筛子底下撒上了狗蛋偷来的小米，便拉着绳子和东子、狗蛋躲在柴草垛后面。

可过了好半天，没有一只麻雀进入筛子里吃小米。它们似乎洞察了小兵的陷阱，蹲在墙上、树上“叽叽喳喳”地叫着，却不下来。

“它们咋不下来啊！”狗蛋忍不住低声问道。

“早呢！”小兵笑道，“你以为雀儿那么好抓啊？它们也不傻，要看好了情况，觉得没有危险了才会下来呢！”

狗蛋郁闷地推了推棉帽子，只好耐着性子等麻雀下来。

等了好一会儿，才见一只麻雀飞下来。它在筛子边盘桓了好几圈，这才跳进筛子底下吃了一粒小米。

“快拉！”狗蛋着急地叫道。

“扑踏！”那只麻雀听到狗蛋的叫声，吓得翅膀一振就飞上了树梢。

“你瞎嚷嚷啥？”东子在狗蛋头上拍了一巴掌。

“刚才那只雀儿明明到筛子底下了，你咋不拉绳子啊？”狗蛋不解地问小兵。

“才一只雀儿，就算抓到了，是我吃还是你吃？”小兵没好气地说道。

“哦。”狗蛋只好缩起身子，不敢发出任何响动。

过了好一会儿，又有一只麻雀飞了下来，进了筛子吃小米。狗蛋这次学乖了，一声不吭。又过了一会儿，四五只麻雀飞了下来，也跳进筛子底下吃起了小米。狗蛋焦急地看向小兵，却见他完全没有拉绳子的意思。狗蛋打着手势，又使劲地努嘴，示意小兵拉绳子。小兵却没理他，依旧聚精会神地盯着筛子里的麻雀，像一个老练的猎人。

狗蛋大急，生怕麻雀吃完小米就跑了。可绳子在小兵的手里，狗蛋就算急也是白搭。这时，就见一大群麻雀“呼啦啦”地飞下来，进了筛子底下吃小米，小兵这才猛地一拉绳子。

“扑簌簌！”麻雀一哄而散。

筛子很轻，落下去的时候就惊动了麻雀。不过还是有五只麻雀没有来得及飞，被扣在筛子底下。

“哇！”狗蛋兴奋地大叫。

“嘘！”东子又拍了狗蛋一巴掌。狗蛋吐了吐舌头表示歉意。

“你们不懂，麻雀多的时候才能拉绳子，要是只有四五只就拉，恐怕一只都抓不住！”小兵这才得意扬扬地笑道。

“原来是这样，小兵哥，你真厉害！”狗蛋对小兵佩服地说。

“我们咋才能把筛子里的雀儿抓出来？”东子皱起了眉头，“一揭筛子雀儿肯定会逃跑的！”

“没事，我们脱下衣服罩在筛子边上，把手伸进去就能抓住雀儿了！”小兵老练地说道。

“那我们用谁的衣服呢？”狗蛋问道。

“当然是你的了！”东子、小兵不约而同地看着狗蛋说道。

“咋又是我？”狗蛋愤愤不平地说道，“刚才偷米的就是我，现在又要拿我的衣服抓雀儿，要是弄脏了衣服，妈肯定会骂我的！”

“你小些，妈又惯着你，顶多骂几句就完了！”东子说道，“我的衣服要是弄脏了，妈可就真生气了！”

狗蛋竟然无言以对。母亲对自己的确是比哥哥东子溺爱得多。而小兵是捕捉雀儿的大功臣，自然不能让他脱了衣服来抓雀儿。而且让李二叔看到小兵把衣服弄脏了，肯定又是一顿揍。想了想，狗蛋只好脱下了棉袄外面的粗布罩衣。

小兵轻轻把筛子揭起来一个小缝，用狗蛋的衣服盖住了缝隙，然后将手伸进了筛子里。

“扑簌簌！”筛子里的麻雀扑腾着，可哪里能逃得过小兵的手？小兵一把从筛子里抓出了五只麻雀。

“我们咋吃啊？”狗蛋抖掉衣服上的土着急地问。

“当然是烧着吃了！”小兵找来几块土坯垒了一个简单的灶，又从柴垛里抽了些麦草和柴，用火柴点燃。

小兵经常在野外烤着吃东西，不仅随身带着火柴，动作还十分娴熟老练。小兵用细树枝串了麻雀架在火上烤，狗蛋和东子垂涎欲滴，焦急地等待着麻雀烤熟。

过了好一会儿，五只麻雀都被烤成了黑炭。小兵取下了一只烤麻雀，在地上磕了磕，剥掉皮，只见里面露出了干净粉嫩的肉，还冒着热气。一股诱人的香气扑鼻而来。

小兵撕了一块肉，丢进嘴里尝了尝说道：“熟了，你们也吃吧！”

“好啊！”狗蛋早就垂涎三尺，抢过一只烤麻雀，学着小兵的样子在地上磕了磕就抓起来剥皮，结果烫得他龇牙咧嘴地左右倒着手。

“哈哈哈！”小兵和东子都被狗蛋滑稽的样子给逗笑了。还没等剥尽外面焦黑的皮，狗蛋便大口大口地吃起了肉。可惜烤麻雀太小，没有多少肉。

三个人各吃完一只麻雀就停下了。还剩两只烤麻雀，三个人可不好分。

“我偷了米，还脱了衣服，我得吃一只雀儿！”狗蛋毫不客气地拿起了一只烤麻雀。东子和小兵也没有阻止狗蛋。

“雀儿是你抓的，我啥都没有干，最后这只你吃了吧！”东子对小兵说道。

小兵拿起了烤麻雀剥掉了皮，却撕了一半递给东子说道：“咱们有福同享，有难同当！”

“好！有福同享，有难同当！”东子接过烤麻雀津津有味地吃了起来。

三个人吃完烤麻雀，小兵便把地上的骨头碎渣什么的踢进火堆里烧掉，最后解开了裤子往火堆上撒尿。东子、狗蛋也学着小兵，在火堆上撒尿浇灭了火。

“哈哈哈！”三个人都开心地笑起来。

他们撒完尿，还没系好裤带，就听见身后有动静。狗蛋回头一看，大吃一惊，只见不远处的一个麦草垛居然燃起了大火。可能是刚才烤麻雀的时候有火星落在了麦草垛里，引燃了麦草。

“不好了，着火了！”狗蛋惊慌地大叫起来。

母亲和李二婶听到了声音急忙赶来，紧接着李二叔和大军、秀儿也来了。他们拿着铁锹快速铲雪，扬在了着火的麦草垛上。雪遇到火便化成了水，很快浇灭了火。

“幸亏今天有雪，不然这些麦草垛和柴堆肯定都会着火！烧了柴草不要紧，要是引着了房屋可就完了！”李二婶叹道。

“是谁点的火？”李二叔严厉地问道。

“是他！”小兵毫不客气地拿手指着狗蛋。

“啥？咋又是我？”狗蛋愤愤不平地说道。

大人们一听就知道狗蛋是“背锅”的。李二叔二话不说，一把揪住小兵，在柴垛上抽了一根木棍，准备收拾小兵。小兵一见他爹动了真格，猛地挣脱，一溜烟就跑了。李二叔便提着木棍追了上去。

“我的妈呀！他爹今天发了狠，我可得赶紧去拦着点，别把小兵打坏了！”李二婶赶紧带着大军、秀儿走了。

“你俩咋这么勺？柴垛也是点着玩的吗？”母亲一脸怒容。

“我……我们烧着吃雀儿，不小心……”东子见母亲生气，愧疚地低下了头。

“都是小兵提议的！他说要带我们抓雀儿吃，我只偷了米，再啥都没有干！”狗蛋赶紧替自己开脱。

“有事就往别人身上推，没出息的东西！”母亲恨声骂道，从柴垛上抽出了一根树枝，狠狠地抽着狗蛋的屁股。

“我……”狗蛋见母亲真的生气了，不敢再说话，就用手护住了屁股蛋。母亲今天下手一点都不留情，把狗蛋的手抽得生疼。狗蛋赶紧拿开了护着屁股蛋的双手。即便如此，狗蛋还是疼得龇牙咧嘴，大声哭叫，“妈！我再也不敢了，你就饶了我吧！”

“妈，不关狗蛋的事，是我带他烧雀儿的，是我让他去偷米的，您打我吧！”东子也哭起来，跪在母亲脚下，拽住了母亲的胳膊，不让他打狗蛋。

“你也越来越没出息了！”母亲又拿起了树枝，抽打起了东子，“让你好好念书，你却一天跟着小兵逃课，上次考了50分还不敢给我说，你以为我不知道吗？”

“妈！”东子哭叫，却不躲不避。“我考试不及格不敢给您说，今天又带着狗蛋点着了柴垛，我……我该打！可是……我每天一到学校里，老师就故意找我的茬，我……不想念书了！”

“你胡说啥？”母亲一把推开了东子，不可置信地说道，“你咋能不念书呢？你也想和你爹妈一样当睁眼瞎吗？”

“我……”

“你太爷爷是十里八乡唯一的秀才，他的后人咋能当睁眼瞎？”母亲恨铁不成钢地说道，“你爹那是因为没办法，才没有念下书，你们现在有书念，咋能不念呢？妈还等着你俩考上大学呢！”

“妈！我不是不想念书，可是……”东子委屈地扑进母亲的怀里。

“不管咋样都要好好念书呢，这可是你们出人头地的唯一办法啊！”母亲也潸然泪下。

东子和狗蛋都低下了头。

雪化尽的时候，已经是腊月了。

狗蛋家屋檐下父亲编的柳条筐里，早就住满了野鸽子。它们成天飞来飞去，在柳条筐里“咕咕”地叫着，一点都不怕人。

父亲托李师傅带来了一些布料，母亲忙着给一家人缝过年的衣服，东子带着狗蛋和小兵一起在大院子里玩。

三个人用木头削了陀螺来玩。小兵的陀螺是最大的，上面还用墨水画了一道装饰的花纹。他“啪啪”地用鞭子抽着大陀螺，狗蛋则羡慕地大声叫好。狗蛋用东子削铅笔的小刀削了好几天都没有削成一个陀螺，反倒是把手指削得满是口子。

东子便给狗蛋削了一个小陀螺。可狗蛋的鞭子是一截破布条，只能勉强抽转陀螺，不能像小兵的鞭子那样把陀螺抽得“啪啪”响。小兵也不知道从哪里弄来了四个羊骨节，带东子和狗蛋玩一种“吃子儿”的游戏。

大多数孩子“吃子儿”的器具，不过是一块普通的石头和几个涂了红墨水和黑墨水的杏核。即便是涂了红墨水和黑墨水，杏核也只有两个面，而羊骨节却有四个面，玩起来要复杂得多。所以，谁要是有一副“吃子儿”的羊骨节，就能在孩子们当中引来一片羡慕的目光。

而小兵不仅有四个很大的羊骨节，还有一块洁白如玉的石头。所有的孩子都巴结着小兵，想跟着他玩“吃子儿”。不用说，所有的孩子玩“吃子儿”都不是小兵的对手。

# 第6章　鞭炮和奖状

年关将近，父亲又让李师傅捎来了好多吃的用的东西，狗蛋娘仨望眼欲穿地等着父亲回来。

可父亲直到大年三十的下午，才提着他的人造革包匆匆回到家里。东子和狗蛋几个月没有见父亲，又变得生分起来。

“你们咋不叫爸了？”母亲包着饺子笑道，“你们天天念叨爸，盼着爸爸来，现在他来了，你们却又认起生来了！”

“爸。”东子、狗蛋不好意思地笑道。

“狗蛋！”父亲一把抱起狗蛋，用力地亲了亲他的脸蛋。父亲的胡子扎疼了狗蛋的脸，他双腿一顿乱踢，就踢脏了父亲干净的蓝色中山装。

“东子，去给你爸舀水洗脸。”母亲吩咐。

东子便舀来了水让父亲洗脸。

“你咋三十后晌了才进门？”母亲嗔怪道。

“单位上忙啊！”父亲拿毛巾擦着脸。

“我听队里的人说水库已经修好了，还忙啥？”母亲疑惑地问道。

“水库是修好了，可水渠还没有修好。”父亲笑道，“县里正式成立了水利局，我已经到城里上班了！”

“真的？”母亲惊喜地停下了手里包的饺子。

“当然是真的了！这么大的事情我还能哄你？”父亲笑道，“县水利局成立才一个多月，食堂里就我一个大师傅，我每天要做一百多人的饭，早上5点还得烧开水，白天打扫卫生，晚上还得看大门呢！”

“这么忙啊？难怪三十后晌才进门！”母亲叹道。

“我算啥？王局长现在还在视察水渠呢，他都没有时间回家过年！”

“王局长？”

“就是王福恭，他以前是水库工程的总指挥，现在是县水利局的局长，我今天就是坐着他的车来的。”

“啥？都是局长了，过年都回不了家？”母亲愕然。

“官越大，责任就越大呢！”父亲叹道，“王局长是县级干部，本来按照级别是要到县里任职的，可他说水库才修好，不放心交给别人，就当了县水利局的局长。还有左工那么大的科学家，也和王局长一起视察水渠，说是尽可能开春就给我们放水呢！”

“哦。”

“水库可是我们沙城县造福子孙，千秋万代的功业，只要修好了水库，沙窝就不会再埋了我们的家，全县的人才不会饿肚子。”父亲又说道，“所有的人都扑在工作上忙，恨不得不吃饭不睡觉，我这个烧火做饭的还算是清闲的呢！你是没见水利局上班的阵势，每个人都像打仗一样！他们到食堂来吃饭，手里都拿着图纸看着呢！有些人忙得连饭都顾不上吃，我就把饭菜给他们送过去！”

“他们都是大干部了咋比我们农民还忙？”母亲又不解地问道。

“当然都是为了治理沙漠，把我们沙城县建成塞上江南啊！说了半天你咋没有听懂呢？”父亲笑道。

“我们从小就住在沙窝边，也没有觉得沙窝有啥不好。”母亲说道。

“你是不知道，腾格里沙漠风吹沙走，一年一年往南移动着呢！要是再不治沙，我们阳曹大队最多二十年就会被沙子埋掉！”

“是吗？那东子、狗蛋他们将来不就没地种了？”母亲愕然。

“到时候阳曹大队都被埋进沙窝里了，我们连家都没有了，还种啥地啊！”父亲叹道。

“这……”母亲愣住了。

“治沙已经是火烧眉毛的事情，所以王局长和水利局的人才那么拼命啊！”父亲又叹道，“我能来过两天年，就已经不错了！”

“啥？你在家待两天就走啊？”母亲皱起了眉头。

“没办法啊，好多人都在局里加班，没有人给他们做饭，总不能让他们天天啃馒头吧？”父亲笑道，“我初二就得赶回去，初三水利局所有人就正式上班了！”

“好吧。”母亲叹道，她虽然很想让父亲在家里多待几天，可父亲现在成了公家的人，又干着治沙的大事情，她也不好阻拦。

“东子、狗蛋，来吃糖！”父亲从人造革皮包里掏出了一包糖。

“哇！”东子和狗蛋惊喜地过去吃糖。

父亲买来的糖有方有圆，还包着精美的塑料糖纸，比村里小卖部卖的糖高级多了。

“这是鞭炮，你们兄弟俩一人一串。”父亲又从人造革包取出了两串鞭炮。

“哇！炮！”东子和狗蛋顿时兴奋地大叫起来。

他们曾经在镇上见人放过鞭炮，当时震耳欲聋的巨响把狗蛋都吓哭了。阳曹大队里也就只有支书家过年才放得起鞭炮。哪个小孩要是能从支书家放完的鞭炮屑里捡到一两个没有爆炸的鞭炮，无异于得到了最好的宝贝，必须约上关系好的朋友一起放。现在父亲居然带来了两串鞭炮，东子和狗蛋当然非常激动。

“我还给你买了方巾和抹脸油。”父亲又从人造革皮包里掏出一块方巾和一个精致的铁盒子。方巾就是四四方方的头巾，是腾格里沙漠边妇女们必备的头饰。

把方巾折叠成三角形戴在头上就可以保暖御寒。或把戴在头上的方巾一角折叠搭在另一边，这样能把整个头脸口鼻都包得严严实实的，既可以防止风沙吸入口鼻，还可以抵御太阳的紫外线。不仅如此，方巾还能用来包衣服，包食物……

在那个年代，方巾是农村妇女最漂亮的头饰。当时的人们大多穿着蓝色、黑色的衣服，唯有女人们的方巾是五颜六色的。谁家的姑娘、媳妇要是戴了一块漂亮的新方巾，会让别人羡慕好几天。

“你让李师傅带来的布我已经做了新衣服，你还给我买方巾做啥呢？”母亲笑道。

“你的方巾戴了三四年，早旧了！”父亲叹道，“我今年挣了工资，就给你买了一块。”

“你要买也买个素色的，咋买了个红色的？”母亲羞涩地笑道，“我都三十几了……”

“你可是十里八乡最俊的女子，虽然三十几了却也比城里的那些女人都俊呢！”父亲笑道。

母亲的脸顿时就红了，转头说道：“东子，带狗蛋去外面放炮！”

“好！”东子和狗蛋就拿了鞭炮和火柴，去院子里“噼里啪啦”地放炮。

父亲准备好上坟的东西，带着东子、狗蛋去上坟烧纸。

往北走四五里就是浩瀚无垠的腾格里沙漠，狗蛋家的祖坟就在腾格里沙漠的边上。坟茔最上首是狗蛋的高祖——崖山秀才王三爷的坟墓，下来的一座坟墓里埋葬着狗蛋的爷爷。

狗蛋的爷爷虽然没有狗蛋高祖王三爷那么有名，却也是很厉害的人，他是一个有钱的驼商。他从凉州城里贩卖了丝绸布匹、茶叶瓷器等货物，组织驼队穿越腾格里沙漠到内蒙古大草原牧区，把货物卖给牧民，换来牲口、酥油、皮货。

这是一份很危险的职业。浩瀚无垠的腾格里大沙漠可不是谁都能穿越的，里面随时都会刮起遮天蔽日的沙尘暴，让驼队迷失方向。即便是富有经验的驼商，在没有沙尘暴的情况下也得走七天七夜，才能横穿腾格里沙漠到达牧区。最关键的是，腾格里沙漠里几乎没有水，七天七夜的路上，只有几处海子可供驼队歇脚，补充水分。

不过，狗蛋的爷爷是很厉害的驼商，他对腾格里沙漠的地形了如指掌，他知道哪里能躲避沙尘暴，哪里能找到水，哪里能找到吃的，就连哪片梭梭下面的锁阳、苁蓉要长出来了他都知道。

狗蛋爷爷的驼队在经商巅峰时期有一百多头骆驼。他在凉州城里开着一家名叫“永盛和”的大商铺，就连牧区的包头城里都有“永盛和”的分号，在当时提起赫赫有名的“永盛和”商号，没有人不竖大拇指的！

时逢民国乱世，狗蛋的爷爷不能考秀才走仕途，却靠着自己的努力成就了一番辉煌的事业。后来兵连祸结，狗蛋爷爷便卖了商号回家归隐种地。

狗蛋爷爷在牧区有很多的莫逆之交，狗蛋的三个伯父后来就陆续去了牧区投奔狗蛋爷爷的这些挚友，阳曹大队里只留下了狗蛋父亲。

“爷爷！不孝孙子又来给您上坟了！我虽然没有念下书，可也没有辱没你的名声！”父亲跪在王三爷的坟前不禁唏嘘。

“爹，我招工成了公家人，我们家再也不是谁都看不起的地主，我们终于也能扬眉吐气地活人了！”父亲又跪在狗蛋爷爷的坟前，泪流满面。

东子就跟着父亲跪在坟前，点着了烧纸。烧完纸，父亲和东子都擦干了泪，准备最后的磕头祭奠仪式，却见狗蛋还站在一边傻乎乎地眨巴着眼睛。

“狗蛋，你傻愣着干什么？赶紧过来跪下磕头！”东子无奈地叫道。

“我不能磕头。”狗蛋一本正经地说道。

“为啥？”父亲和东子大惑不解。

“妈今天早上给我穿新衣服的时候说了，不能把新衣服弄脏，要是弄脏了就要打我呢！”狗蛋振振有词地说道，“我要是跪在地上磕头会弄脏新裤子的！”

“哈哈哈！”父亲和东子大笑起来。

“咋了？我说的是真的！”狗蛋见父亲和东子笑他，郁闷地说道，“早上妈说这话的时候哥也在的，我可没有瞎说！”

“这是给先人磕头，就算弄脏了衣服妈也不会怪你的！”东子笑道。

“没错！赶紧过来给你太爷爷和爷爷磕头吧！”父亲笑道。

“哦。”狗蛋这才放心大胆地跪在地上，像小鸡吃米一样磕起了头。

父亲和东子拿出母亲准备的南瓜包子和胡麻卷馍，掐了一些扔在坟前祭奠。狗蛋却兴奋地迈着小短腿爬上了坟茔后面的沙丘。

无尽的沙海一眼望不到边，无数的沙丘连绵起伏，就像一匹匹巨大的骆驼。狗蛋每次看到浩瀚无垠的腾格里沙漠，心中都无比震撼。

腾格里沙漠充满了神秘色彩，有些人说，腾格里沙漠里住着至高无上的神仙，一般人不能进去乱跑。有些人说，腾格里沙漠里住着美丽的仙女，她怕别人打扰，所以不让人进去。还有些人说，腾格里沙漠里住着可怕的沙魔，沙漠里的沙尘暴就是这个沙魔发怒时吹出来的，谁要是贸然进入腾格里沙漠，沙魔就让他迷路，然后吃了他。

虽然传说各不相同，可谁都说腾格里沙漠是不能轻易进去的。腾格里沙漠里的沙丘看起来都差不多，不熟悉沙路的人进去转几圈就找不到出来的路了。

狗蛋对腾格里沙漠充满了无限的向往。他很想去腾格里沙漠里面看看，那里到底住着神仙还是沙魔。他也很想穿越腾格里沙漠去看看北方的大草原。

风吹过，细沙就在沙丘的顶上轻轻地滚动飞舞，沙丘就这样极其缓慢地朝前移动。

虽然看似缓慢，可日积月累，沙丘就会无情地推进，吞没一切。狗蛋看到，沙漠边的沙枣树和梭梭树，好多已经被沙子埋掉了，只剩下了干枯的一截。

“这些沙丘比去年又近了一些。”父亲带着东子也爬上了沙丘叹道，“你太爷的坟就快让沙子给埋掉了！”

“那可咋办啊？”东子叹道。王三爷是他最崇拜的人，东子可不想太爷爷的坟墓被埋掉。

“没事，水库已经修起来了，等把水引到这里，我们就在这沙漠边上种树，沙漠就过不来了！”父亲充满信心地说道。

“爸，我们去沙窝里转一会儿吧？”狗蛋说道。

“沙窝里有啥好转的？赶紧回家吃饺子过年啊！”父亲笑着说道。

父子三人下了沙丘回家，狗蛋人小腿短，跟在后面就越走越慢，父亲只好背着他。

回到家里，母亲早就包好了饺子等着他们，一家人围坐在火炉边，吃起了饺子。饺子馅里有好多肉，经过父亲亲自调味，味道非常好，东子和狗蛋吃得满嘴流油。吃过饭，父亲又从人造革包里取出来一张纸，上面画着红色的图案，还写着几行字。

“这是个啥？”狗蛋娘仨好奇地问道。

“奖状。”父亲笑道，“是水利局发给我的奖状。”

“奖状？是个啥？”狗蛋更加好奇。

“奖状就是奖给好学生的东西！”东子说道。

“你爸一个字都不识，咋可能得学习好的奖状？”母亲疑惑。

“这……”东子这才意识到父亲不识字。

“奖状可不是只发给学习好的学生，还发给工作好的职工呢！”父亲笑道，“我们水利局里今年评了十几个先进工作者，都发了奖状！”

“你只是个烧火做饭的，居然也能和那些干部一样当先进工作者？”母亲惊讶地问道。

“我们水利局里，干部工人一个样！”父亲又笑道，“虽然我只是个厨师，可王局长说我是工作最积极的，一个人干几个人的活，他还让我上台讲话，要大家都向我学习呢！不过，我可不会讲啥话，随便说了几句他们就都笑我……最丢人的是，我连奖状上的字都不认识！”

“东子，你快念念，这上面写的啥字？”母亲问家里唯一识字的人。

“哦，这上面写的是：奖给先进工作者，王天健同志。”东子虽然只是二年级的学生，可也学了不少字，连认带猜总算是读出了奖状上的字。

“啊呀！真的是先进工作者！”母亲高兴地叫道，“我去打糨子，把这奖状贴到墙上。”

“不用了，我们又不识字，贴了也看不懂！”父亲笑道。

“这可是我们家的脸面！是王三爷家的脸面！”母亲下炕，用一个铁勺搅了面，放在炉子上烧了一会儿，就烧成了一勺糨糊，把父亲的奖状端端正正地贴在了墙壁上。

“我现在已经到了城里，有了自己的一间宿舍，我打算最迟明年秋天就先接东子去城里念书！”父亲又说道。

“真的？”狗蛋娘仨都惊喜地叫道。

“当然是真的了，我给你们说过要带你们进城的嘛！”父亲笑道。

“你一个工人，能把娃娃的学转到城里吗？”母亲又担心地皱起了眉头。

“我当然不行了，”父亲笑道，“我今天来的时候坐着王局长的车，路上他问起了娃娃念书的事情，我就给他说了，王局长说过完年就找人问问，先把东子的学转到城里，狗蛋等将来再说！”

“这可太好了！”母亲和东子都欣喜地笑道。

狗蛋却一个人郁闷地吃着糖，本来就没有人和他玩，要是哥哥东子再去了城里念书，他就更孤独了。

“过完年我尽快想办法给你转学！”父亲拍了拍东子的肩膀说道，“你必须把书给我念好！”

“嗯。”东子点头。

“行了，我们去抓鸽子吧。”父亲低声说道。

“啥？抓鸽子？我也去！”狗蛋兴奋地大叫。

“嘘！你嚷嚷啥？”东子瞪了狗蛋一眼。

狗蛋吐了吐舌头。

“都去，悄悄地，不要说话。”父亲下炕出门，找来了一个装粮食的麻袋，又悄悄搬来了梯子，轻轻地架在一个鸽窝的下面。他拿着麻袋慢慢地上了梯子，猛地用麻袋套住了整个鸽窝。

“扑簌簌！”鸽窝里的鸽子惊慌失措地飞出了窝，却飞进了麻袋里。“扑簌簌！”其他鸽窝里的鸽子，也受了惊吓飞出了鸽窝。

父亲拿着麻袋跳下梯子，用绳子扎住了麻袋口。

“哇！明天我们就能吃鸽肉了！”狗蛋又兴奋地大叫。

大年初一的早晨，狗蛋被院子里的一声鞭炮惊醒了。他咂了咂嘴，迷迷糊糊地想继续躺在暖和的被窝里睡回笼觉，忽然脑子一个激灵，就一骨碌爬起来。

他想起来，哥哥东子的那串鞭炮昨天一下子就放完了，就连哑火的几个也被他俩捡拾着放了。那么院子里现在放的鞭炮，肯定就是东子偷自己的。

狗蛋的鞭炮舍不得一下子放完，想留着拆开了一个一个地放。他赶紧拿起了自己的衣服，发现兜里的鞭炮果然被拆开了。

“哇！”狗蛋顿时大哭起来。

“大年初一你哭啥呢？”母亲走了进来没好气地问道。

“哥偷了我的炮！”狗蛋哭道。

“是我让他拿你的炮去放的，图个新年吉利！”母亲说道，“你们是亲兄弟，啥偷不偷的。”

狗蛋见是母亲让东子放的炮，只好作罢。

“赶紧穿好衣服跟你哥去给李二叔他们拜年，要是迟了，仔细你哥不领你！”母亲又笑道。

“嗯。”狗蛋赶紧穿好了衣服下炕出门，屁颠屁颠地跟着东子去给李二叔家拜年。

晌午时分，狗蛋家来了一大帮拜年的人。父亲进城当了工人，今年过年又买了鞭炮放，村里的乡亲们就都想来狗蛋家转转。母亲赶紧端出了糖和油果子请大家吃。

“四爷，你得了这个奖状，将来能不能提拔当干部？”有人指着墙上的奖状问道。

“当然不行了！”父亲笑道，“我一个睁眼瞎，连自己的名字都写不好，咋能当干部？能把工人当好就不错了呢！”

“那你得了这个奖状涨了多少钱的工资？”又有人问道。

“工资也没有涨，这个奖状就是个荣誉，是表扬我工作干得积极，再没有啥。”父亲又笑道。

“既不能提干，也不给涨工资，那这个奖状顶啥用啊？”有人不解地问道。

“我们水利局刚刚成立没几个月，所有的人都拼了命地干工作，只是想早些把水库里的水引到我们腾格里沙漠边，不让沙子填了我们的家，让大家不要再饿肚子。”父亲叹道，“至于个人能得到啥好处，大家并不咋计较的。”

“这……”众人没有想到父亲的觉悟这么高，就有些不好意思。

“我们修好水库，治理好腾格里沙漠，才能让我们的后人继续在沙窝边祖祖辈辈种地活人，这就是我们最大的好处啊！”父亲叹道，“要是不治沙，再过二十年我们阳曹大队就会被沙子埋掉！到时候我们的后人可就没有地种了，都得出去讨吃要饭！”

“真的？”众人吃惊地看向父亲。

“当然是真的，这可不是我胡说八道，是京城来的大科学家左凤璋说的！”父亲叹道，“左凤璋就是设计了崖山水库的总工程师，经过他研究测量，这腾格里沙漠每年都要推进好几米，如果不抓紧治理，推进的速度还会成倍增加。据他预测，不出二十年，腾格里沙漠就会和巴丹吉林沙漠合拢，到时候我们沙城县就会被沙漠吞没。所以县里才花大力气修了崖山水库，就是因为治沙已经火烧眉毛了呀！”

“这……”前来拜年的乡亲们面面相觑。

“我昨天上坟的时候，发现沙丘越来越近了呢！”父亲又叹道：“我爷爷的坟都快被沙窝埋掉了！”

“没错！这几年的黑风越来越多，沙漠的确是往南移了好一截子！”

“就是的，沙窝边的那些地里全是沙子，明年怕是种不成庄稼了呢！”

“照这样下去，沙漠真的能把阳曹大队给埋掉呢！要是再不治沙，娃娃后人们真的就要讨吃要饭呢！”

众人这才相信了父亲的话。

“四爷，你给我们讲讲城里都有些啥新奇的东西？我听说城里人过日子和我们不像，他们都是个啥样子？”有人就好奇地问道。

“城里人过日子的确和我们不像。”父亲说道，“他们每天早上起来都要刷牙，他们晚上有电灯，比油灯亮得多。”

“四爷，包产到户有消息了吗？”又有人问道。

“我听说县里已经定了，明年开春就包产到户！”父亲笑道。

“真的？”

“那队里的地咋分？抓阄吗？”

“还有队里的牲口和东西咋分？”

众人纷纷关切地问起来。

“好像说是每个大队都会派工作组，负责指导包产到户，分地分东西。”父亲笑道，“大家不用担心，肯定会分得公公平平，不可能让谁吃亏的！”

第二天大年初二，父亲早上起来就要去城里上班。

“你吃了晌午饭再去吧？”母亲皱起了眉头。

“不了，我得走到镇上等班车，赶天黑必须到城里。”父亲叹道，“明天早上水利局就上班了，我得给大家做饭。”

“那就带上些油果子，去镇上等班车的时候吃。”母亲赶紧用报纸包了好多油果子，装在父亲的人造革包里。

“行了，我走了，你把娃娃们看好。”父亲提起了人造革包。

“嗯。”母亲抹起了眼泪。

“爸!”狗蛋和东子上去抱住了父亲的腿。

“你们两个可得听话，你妈身子有病，不要让她操心你们!”父亲嘱咐道，“尤其是东子，有空了多看看书，不能再考不及格!”

“嗯!”东子点头。

父亲提着人造革包走出大门，狗蛋娘仨就把父亲一直送到了村口的路上。直到父亲走得都看不到了，母亲还带着东子、狗蛋在路口抹着眼泪。

# 第7章　包产到户

春暖花开的时候，县里真的派了工作组指导各大队包产到户。阳曹大队顿时沸腾了，谁都想分到好地，再多分一些东西。

母亲心急如焚，托人带信让父亲回来盯着分地，可父亲却带信说水利局太忙，他没有时间回来。

很快，阳曹大队的分地方案经过工作组多次调研、磋商、协调，终于定了下来。各个生产小队开始丈量土地分给每家每户，又把队里的牲口农具也按照人口劳力分配。

虽然狗蛋父亲户口还在村里，可他家只有狗蛋母亲一个劳力，所以只分到了八亩沙地和一头小黑驴。小黑驴很瘦，刚刚成年，勉强能干活，东子就给它取名“小黑”。除此之外，狗蛋家还分到了一辆架子车、一套水鞍、夹板等套车的家什。

东子和狗蛋牵着温顺的小黑出去放牧。阳曹大队的四野里全是孩子们在放牧。

包产到户后的第一天，阳曹大队就发生了翻天覆地的变化。以往，队里的牲口由专人放牧，或者集中在饲养院里铲了草喂养。现在每家每户的牲口都交给了孩子们去放。虽然只是初春，但野草地里已经长出了一些嫩芽，孩子们就赶着牲口让它们去吃野草地里的嫩芽。

大人们更是像打了鸡血一样拼命干活。虽然离播种的时间还早，可好多人家已经开始在地里施肥、耕地、平地、耙地……所有人都铆足了劲！现在土地承包给了个人，地里种出来每一粒粮食都是自己的，谁也不敢再偷奸耍滑了。

母亲也开始平整名叫“沙边梁”的八亩沙地。这块地就在腾格里沙漠的边上，地头就连着沙漠。这里以前可能也是一块好地，可随着腾格里沙漠的移动，这里已经变成了一块沙地。

每天早晨，母亲就带着东子和狗蛋套上驴车去沙边梁地里干活。到了地上，母亲拿着铁锹平地，东子、狗蛋就赶着小黑在沙漠边上放牧。沙边梁离庄子有七八里路，小黑慢悠悠地拉着车得走一个小时。所以这里放牧的人不多，小黑可以悠闲自在地吃沙窝边的刺杆和芦草。

母亲拿不定主意要种什么，便托人带信给父亲，说家里分了沙边梁的八亩地，问父亲种什么。父亲带信让母亲等他回家后再种地。母亲不禁郁闷，父亲连回家分地的时间都没有，哪有时间回家来种地？

阳曹小学开了学，东子和小兵他们就去学校上学了。狗蛋可就“惨”了，他每天跟着母亲去沙边梁赶着小黑放牧。虽然小黑很温顺，可也得看着它不要跑远。小黑独自在沙窝边吃草，狗蛋就默默地跟着它。

没有了东子的陪伴，狗蛋和小黑一样孤独，他只好跟着小黑，在沙窝边找能吃的东西。因为要放牧，狗蛋就没有办法去学校里找张二爷听有趣的故事，只能整天和小黑为伴。

中午，母亲就拿出干馍馍和暖壶，和狗蛋凑合着吃“茶泡馍”。天快黑的时候，母亲才拖着疲惫的身子和狗蛋坐着驴车回家。

东子放学回家，和好了面或者焖好了米饭，等着母亲回来炒菜做饭。他虽然才八九岁，却像大人一样，帮母亲做力所能及的事情。

时间一天天过去，好多人家已经耙好了地，开始播种。

母亲把八亩沙地翻了好几遍，平得整整齐齐，可父亲还是没有一点消息。母亲不禁焦虑起来，庄稼千万不能错过节气时令，不然种得再好也是白搭。

这天周末，东子不用上学，他一大早就帮母亲套了车，准备去沙边梁的地上干活。“叮当！叮当！”大门外面忽然响起了一阵清脆悦耳的铃声。狗蛋娘仨一愣，抬头看向了大门外面，就见父亲骑着一辆自行车进了大门。

“哇！”狗蛋娘仨都惊呆了。

自行车在当时可是高级货，公社的领导也不见得人人都有。即便是青湖镇上，要是有人骑着自行车走过，大家也都会给他行“注目礼”，就更别说阳曹大队了。整个阳曹大队都没有一辆自行车。

“爸！你咋会骑自行车呢？”狗蛋对于自行车的价值没有概念，他吃惊的是父亲居然会骑自行车。自行车只有两个轮子，可不是随随便便就能骑得转的，父亲居然能直接从大门里骑进来，简直太厉害了！

“你咋才回来？”母亲却嗔怪道。

“局里忙得很。”父亲叹道。

“你不来盯着分地，我们家就分了沙边梁的八亩沙地！”母亲郁闷地说道。

“沙地就沙地吧！沙地也能种庄稼呢。”

“你吃上了公家饭当然不怕，我还是农民，我还得种地呢！”母亲叹道。

“放心，我迟早会把你也带到城里去的。”父亲边说边下了自行车，支起脚撑，从车的后捎架上抱下来两个鼓鼓囊囊的大编织袋。

“这是啥？”母亲疑惑地问道。

“西瓜和甜瓜的种子。”

“啥？你想在沙边梁的地里种瓜？”

“没错，沙边梁全是沙地，种瓜刚好呢！”父亲笑道，“我早就弄来了这两袋种子，准备把八亩地都种上瓜！”

母亲却皱起眉头说道：“瓜再好也不是正经粮食，顶不了饿，我们把地都种上了瓜，吃啥啊？”

“你把瓜卖了再买粮食吃不一样吗？”父亲又笑道，“到时候你想买米就买米，想买面就买面，比你自己种了粮食还方便！”

“啥？卖瓜？你疯了！”母亲瞪大了眼睛说，“小兵爹前几年在镇上卖了几个自留地里种的南瓜，就让公社的人抓起来说是投机倒把，你种八亩地的瓜咋卖得出去？”

“那都是哪年的老皇历了，现在早不管了！”父亲笑道，“放心吧，你只管种，等瓜熟了我想办法拉到城里去卖！”

“这……”母亲还是有些担心。

父亲把两袋种子抱到了架子车上对母亲说道："你先把这两袋瓜种子拉到地上去，我去一趟你们家，请姨夫他们来帮忙，今天一天就得把瓜都种好！"

"啥？今天一天就要把瓜种子都种上？"母亲愕然，"你不早带信说种瓜，我连瓜垄都没有刨呢！八亩地的瓜可不是开玩笑，一天咋能种完嘛！"

"让你们家的人都来帮忙的话，一天应该差不多！"父亲皱起眉头叹道，"关键的问题是我晚上就得赶回去呢，所以今天必须把瓜种好，以后你看着浇水就行了！"

"啥？你就请了一天假来种地啊？"母亲又吃惊地瞪大了眼睛。

"我没有请假，今天是星期天，不用上班。"父亲叹道，"我昨天晚上在食堂里做完晚饭，收拾好碗灶，骑了一夜的车，从城里赶来的！"

"啥？你是骑自行车来的？"母亲更加吃惊。

沙城县到青湖镇有一百五十里路，青湖镇到阳曹大队又是十五里路，也就是说，父亲昨天晚上从沙城县出发，骑了一夜自行车，走了一百六十五里路，天亮的时候才到阳曹大队。而且，他昨天还在单位做饭，并没有睡觉休息。狗蛋娘仨都惊呆了，他们知道父亲极能吃苦，却没有想到父亲居然这么拼命。

"自行车骑起来虽然比汽车慢，可我半夜里也能赶路，而且想啥时候走就啥时候走。"父亲说道，"要是坐班车，我来得一天，去又得一天，哪有时间干活啊！"

"你赶了一夜的路，一眼没合，先歇一下，喝口水再说吧！"母亲心疼地说道。

"没时间了，我赶紧去请姨夫他们来帮忙，你带着种子去地上等我们！"父亲把一把铁锹夹在了后捎架上，熟练地骑上自行车出了大门。

"妈，我们赶紧走吧！"东子催促母亲。

"嗯，赶紧走！"母亲用旧方巾包了一大包馍馍，用水桶装了水吊在车的辕条上，便带着东子、狗蛋急匆匆地赶车来到了沙边梁的地里。

父亲骑着自行车比他们到得早，他脱去了蓝色的中山装，穿着白衬衣和黄胶鞋，已经刨出了四五条瓜垄。

"你吃上些了再干吧！"母亲心疼地对父亲说道。

"没事，我自行车上带了馍和水，路上边走边吃了！"父亲手里的铁锹挥动如飞，快速地刨挖着瓜垄。

狗蛋娘仨这才注意到父亲的自行车把上挂着他的黑色人造革包，还有一个绿色的军用水壶。母亲赶紧卸下了车，让狗蛋去放驴，自己也拿起了铁锹和父亲快速地挖着瓜垄。东子也拿起了铁锹费力地挖了起来。

狗蛋站在地头呆呆地看着父亲干活，又一次被震撼了。铁锹仿佛就是父亲身体的一部分，土仿佛就像棉花一样轻。

快到中午的时候，两辆骡车来到沙边梁。车里是狗蛋的外公外婆、舅舅舅妈，还有大舅的儿子胜子和毛生，他们都来给狗蛋家帮忙了。

“你们已经干了这么多了？”外公吃惊地看着父亲母亲。

“狗蛋他爸晚上还得赶回城里去上班，今天必须把瓜种子种进地里。”母亲擦了擦满脸的汗水叹道。

“啥？天健骑自行车赶了一夜才回来，晚上又要连夜赶回去吗？”外公吃惊地问道。

“是的，我明天早上还得给水利局的人烧水做饭呢！”父亲笑道。

“你不要命了？”外公皱起眉头，“你苦坏了身子，将来老了要找后账呢！”

“没事，我吃得多，身子壮，苦不坏的！”父亲说着话，手里的铁锹却一点都没有慢下来。

“难怪城里的大领导非要把天健招到城里去当工人，他这把子吃苦劲头吓人呢！”外婆也叹道。

“我们也赶紧帮忙吧！”

大舅二舅跳下车，取出车上的铁锹，大家热火朝天地干起活来。

男人们跟着父亲开瓜垄，女人们就在瓜垄上用铲子挖小坑。胜子、毛生和东子就跟在后面，往小坑里“点”瓜种子。

一大家子人效率极高地干着活，一直忙到中午，外婆才说道：“行了，吃点东西再干吧！肚子里没食可干不动！”外婆在沙窝边上捡拾了一些柴火，烧滚了那桶水，泡好了茴香茶。

茴香茶是腾格里沙漠边的乡下人发明的一种茶。这种茶的制作方法十分简单，只需要把茴香炒熟就行。喝的时候，取一把茴香在手里搓几下，放在杯里用开水冲泡即可。茴香茶温肾散寒、和胃理气、提神醒脑。一大家子人就围坐在火堆边，喝着茴香茶，吃着母亲带来的馍馍。

“姐夫，你这个自行车可真攒劲！”二舅羡慕地看着父亲的自行车说道，“这可是我们阳曹大队第一辆自行车！”

“是啊，就连支书家都买不起自行车呢！”二舅妈笑道。

“天健，你这自行车怕要不少钱吧？”外公说道，“你挣了工资可得省着点花，手里多少存下点，万一遇到事啥的。”

“这自行车是王局长骑剩下的，他买了新的，就把这个半卖半送给我了！”父亲笑道，“他还没有问我要钱呢，说等我有钱了再给他！”

“这个王局长可真是你的贵人啊！”外公叹道，“他把你招进城里当了工人，还半卖半送地给了你这么贵重的自行车，你这辈子都不能忘了他的恩情啊！”

“王局长成天忙着工作，家里一点都顾不上，他家里的大小事都是我帮着干，所以他才给了我这个自行车，说让我去他家的时候方便些。”父亲吃着馍馍笑道。

“天健，你把八亩地都种上了瓜，完了咋办？桂枝和娃娃们总不能吃一年瓜吧？”外公皱起了眉头。

“您放心，等瓜熟了就卖钱，有了钱还愁买不到粮食吗？”父亲笑道。

“这能行吗？”外婆也担心地皱起了眉头，“买粮食不还得粮票吗？”

“粮票马上就不用了，我们水利局的食堂里现在就不收粮票。”父亲说道，“将来只要有钱，就能买到粮食！”

“可是，瓜种出来能卖吗？八亩地的瓜可不是一个两个，万一公社的人知道了……”外婆又担心地说道。

“这就更没事了，县城里早已经放开让人卖东西了！”父亲笑道。

“不错，我前几天去公社，他们也说再不抓镇上卖东西的人了，还说要恢复一月两次的集市，鼓励大家都来赶集卖东西呢！”外公说道。

“那就好，狗蛋家的瓜将来肯定不愁卖！”众人纷纷点头。

“也不一定，”外公又皱起了眉头说道，“虽然包产到户，可我们这里干旱得很，地里打的粮食人能吃饱就不错了，农民手里哪有闲钱买瓜吃？”

“这……”众人又担心起来。

“没事，我的这两袋瓜种子，一袋西瓜，一袋甜瓜，是我们局里左工给我的，这是他最近研究出来适合在腾格里沙漠边种的新品种瓜。”父亲胸有成竹地笑道，“左工没有问我要种子的钱，说让我找块沙地帮他种一季实验一下，他要根据瓜的情况和产量再改良品种。左工还说，他的这种西瓜和甜瓜就适合在沙地里种，所以我就没有回来争地！”

“原来是这样！”众人这才恍然大悟。

“左工还说，如果我把瓜种出来卖不掉，他就让水利局全买了给职工发福利呢！”父亲又说道。

“这个左工说话顶事吗？”外公还是不放心。

“当然顶事了，左工可是沙漠治理的专家，崖山水库就是他设计的，他现在一边干着崖山水库的后续工程，一边研究腾格里沙漠的治理，准备驯化一批能推广的沙生植物，将来要在腾格里沙漠里大面积推广种植！”父亲笑道，“左工在水利局里说话比王局长都顶事呢！”

“好啊，有了这个左工，我的瓜就不愁卖了！”母亲这才放心。

“我估计今年包产到户后，大家不仅肚子都能吃饱，手里还有钱买我们的瓜呢！”父亲又笑道。

“怕没有你想的那么好，”外公却摇头叹道，“能吃饱肚子就是天大的福分了！”

吃过饭，大家就又开始热火朝天地种瓜。一直忙到黄昏的时候，一大家子人才种好了八亩地的瓜。

“行了，你明天就找队里浇水吧！”父亲说道，“其他的事情我下周回来了再说！”

“你忙就别来了，只要把瓜种到地里我就能照顾好呢。”母亲叹道，“你这一来一回的两天两夜不合眼，就算铁打的人也不能经常这么干啊！”

“是啊！以后桂枝万一忙不过来，还有我们呢！”外公也说道。

“对！我们这么多人，帮着桂枝种八亩瓜不过是捎带手的事！”外婆也说道。

“你们家里虽然人多，可分的地也多，娃娃们又多，也不能老麻烦你们。”父亲叹道，“放心吧！自行车骑上轻松得很，我赶这一百多里路一点都不累！”

对于力大无穷、精力旺盛的父亲来说，蹬自行车走路太轻松了，根本就不算啥。

“好吧！那赶紧回家做饭，你吃顿热饭了再赶路吧！”母亲叹道。

“行，那我和你先骑着自行车回家做饭，让姨夫他们慢慢收拾好东西再来！”父亲便骑上了自行车。

“这咋坐呢？我不敢坐！”母亲看着高大的自行车有些害怕。

“你怕就抓住我的衣裳。”父亲说道。

“这咋行？也太丢人了吧？”母亲脸都红了。

在那个年代，即便是夫妻出门也不敢拉拉扯扯，不然会被人笑话的。

“走吧！城里的男人天天骑着自行车带着女人上班呢！”父亲笑道。

“可自行车这么快，我不敢跳上去。”母亲说道，“要不你一个人先去吧，我坐着驴车来。”

“你怕个啥嘛！”父亲笑道，“你将来也要学骑自行车呢，胆子这么小可不行！”

“我就是不敢跳！”母亲不好意思地笑道。

“那你先坐到后捎架上我再骑！”

父亲骑上了自行车，母亲这才小心翼翼地侧坐在了后捎架上。

“爸！我也要坐自行车！”狗蛋见母亲坐在自行车上，一下子就急了。

“让你妈把你抱上。”父亲笑道。

“我连自己都坐不稳呢，还抱他？”母亲战战兢兢地说道。

“狗蛋，那你到前头横梁上来坐！”

父亲便让狗蛋坐在了自行车前头的横梁上。

“手抓在车把上，可别伸到闸里面，当心夹了手！”父亲嘱咐。

“嗯！”狗蛋兴奋地抓好了车把，坐在自行车的横梁上。

他上次坐着李师傅的大卡车到沙县城里的时候，看到好多城里的小孩就坐在自行车的横梁上，所以狗蛋也学会了这种坐自行车的方式。

“坐好，走了。”父亲往前一冲，蹬着自行车就往前走。

母亲的身子顿时往后仰，吓得她赶紧抱住了父亲的腰，哪里还顾得上其他的。父亲蹬着自行车飞快地在田间的小路上飞奔起来，狗蛋感到耳边的风呼呼作响，身子剧烈地颠簸着。

父亲骑着自行车从沙窝边的瓜地回到了庄子，走过了好多庄稼地。在自家地里干着活的乡亲们都停下了手里的农活，吃惊地看着疾驰而过的自行车。

“四爷买上自行车了？”

“他才招了工几天？能挣多少工资？居然就买得起自行车？”

“我听说，一辆自行车得一百多块呢！”

众人议论纷纷。

母亲红着脸，死死地搂住了父亲的腰，生怕自己摔下去。自行车直接骑进了院子，父亲刹住了车闸，母亲这才惊魂未定地跳下自行车。

“啊！”就听狗蛋尖叫了一声。原来狗蛋一时兴奋，忘记了父亲的嘱咐，把手伸进了车闸的传动装置里夹到了手指。好在狗蛋机灵，刚夹到就缩回了手，只是蹭掉了一些皮。

回到家，父亲母亲就赶快做起了饭。等外公一家和东子赶着三辆驴车回来的时候，父亲母亲已经做好了饭菜，天也已经黑了。

父亲极快地吃了几碗饭，就站起身来说道：“我得赶紧走了，明天早上五点，我必须赶到城里给水利局的人烧水做饭。”说罢，父亲推着自行车就要走。

“带上些吃的路上吃！”母亲赶紧往父亲的黑色人造革包里塞了几个馍，又给他水壶里也装满了开水。

“行了，你先给地里浇上水，下个礼拜我来了再说！”父亲又给外公外婆打了招呼便骑上自行车走了。

母亲和东子、狗蛋赶紧跟出了大院门，父亲早就没有了影子。

# 第8章　鼓腹而歌

第二天，母亲找到队长开了机井给瓜地浇水。

沙边梁的瓜地离机井很远，又十分干旱，母亲整整浇了一天才把瓜地浇透。浇完水，母亲就每天套上驴车，带着狗蛋来到瓜地干起了老本行“打雀儿”。那些麻雀、乌鸦、喜鹊和鸽子都贼得很，他们知道瓜垄上种着瓜子，便用爪子刨开土，啄出土里的瓜子吃。

母亲拿起土坷垃远远地扔过去轰赶着鸟，不让它们偷吃地里的瓜子。她又拿出瓜种子，补种了那些被鸟祸害掉的瓜垄。母亲还用旧衣服和树枝做了一个“稻草人”立在地里吓唬鸟，免得人不在的时候鸟肆无忌惮地偷吃瓜子。

周末，父亲果然又骑着自行车赶了一夜的路回家来，东子也放假了，一家四口就来到沙边梁的瓜地干活。只见一大群麻雀、乌鸦、喜鹊、野鸽子在地里肆无忌惮地刨食着瓜子。它们看到狗蛋一家到来，一点都不怕，依旧我行我素。

“嘘！吼！”母亲就捡起了一块土坷垃扔了过去，大声轰赶着鸟。鸟群这才飞了起来，不过，它们还是落在了地边的树上不肯远去，伺机偷吃瓜子。

“我天天来看着，可它们还是祸害了不少瓜子！”母亲无奈地叹道。

“这样下去可不行！”父亲低头思忖了一下，便脱去了蓝色的中山装去了沙窝边。他用铁锹铲来了很多的带刺的灌木，剁成了一段一段堆在了瓜垄上面，这样，鸟就不可能再刨食下面的瓜子了。

“爸！你真聪明！”东子崇拜地笑道。

“我咋就没有想到这个办法呢？”母亲也笑道。

“我虽然不识字，可脑子却不笨！”父亲笑道，“干活可不能光凭力气，还得动脑子才行，咋能用最省力的法子，最有效率地干活，才叫会干活呢！”

一家四口就铲了带尖刺的黑枸杞、白刺，把它们堆在瓜垄的上面防止鸟偷吃瓜子。整整忙了一天，才在所有的瓜垄上堆了带刺的灌木，这样即便是晚上也不用担心鸟刨食瓜子了。

“你带着娃娃们先回去做饭，我赶着驴车慢慢来吧！”母亲收拾着东西说道。她可不想再像上次那样搂着父亲的腰坐着自行车从村里穿过，为这事，她被李二婶她们笑了好几天。

“好吧，东子和狗蛋，你们都骑在后捎架上吧！”父亲说道。

“嗯！”东子踩着自行车后轮的轴就爬上了后捎架，骑在了上面。狗蛋人小腿短，爬了半天都爬不上去，父亲单臂一伸就把狗蛋也抱上了后捎架。

“东子，把狗蛋抱好！你们两条腿都岔开，别把脚绞到车辐条里！”父亲又嘱咐。

“嗯！”东子就紧紧地抱着狗蛋，兄弟俩都岔开了腿。

“走了！”父亲骑上自行车，带着东子、狗蛋风驰电掣般地回到了家。

父亲和面做饭，东子和狗蛋抱柴烧火，很快就做熟了饭。等母亲赶着驴车回来的时候，父亲已经吃完了饭，并收拾好了东西，他对母亲说道：“我走了，你这几天再铲些白刺把瓜地全围起来，一来挡风沙，二来挡牲口。”

“嗯，你赶紧去吧！下周要是累就不要来了！”母亲又赶紧给父亲装上了路上吃的馍馍。

“没事，我周末待在局里也就是睡觉，我下周还来。”父亲说完就又骑上车走了。

东子照旧去上学，母亲便带着狗蛋在瓜地干活。母亲铲来了很多黑枸杞、白刺，在瓜地边堆起了一堵布满尖刺的矮墙。

日子一天天过去，狗蛋家的瓜终于发芽了。嫩绿的两瓣小芽顶着瓜子的壳，羞涩地钻出了沙地，像是一个个戴着帽子的小女娃。母亲悉心照料着这些“小女娃”，比疼狗蛋还疼它们。这八亩地的瓜倾注了母亲无数的心血和希望。她按时给瓜地里浇水、松土、锄草……母亲甚至记住了每一个瓜苗的样子，知道他们长得怎么样，随时关注它们的状况。

父亲几乎每周都骑着自行车赶一夜的路回家来。他和母亲用带刺的灌木在八亩瓜地四周堆起了一个半人高的“刺墙”。有了“刺墙”，不仅风沙吹不坏瓜苗，牲口也进不了瓜地，就连放牧的孩子们也进不来。

好在沙边梁瓜地离庄子很远，放牧的孩子们很少到这里来。狗蛋依旧孤独地和小黑为伴。由于沙边梁的草没有别的牲口抢，小黑可以尽情享用，不到两个月它就吃得膘肥体壮，变成了“大黑”，皮毛都看起来油光水滑的。

狗蛋家的瓜在父亲母亲细心呵护下开始“扯条”。由于水浇得足，瓜苗上就扯出了很多的“瓜条”，也就是瓜蔓。母亲就开始“减条”，也就是把多余的瓜蔓掐掉，只留两三个主要的瓜蔓。这样，瓜蔓上才能结出大瓜。掐下来的瓜蔓，就成了小黑的零食。瓜秧扯得老长，就开了让人心醉的黄花。黄花开败后，瓜秧上就结了好多的小嫩瓜。日子一天天过去，瓜就像吹气球一样地长，一天一个样，到东子放暑假的时候，西瓜足足有脑袋大了。

谁都知道，狗蛋家的瓜秋天肯定会丰收。

夏去秋至，队里其他人家麦子成熟的时候，狗蛋家的瓜也熟了。

其他人家忙着割麦打场，狗蛋家就忙着卖瓜。

父亲这几周都没有回家，他带信来说，水利局在办会，水利局下面水管所的职工和各乡镇上管水利的干部都要来开会，每天都有几百人在水利局的食堂吃饭，父亲没有时间回家来卖瓜。

可瓜已经熟了，不抓紧卖就要烂在地里了，母亲就让李二叔家的小兵陪着狗蛋在瓜地里看瓜，她带着东子摘了一车熟瓜去镇上卖。不料，母子二人卖了一天才卖了四五个瓜，价钱还极低。

现在包产到户了，又正是秋收打场的时节，镇上几乎没有什么人，几个买瓜的都是镇上的干部，一个农民都没有。镇上的集每十五天才开一次，等到赶集的时候有些早熟的瓜就烂掉了。

而且，狗蛋家只有一辆架子车，就算在车帮子上插上一圈席子，也最多能拉三四十个瓜，再多小黑也拉不动。而阳曹大队离镇上有十五里路，就算赶集的日子不愁卖瓜，也拉不了多少瓜到镇上去卖。

下午的时候，母亲一脸愁容地赶着车从镇上往回走。从镇上到阳曹大队，以小黑拉车的速度起码得两个小时，所以母亲得早些走，要是天黑可就看不到路了。母亲看着车里没有卖掉的瓜，愁得唉声叹气。

“妈，我们别走大路，从小路上走吧。”东子给母亲出主意，“那些割麦子和打场的人又热又渴，说不定就会买我们的瓜呢！”

“有道理！”母亲赞许地看着东子笑道，“不愧是念过书的人，脑子就是比我灵活！那我们就去庄湾里绕绕，说不定真能卖掉几个瓜呢！”

母亲一拉小黑的缰绳，赶着车拐进了大路边的一条小路。走了没多久，就看到一群人在地里紧张地割着麦子。

割麦子也是有时令的，要是按时割不掉，麦穗就会脱粒，麦粒就都掉在地里了。农村有句老话：田黄一日，人老一年。忽然有一天，麦子就黄了，留给农民收割的日子也就那么几天。所以，麦子一旦熟了，农民们就要用最快的速度把它们收割掉，不然辛辛苦苦一年的收成就要打折扣。

田地里割麦子的人看到母亲拉着一车瓜过来，停下了手里的镰刀直起腰来，不禁都咽了一口唾沫。秋收时节的腾格里沙漠边烈日炎炎，气温高达三十多度，站在麦地里割麦子，人就像刚从水里捞出来似的，要是能吃上一口甜蜜多汁的瓜那可太爽了，所以，割麦子的人都羡慕地看着拉着一车瓜的母亲。

母亲也看着割麦子的人，却迟疑着不敢吆喝卖瓜。母亲性子矜持，脸皮子薄，哪里能喊出“卖瓜”两个字，她便推了推东子。东子一向自尊心极强，他也觉得卖瓜是一种丢脸的事情，便也红着脸，喊不出“卖瓜”两个字。不过，东子还是拉住了小黑的缰绳，把车停在了路边。母子二人都红着脸，呆呆地看着割麦的人，就像做错了什么事。

“嫂子，你这瓜是卖的吗？”割麦人里，一个小媳妇解下了方巾擦着汗问道。

“是的，是卖的。”母亲赶紧跳下了车，紧张地说道，“一斤只要五分钱。”

“五分钱。”那个小媳妇征询地看向了一个中年男人。

“五分钱，那一个瓜也得两三毛呢！”中年男人却摇了摇头。

母亲愣了愣，又赶紧说道：“不行就给你们四分钱算，你们买一个吧！”

“四分钱也贵啊！”中年男人皱起了眉头。

“三分，三分总行了吧？再真的不能少了！”母亲黯然叹道，“我苦了一季，就种了这点瓜，我和两个娃娃全靠卖了这些瓜买粮食吃呢！”

“他嫂子，不是我嫌你的瓜贵，实在是没钱买啊！”中年男人也叹了一口气，“你也知道，今年刚包产到户，我们家里的钱都交了水费，种下的麦子还在地里，哪有钱买瓜吃啊！”

母亲愣住了。这个中年男人说的一点都没错，今年刚包产到户，每个农民都把家里的钱拿出来给麦子浇水，就想多打点粮食，所以谁家也没有钱。母亲这才明白自己为什么在镇上卖了一天瓜才卖掉了四五个，原来谁的手里也没有钱啊。

“走吧！”母亲捋了捋头发，黯然赶着车继续往前走。

“等一下！”东子却拉住了小黑的缰绳说道，“妈，我们能让他们拿麦子换瓜吗？”

“麦子换瓜？”母亲愣了一下，半天才说道，“当然行啊，就怕他们不愿意换呢。”

“我们当然愿意换了！”中年男人听了母亲和东子的话，顿时高兴地叫道。

“不错！你们的瓜要是能用麦子换，我们就换几个吃了解暑！”那个小媳妇也高兴地说道，“嫂子，你的一个瓜换多少麦子呢？”

“这……”母亲又愣住了，顿了顿这才说道，“你们看着给吧，都是庄稼人，谁也不容易。”

“他嫂子，这瓜也是你辛辛苦苦种出来的，你们娘俩顶着大日头出来卖瓜也不容易呢，咋能让你亏下?”中年男人笑道，“这样吧，我们就一升麦子换一个瓜，这一捆麦子差不多能打三升粮食，我就换三个瓜吧!”

“行呢!行呢!”母亲回答着，赶紧跳下了车。

一升粮食起码值四毛钱，换一个瓜可是绰绰有余。

“好啊!那我就给你一大捆麦子!”中年男人就把割好的麦子用草腰子捆了起来。

“我给你挑三个最大的瓜!”母亲就挑了三个最大的西瓜。

那个小媳妇接过瓜，用镰刀切成条，只见三个瓜都是红瓤黑籽，香甜诱人。割麦的一家人拿起西瓜大口大口吃起来，满嘴都是甜蜜蜜的汁水，暑气和疲劳一扫而空。

母亲过去扛起了那个麦捆放在车后面。

“他嫂子，你的西瓜可真不错!”中年男人吃着西瓜笑道，“你的甜瓜咋样?”

“甜瓜也好着呢!”母亲说道，“我的瓜种子是他爸从城里的一个大工程师那里要来的，说是个大工程师研究出来的新品种呢!你们放心换了吃，不甜我不要你的钱。”

“那行!我们再来三个甜瓜!”中年男人又捆了一个大大的麦个子，母亲就也给他们挑了三个最大的甜瓜。割麦一家人又切开甜瓜吃起来。

“唔……好瓜!”

“甜得很!”

“我从来都没有吃过这么甜的瓜!”

割麦一家人吃着甜瓜赞不绝口。

“这瓜看来真是城里的大工程师研究出来的呢!”那个中年男人说道，“我们把瓜子都收拾下，明年种在我们的自留地里!”

“好!”其他人就把瓜子小心翼翼地吐下来，收集在一起。

母亲把那个麦个子扛到了架子车上正准备走。

“嫂子，你明天还来卖瓜吗？”那个小媳妇问道。

“你们要是想吃瓜，我就来卖！”母亲高兴地笑道。

“你来吧！明天我们还在这里割麦！”中年男人说道。

“嗯，我一准来。”母亲告辞了割麦人，赶着车继续往前走。

“妈！我们一下子就卖掉了六个瓜！”走出了老远，东子才欣喜地叫道。东子遇事都绷着，从来不像狗蛋那样咋咋呼呼地乱喊乱叫。

“是啊！这可多亏了你的好计策呀！”母亲赞许地摸了摸东子的头。

“我们再到那些庄湾里去转转，说不定，还能卖掉几个瓜呢！”东子说道。

“嗯！肯定还能卖掉几个！”母亲也信心十足，就赶着驴车走到了一个庄子附近。

只见一个打麦场上好多人在紧张地打场。一家人套着两头骡子，拉着石磙子一圈一圈地轧着麦子。另一家人已经扎好了麦子，正在扬场，一粒粒饱满金黄的麦粒在木锨上飞舞，落在大大的麦堆上。打场的人见母亲拉着一车瓜，就围了过来。

“卖瓜的？”有个男人问道。

“嗯。”母亲的脸顿时就红了。

“多少钱？”那个男人又问。

“一斤五分。”母亲低头回答。

“五分？买不起！”那个男子转头就走，其他几个围过来的男人也失望地摇了摇头。

“粮食也能换瓜呢！”母亲鼓起勇气低声说道。

“啥？粮食也能换瓜？”那个男人转头又问道。

“能换。”母亲赶紧说道。

“咋换？”那个男人又问道。

“一升一个瓜。”母亲胆怯地说道。

“行，我要六个，你的袋子呢？我去给你挖六升粮食。”那个男人说道。

“袋子……我还没有准备。”母亲拘谨地说道，脸更红了。

“你拿瓜换粮食，还不拿袋子？”

“我今天才出来卖瓜，本来打算卖钱的，卖不动就准备换粮食。”母亲结结巴巴地解释。

“行，我给你找个袋子吧！”那个男人就取了自己家的一个袋子，挖了六升粮食装进袋子，放到了母亲的车上。

母亲就赶紧挑了六个最大的瓜给了那个男人。

那个男人切开了瓜请来帮忙打场的亲戚朋友们吃。

“给我也来六个！”另一家打场的人拿起袋子也挖了六升粮食，换了母亲的六个瓜吃了起来。

“小嫂子，我也要换三个瓜，你跟我去家里挖粮食吧！”一个抱着娃娃的中年女人说道。

“行呢！”母亲就赶着车，跟着那个女人到了她家门口，女人就挖了三升粮食换了母亲三个最大的瓜。

“二婶子，三舅妈，赶紧挖粮食来换瓜，迟了就剩下小的了！”那个女人又招呼着围过来看热闹的几个女人。

“咋换的？”几个女人问道。

“一升一个瓜！”母亲笑道。

“瓜甜不甜？”

“保证甜，不甜不要钱！”母亲又笑道，“你吃了再给我粮食都行呢！”

“好！那我换四个！”

“我换五个！”

“我换六个。”

……

几个女人唯恐到后面换不到大瓜，便纷纷回家去挖了粮食来换瓜。不一会儿，母亲车上的二三十个瓜就换光了。好多闻讯赶来的人见没有瓜了，都失望地叹气。

“没事，我明天还来换呢！”母亲说道，“你们要换就明天来。”

“那行，你明天来了就喊两声，我们听到了就出来换瓜！”

众人这才纷纷散去。

母亲带着东子拉着两个大麦个子，还有两袋粮食，赶着车出了庄子，这才开心地笑了起来。他们万万没想到，瓜换粮食居然这么顺利。不到一个小时，他们就把一车瓜都换成了粮食，而且，价格还高。

包产到户的第一年，家家户户的麦子都丰收了，没有人在乎这几升粮食。可大多数人家种的都是麦子，没有什么人种瓜，所以瓜就成了稀罕物，大家都愿意拿麦子换瓜吃。

第二天，母亲准备继续去换瓜，东子小兵就帮着摘瓜。小兵这几天被李二叔打发来给狗蛋家帮忙，每天就和东子、狗蛋睡在瓜地中间的瓜棚里看瓜。狗蛋每次只能抱动一个瓜，却也屁颠屁颠地帮着摘瓜。

装好了三四十个瓜，母亲说道："东子，今天你和小兵看瓜吧，我带狗蛋去换瓜，你和我都是'闷嘴葫芦'，狗蛋能喊，就让他帮我吆喝！"

"行，狗蛋成天大呼小叫的，这下可派上用场了！"东子笑道。

母亲就带着狗蛋赶着车来到了一处庄湾。

"狗蛋，你喊啊！"母亲推了推狗蛋。

"喊啥？咋喊？"狗蛋好奇地问道。

"就喊：卖瓜来，粮食换瓜了！"母亲压低了嗓子给狗蛋教。

"好！卖瓜来！粮食换瓜了！"狗蛋扯着大嗓门就喊，稚气的声音就在庄湾里响了起来。

"咋个粮食换瓜呢？"庄湾里的人就出来看热闹。

"一升粮食一个瓜，先换的换大瓜，后换的换小瓜，不甜不要钱！"母亲不好意思地低声说道。

"说了个啥？你这个媳妇大声说嘛，嘀咕个啥？"一个老大娘耳朵背，没好气地说道。

"一升粮食一个瓜！先换可以换大瓜，不甜不要钱！"狗蛋大声地叫喊，把母亲的话大概复述了一遍。

"一升粮食一个瓜，先换的换大瓜，等着，我这就给你挖粮食去！"

"我也去！"

"等等我！"

所有的人一听先换可以换大瓜，就赶紧去家里挖粮食。

"换瓜来！粮食换瓜了！一升粮食一个瓜！先换的换大瓜！后换的换小瓜！不甜不要钱！"狗蛋又扯着大嗓门卖力地大声喊叫，逗得好多人都笑起来。

“行了，到下个庄湾再喊吧，别把嗓子喊哑了！”母亲也抿嘴笑道。

换瓜的人很多，单是这个庄湾的人就换走了一车瓜。母亲带着换来的粮食和狗蛋高高兴兴地回家了。母子二人回到沙边梁的瓜地，就见东子和小兵早就摘好了瓜在等着他们。四个人吃了中午饭，把瓜装在了车上，母亲又带着狗蛋出发了。

到了新的庄湾，狗蛋就亮开稚嫩的大嗓门一阵吆喝，把所有的人都吸引了过来。他继续用滑稽搞笑的语言给大家说换瓜的价格，逗得众人哈哈大笑。庄湾的人们高兴地拿出今年丰收的粮食，换光了母亲车上的瓜。就这样，母亲带着狗蛋这个“人形大喇叭”，每天都能换掉两三车瓜。

但八亩地的瓜有很多，母亲换了好几天才换掉了四亩地的瓜。不过，这四亩地的瓜已经换来了八亩地的粮食。这在阳曹大队引起了巨大的轰动。田桂枝一个病秧子，居然用四亩地的瓜换来了八亩地的粮食。其他人家辛辛苦苦种了一季的麦子，还没有母亲一个人种瓜换的粮食多。

这天，母亲正要带着狗蛋去卖瓜，父亲却坐着李师傅的车来了。母亲就给父亲说，她已经拿四亩地的瓜换了很多粮食。

“你急啥嘛，左工说要把我们的瓜买了给局里职工发福利，我才没有着急回来。”父亲叹道，“你这几天换瓜把自己身子累坏不说，还把狗蛋晒黑了！”

“我怕你忙，瓜要烂在地里嘛！”母亲笑道。

“行了，我们赶紧把地里的瓜都摘了，装到大卡车上，我们得连夜赶回去！”父亲说道。

“让东子去叫我爹他们来帮忙吧。”母亲便打发东子去六队里叫外公一家来帮忙，父亲又叫了李二叔一家也来帮忙。

三家人套起了车，一趟一趟把沙边梁瓜地里的瓜拉到了卡车边，装在了卡车上。最后剩下了一些瓜秧和小瓜，父亲就送给了外公家和李二叔家。父亲又快速地做了一顿肉烩菜，请大家吃了饭，便和李师傅拉着瓜走了。

母亲这才彻底歇了下来，她用瓜换来的粮食足够她和东子、狗蛋吃到明年，更何况父亲还带来很多的粮食。狗蛋家成了村里粮食最充足的人家。其他人家也不差，今年包产到户后，谁种谁的地，就没有一个人磨洋工，每个人都在地上拼命干活呢！

以往在队里上工的时候，干多干少一个样，可现在给自己干活就完全不一样了，要是不好好干活，庄稼就长不好，打不下粮食就得饿肚子。土地爷可没有办法糊弄，你在地里多流一滴汗，他就给你多打一份粮食呢！

阳曹大队获得了多年未有的大丰收，成片成片的地里都是金黄色的麦浪，每家每户都拿着镰刀在地里收割着一年的汗水。关系好的邻居就相互“骈工”，今天你帮我收麦子，明天我帮打场。母亲也帮着李二叔家收麦子打场，东子和狗蛋就跟着小兵提着芨芨筐在地里拾田穗。

阳曹大队每家每户的仓房里都堆满了粮食，这些粮食是他们以往从队里分到的两倍，大家今年不仅能吃饱肚子，还有卖的粮食。包产到户才第一年，所有的人再也不用为饿肚子发愁，大家都感激党和国家的好政策。

# 第9章　我也要上学

“狗蛋娘，听说你一升粮食换一个瓜，我挖了三升麦子，换你三个瓜！”这天，小栓的娘带着小栓用斗提着三升粮食，来狗蛋家换瓜。

“小栓他娘，三个瓜不值什么，我送你吃，不要粮食了！”母亲笑道。

“狗蛋娘，我知道你们现在是队里粮食最多的人家，不缺这三升粮食。”小栓娘笑道，“不过，我们家今年也打了好多粮食，也不愁吃穿，我就想买几个瓜给娃娃们解解馋！”

“我们邻里邻居的，娃娃们又成天在一起玩，三个瓜我咋好意思要你的粮食啊，快拿去吃吧！”母亲开了仓房，从粮仓里刨出来三个大瓜。

这些瓜是母亲留下来准备自家吃的，就半埋在粮仓的粮食里，这是农村保存瓜的土办法。

“狗蛋娘，你若是不要我的粮食，我可就不要你的瓜了！”小栓娘说着举起斗，直接把三升麦子倒进狗蛋家的粮仓里。

“这……”母亲见小栓娘坚持要给粮食，不好再说什么，就又拿了一个瓜放进了小栓娘的斗里，“那我多给你一个瓜吧！”

“这咋能行呢？你不是一升粮食换一个瓜的吗？”小栓娘赶紧推辞。

“这瓜就当我送给小栓吃的！”母亲笑道。

“好吧！那我也就不客气了！”小栓娘说完提着四个瓜带着小栓走了。

村里的孩子们听说了小栓娘在狗蛋家换瓜的事，都哭闹着要大人去换瓜来吃。于是，狗蛋家就来了一群换瓜的人。

“四奶奶，你的瓜换给我几个！”

“狗蛋娘，这是四升粮食，你给我挑四个大瓜！”

“田嫂，给我也换几个瓜……”

众人纷纷提着粮食围住了母亲。

“我们家的瓜差不多都卖了，没有多少了……”母亲为难地说道，她只留下了二三十个瓜准备自己吃，其他的都让父亲拉去城里了。

“没事，有几个换几个啊！”

“我们不换瓜，娃娃们闹着不行啊！”

“是啊，他们看到小栓家吃瓜，就非要我们也来换瓜。”

众人纷纷说道。

“好吧，那我就给你们换。”母亲无奈，只好开了仓房把粮仓里的瓜都拿出来换给了大家。

秋收结束，阳曹村每家每户的粮仓里都装满了粮食，仓里有粮，心里不慌，女人们就早早地开始纳鞋底、做冬衣，孩子们也开学了。

母亲用碎布给东子拼了一个新书包，又用红布剪了一个漂亮的五角星缝在上面。

“妈！我也要上学！”狗蛋挎起东子的旧书包叫道。

“你还差半岁呢。”母亲说道，“你再玩一年，明年秋天再上学吧！”

“我不！我就要上学！”狗蛋跑过来，拽住母亲的手闹了起来，“小栓和二林子说也要去上学，庄子里和我玩的人都没有了！”

“这……”母亲愣住了。狗蛋家大院周边的几个年龄相仿的孩子今年秋天都要去上学了，狗蛋这下真的没有玩伴了。

“岁数不够，老师不要呢！”东子却说道。

“我就小半岁嘛！要是明年秋天再上学，我不就是大了半岁吗？”狗蛋振振有词地说道，“总不能每个人都是整岁去上学吧？”

东子对狗蛋的歪理竟然无言以对。

“东子，那你下午报名的时候带着狗蛋去问问，看老师咋说，要是能让上学，就给他把名报上。”母亲说道，“开春我就又忙了，庄子周围的孩子也都上学了，狗蛋一个人闷得很！”

“好吧。”东子无奈地摇了摇头。

吃过午饭，东子就带着狗蛋出门，叫上了小兵一起去阳曹小学上学。阳曹小学在大队部的旁边，离狗蛋家也有三四里路，一路上都是去报名上学的孩子们。

“狗蛋，你也去上学吗？”栓子问道。

“嗯，我也去上学！”狗蛋得意地笑道。

那几天栓子和二林子说要去上学，狗蛋着实羡慕了几天。现在他也去报名，狗蛋就有点沾沾自喜，扬扬得意。

“你不是岁数不够吗？”二林子却问道。

“我就差几个月，应该可以报名的！”狗蛋笑道。

“那可太好了！以后我们三个人就能一起上学了！”

“我们又能一起玩了！”

栓子和二林子也开心地笑起来。

“狗蛋，你妈给你买刀子了吗？”二林子从裤兜里掏出了一把削铅笔的折叠绿色小刀，小刀眼里穿着一根棉线绳子，拴在二林子的裤带上。

“我也有刀子呢。”小栓从裤兜里掏出了自己崭新的铅笔刀说道，“我们以后就用这个刀子‘扭咪咪’！”

“扭咪咪”就是用白杨树枝或者柳树枝制作的哨子，是腾格里沙漠边的孩子们都会的手工。哨子的粗细长短不同，吹出来的音调也不同，孩子们就把这种制作哨子的方法叫作“扭咪咪。”

小兵作为孩子王，当然是“扭咪咪”的高手。他能扭出铅笔一样粗的“咪咪”，发出低沉的声音，狗蛋甚至都吹不响；他也能扭出如芨芨棍细的“咪咪”，发出刺耳尖厉的响声；他还能制作出只有一寸长的小“咪咪”，含在嗓子眼里吹出歌曲来，简直神乎其技。

“我……我妈还没有给我买。”狗蛋见小栓和二林子都有削铅笔的小刀，就觉得自己很没面子，郁闷地低下了头。

“狗蛋，这个咪咪给你！”小兵却把一个刚做好的“咪咪”给了狗蛋。

“好！”狗蛋接过了小兵的“咪咪”开心地吹起来。

小兵扭的“咪咪”可是最好的，吹起来特别响，这让狗蛋在栓子和二林子跟前挽回了一点面子。

“你们别听狗蛋吹牛，他只是先去问问，能不能报上名还不一定呢！”东子皱着眉头说道。

“哦？”众人都疑惑地看着狗蛋。

“你们放心，我一定能报上名！”狗蛋见东子拆穿了自己，就挺起瘦弱的胸膛说道。

几个孩子边玩边说就来到了阳曹小学。只见学校院子里熙熙攘攘的都是前来报名的学生，大槐树下摆着好几张课桌，一些老师就坐在桌子后面给孩子们报名。东子就拉着狗蛋来到了他班主任贺超的桌子前。

贺超是新来的民办老师，一直看不惯东子，经常讽刺挖苦他。东子之前的学习成绩一直全班第一，还当了班长，可自从贺超当了他的班主任后就撤了东子的班长，东子的成绩也一落千丈。

“王东已，你还报啥名？你成绩那么差，还是赶紧回家帮你妈种瓜去吧！”贺超一见东子就又冷笑道，“你这样的娃娃，念了书将来也不会有啥出息，还不如早些帮家里干活！”

“我……”东子自尊心极强，当着这么多的人被贺超一顿奚落，他顿时涨红了脸。

“我哥以前考试回回全班第一，还是班长！自从你当了他的班主任，他的成绩才差的！”狗蛋童言无忌，就在一边替哥哥打抱不平。

“啥？你居然敢和老师这样说话？”贺超气得瞪大眼睛看着狗蛋。

腾格里沙漠边的乡下民风淳朴，所有的人都对老师十分尊敬，就连学校里的“小霸王”小兵也不敢公然顶撞老师，狗蛋居然毫不客气地说东子是因为贺超成绩才差的。

所有的人就都看向了贺超。

贺超脸上一红，又恼羞成怒地说道：“王东己，谁让你把你弟弟带到学校里来瞎玩的？”

“他不是来玩，他是来报名上学的。”东子郁闷地说道。他一直小心应付着贺超，可狗蛋这个大嘴一通乱嚷，彻底激怒了贺超。本来狗蛋报名就差半岁，现在想要报名恐怕是没希望了。

“他岁数够了吗？”贺超狐疑地看着狗蛋。

“还差几个月。”东子实话实说。

“啥？差半岁？那咋能上学呢？明年再来吧！”贺超白眼一翻。

“贺老师，狗蛋他很聪明的，肯定能跟上功课。”东子皱起眉头，低声说道。

“他明明就是个勺娃子，还聪明？”贺超冷笑。

“我才不勺呢！我能从一数到十，我还会写我的名字呢！”狗蛋一听贺超说他勺，顿时愤愤不平地争辩，小脸蛋气得通红。他从小瘦弱力气小，经常被人取笑，所以狗蛋最受不了的就是别人看不起他。

“哈哈哈！”众人都笑了起来。

“哼！就算你不勺，岁数不到也不能给你报名，这可是学校的规定！”贺超冷哼道。

东子和众人都低头不语。其实，好多孩子虽然岁数不够，可家长领来说几句好话，也能报名上学。但学校的规定的确是年龄不够就不准上学，贺超明明是趁机刁难，可大家都无话可说。

东子无奈，只好拉着狗蛋绕过大槐树，来到了校门口另一个报名的老师桌前。

“刘老师，我弟弟的岁数虽然只差几个月，可人很聪明的，啥东西都是一学就会。”东子说道，“您看，能不能让他提前上学。”

刘老师看了看狗蛋和东子，又回头看了看槐树那边的贺超，皱起眉头说道：“不行，按照学校的规定，岁数不到的确是不能报名！”

东子低头沉默，他知道刘老师完全是因为贺超说了那些话，才不好给狗蛋报名的。

“李老师，您看，您能不能帮忙给我弟弟报名？”东子拉着狗蛋又来到了一个老师跟前。

“不行，学校有规定，我也不好违反啊！”李老师也叹道。

“你们快去把张二爷找来，把那个勺娃子撵出去！”贺超见东子带着狗蛋找别的老师报名，便跟过来叫道。

有学生就跑去门房叫张二爷。

“我不是勺娃子！”狗蛋见自己不仅报不上名，还要被赶出学校，顿时大哭起来。

“走吧！”东子拉着狗蛋说道，“明年你再来报名也一样！”

狗蛋哭得稀里糊涂，赖在那里不肯出校门。

“吵吵闹闹的咋回事？”这时，张二爷一瘸一拐地从门房里出来。

“张二爷，这个勺娃子岁数不够就想报名上学，你把他撵出去吧！”贺超指着狗蛋说道。

“我不是勺娃子！我尖（聪明）得很！”狗蛋边哭边说道，“我能从一数到十，我还会写我的名字呢！张二爷，我就差半岁，您就让他们给我报名吧！”

“差几个月报名的学生每年不都有吗？这点事也用得着吵吵嚷嚷？”张二爷皱起眉头说道，“这娃娃爱上学是好事呢，咋不给他报名？”

“张二爷，岁数不到不能报名，这可是学校的规定，我们也没有办法啊！”贺超一本正经地说道，“我们总不能公然违反学校的规定吧？”

“规定是死的，人是活的嘛！”张二爷瞪了一眼贺超说道，“学校规定岁数不到不让报名，是怕娃娃们太小跟不上功课，我看这个娃娃就不错，他经常陪我说话，灵性得很，我保证他能跟上功课！”

“张二爷，学校既然定了规章制度，大家就得遵守，不然岂不是乱套了？”贺超占着理，便不依不饶地说道，“就算这个娃经常陪您说话，也不能讲特殊吧？”

“哼！那我去找李校长！”张二爷冷哼一声，没有再理会贺超，而是一瘸一拐地去找校长李卫民。

“哼！就算找来了李校长，也得按照学校的规矩办事！”贺超见张二爷生气了，便悻悻地说道，他没有想到，张二爷居然肯为狗蛋这个小娃娃出头。

众人都愣在院子里，等校长李卫民来决定狗蛋的报名问题。

不一会儿，就见张二爷陪着校长李卫民来了。

“狗蛋，你从一数到十给李校长听听！”张二爷对狗蛋说道，“数得对，李校长就给你报名！”

“真的？”狗蛋欣喜地用袖子一抹眼泪，大声数起来，“一,二,三,四……十，十一,十二……”

“行了，够了！”张二爷见狗蛋“超常发挥”，便打断了他笑道，“你再在地上写一下你的名字吧！”

“好！”狗蛋就捡起了地上的一根树枝，在地上大大写了三个歪歪扭扭的字“王狗蛋”。这是东子教他的，狗蛋早就会写了，只是写得又大又丑。

“哈哈哈！”

“哪里有学名叫狗蛋的？”

“这个狗蛋真的是个勺娃子！”

学生们看到狗蛋的名字，顿时哄堂大笑。

队里的孩子都有小名，可一旦要上学，他们的父母都会请识字的人规规矩矩地取一个文雅的学名。狗蛋今天是临时起意试着来报名的，所以母亲也就忘记给他取个学名。

“你为啥非要上学？待在家里玩不好吗？”校长李卫民皱起眉头问狗蛋。

“我……我觉得上学好玩。”狗蛋见众人嘲笑，感觉自己上学的事情彻底泡汤了。

“上学有啥好玩的？”李卫民又问。

“老师讲课很好听，上学还能知道别人不知道的事情。”狗蛋吸着鼻子说道，“我妈说，上学念书将来还能考大学、当大官，天天吃白馍肉菜！”

“哈哈哈！”

“就你这个勺样子，还考大学、当大官？吃白馍肉菜？”

“你连个学名都没有呢，就想着考大学当大官的事，真是勺娃子！”

众人纷纷取笑着狗蛋的“远大理想”。

“我……”狗蛋见大家都笑话他，便哭丧着脸低下了头，他知道，自己又把一切都搞砸了。

“狗蛋虽然天真烂漫，可一心好学，是个好苗子！”李卫民看着狗蛋赞许地说道，“我相信他能跟上功课，我们就破格让他报名上学吧！”

“真的！”狗蛋和东子惊喜地叫道。

“当然是真的了，你回去让家长取个学名，明天来报名吧！”李卫民说道。

“啊？还得等到明天啊？”狗蛋又慌了，生怕夜长梦多，就赶紧说道，“李校长，我随便取个名字，您现在就给我报名吧！”

“取名字可是一辈子的大事，得让你父母给你取！”李卫民说道，“你不用着急，今天先回去，把名字取好了明天再来报名！”

“不，我现在就取名字，现在就报名！”狗蛋着急地说道，“我爸不在，我妈又不识字，我的名字随便取就好了！”

“这……”李卫民也愣住了。

“哥！你赶紧给我取个名字吧！”狗蛋一把拽住东子，着急地说道。

“我这一时半会的哪能想出啥好名字来？”东子郁闷。

“张二爷，那您帮我取个名字吧！”狗蛋又仰头求助张二爷。

“我可不敢给你胡乱取名字。”张二爷笑了笑，转头对校长李卫民说道，“李校长，您是阳曹大队学问最大的人，就给狗蛋取个学名吧！”

“好啊！李校长帮我取的名字肯定是最好的！”狗蛋一脸期盼地看着校长李卫民。

“好吧。”李卫民看着狗蛋思忖道，“你们家的排行是己字辈，你就叫王谦己吧！”

“好！好名字！”狗蛋激动地叫道，“那我以后就叫王钱己！将来肯定有很多很多的钱！”

“你名字里的谦，可不是金钱的钱，而是谦虚的谦。”李卫民笑道，“希望你将来能谦虚谨慎，当一个谦谦君子！”

“哦。”狗蛋虽然不懂谦谦君子是什么，但知道肯定是一种好人。

“李老师，就让王谦己去你班吧！”李卫民对李老师说道。

“好的，王谦己，过来我给你报名！”李老师笑眯眯地说道。

“好啊！好啊！”狗蛋赶紧屁颠屁颠地跑了过去，站在李老师的桌子前。

“你以后可得好好学习，要是考不及格，我就不要你了！”李老师又笑道。

“我保准能考及格！要是考不及格，您就打我的屁股蛋！”狗蛋挺着自己的瘦弱的胸膛笑道。

“哈哈哈！”大家都笑了起来。

就这样，狗蛋让校长李卫民当场取了名字，提前报名上了学。回到家，狗蛋就添油加醋地把自己在学校里请李校长取名字报名的事情给母亲说了一遍。

“李校长可是我们大队里最有学问的人，平常人家想请他取个名字还得请他吃顿饭呢！”母亲笑道，“等你爸来了，我们家也请李校长来家里吃顿饭吧！”

“好啊！我有了李校长取的名字，李老师就不敢像贺老师那样骂我！”狗蛋得意扬扬地笑道。

“李老师才不会像贺老师一样呢，他是全校脾气最好的老师！”东子说道。

“王欠已，咋听着啥也欠得很？”母亲笑道，“狗蛋本来就欠打欠骂的，咋又叫了个王欠已！”

“这个谦是谦虚的谦，意思就是不要吹牛，不要显摆。”东子解释道，“狗蛋整天吹牛皮，一有机会就臭显摆，就应该取个谦虚的名字呢！”

“不错！李校长可真是有学问，他一眼就看出狗蛋爱吹牛显摆！”母亲又笑道。

“我才不爱吹牛显摆呢！”狗蛋郁闷地噘起了嘴。

其实，狗蛋吹牛显摆都是因为大家都看不起他，要是大家都不取笑他，狗蛋当然不会吹牛。可狗蛋长得像个瘦猴，又经常做傻事，自然就成了大家取笑的对象。

“狗蛋，你的名字可是李校长取的，他又破格给你报了名，你要是不好好学习可对不住李校长！”母亲说道。

“您放心！我保证考第一名！”狗蛋说。

“你听听，又开始吹牛了！”东子郁闷地说道，“你这个王谦已的名字，李校长看来是白取了！”

“哼！你等着瞧，我保准考第一名！”狗蛋不服气地说。

“你要是考了第一名，我以后就不打你！”东子笑道。

“真的？说话算话，反悔的是小狗！”狗蛋赶紧敲钉钻脚。

“行了，吃饭吧！”母亲见狗蛋铆足了劲要考第一名，心里十分高兴。

第二天一大早，狗蛋在被窝里做梦吃肉，却被东子一把掀开了被窝。

“你干啥?”狗蛋生气地拉过被窝又缩了进去，继续寻找梦里吃肉的感觉。

“你不起，我可一个人去上学了。”东子笑道。

“啥?上学!”狗蛋忽然一骨碌爬起来，紧张地说道，“哇!我咋忘记上学了!是不是要迟到了?你咋不把我早些叫起来!”

“你急啥，穿衣服吧!”东子白了一眼狗蛋。

狗蛋利索地穿好了衣服，母亲在东子和狗蛋的书包里各装了半块干馍，这是他们的早餐。狗蛋挎起东子的旧书包，雄赳赳气昂昂地跟着东子和小兵去上学，就像得胜的公鸡。

## 第10章　人生第一个字

“一年级二班的，都来这里!”李老师站在一间教室门口招呼着班里的学生，狗蛋就和二三十个孩子站成了一排。

阳曹小学不大，学生都是本大队的，一个班也就二三十个人。李老师叫李文渊，五十来岁，看起来和蔼可亲。

“你们从矮到高，排成四排。”李老师说着，把二三十个孩子按照身高排成四排，然后就让他们两个两个进去，坐在教室里。一群在野地里疯惯了的捣蛋鬼们，都规规矩矩地坐在自己的座位上，连话都不敢说。

李老师从办公室里拿来了几沓课本给孩子们分发，发到狗蛋的时候，狗蛋吐了吐舌头，笑嘻嘻地给李老师做了个鬼脸，李老师却冷冰冰地板着脸，假装没有看到。

“李老师，这是我的学费，我妈让我交给您。”狗蛋赶紧收起了自己的嬉皮笑脸，从裤兜里掏出一个手帕打开，取出里面的钱递给李老师。

狗蛋昨天虽然临时报了名，却没有交学费，母亲就用手帕仔细包了学费让狗蛋交给老师，并千叮咛万嘱咐让狗蛋别弄丢了。

“嗯。”李老师接过了钱，依旧板着脸冷冷地说道，“上课时间，不要嬉皮笑脸！”

“哦。”狗蛋赶紧缩起了脖子，坐在座位上。

平常，狗蛋只要嬉皮笑脸地吐舌头做鬼脸，大人们都会被他逗笑，然后摸摸他的脑袋表示赞赏。可这个李老师，却不让自己嬉皮笑脸。看来，老师就是老师，是有威严的。

“我是你们的班主任，带你们的语文、书法和音乐课，刘老师带你们的数学、美术和体育课……”发完了书，李老师就拿起了粉笔，在黑板上写了几个拼音字母，“今天，我们先上第一课，学习汉语拼音 a，o，e。大家现在翻开语文课本的第一课，跟着我一起读 a，o，e。”

大家新奇地翻开语文课本，开始跟着李老师读拼音。狗蛋也翻开了自己的课本，发现课本还散发着油墨的香味，非常好闻。

第一课学三个拼音。“a”的旁边画有一张插图，画的是一个张着嘴的人；“o”的旁边画着一只大公鸡在打鸣；“e”的旁边就画着一只大鹅在水上游，虽然狗蛋不认识鹅，但是他听张二爷说过，鹅比鸡大得多，会追着小孩啄。书里的东西可真神奇啊！狗蛋觉得上学太好玩了，就扯足了嗓门跟着李老师大声读着“a，o，e”。

“好，现在大家把本子拿出来，每人在本子上写三行拼音 a，o，e。”李老师让大家开始学着写拼音，孩子们就赶紧从书包里拿出本子和铅笔开始写。

狗蛋顿时傻了。他昨天才报了名，母亲还没有来得及给他买本子和铅笔、小刀什么的。狗蛋虽然雄赳赳气昂昂地背着东子的旧书包来上学，可旧书包里只装着东子用剩下的半截铅笔头和半块干馍馍。

现在李老师要让大家在本子上写三行拼音，他只有半截铅笔头，没有本子，甚至连张纸都没有。今天可是第一天上学，要是给李老师留下不好的印象，他说不定以后就会像贺超对东子一样骂自己。

狗蛋紧张得左顾右盼。

“你没有本子吗？”同桌的女孩见狗蛋着急得涨红了脸，便小声问道。

“我岁数不够，昨天才试着报了名，我妈还没有来得及给我买本子……”狗蛋低头嗫嚅，脸红得就像猴子的屁股。

“不要紧，我给你撕一张纸你写吧！”女孩便按住自己的本子，从后面轻轻撕了一张纸给了狗蛋。

“谢谢！”狗蛋低声欢呼，接过纸感激地对女孩笑道，“我下午就还你一张纸！”

这女孩居然借了自己一张纸，这可解决了大问题，简直是雪中送炭！

“行了，赶紧写吧，别让李老师看到了！”小女孩嫣然一笑，露出两个尖尖的虎牙。

“嗯！”狗蛋赶紧把那张珍贵的纸铺在了语文书上，写下了他人生的第一个字。

狗蛋紧张地捏着铅笔头，拼尽全力写着一行一行的拼音字母，力求每个字母都和书上印的一模一样。他昨天在学校院子里歪歪扭扭地写了“王狗蛋”三个字，被好多人嘲笑，狗蛋今天吸取教训，决定要把字写得漂漂亮亮的。

“嘣！”狗蛋由于用力过猛，铅笔芯就崩断了。

“哎呀！”狗蛋大惊，他的这半截铅笔头是东子扔掉不用的，因为狗蛋今天上学什么都没有，东子才用小刀仔细削出了一小截铅笔头，让狗蛋先凑合着用。不料，狗蛋第一次拿铅笔用力过猛，居然把仅有的一截铅笔头给崩断了。现在，就算有小刀也不见得能再削出铅笔头来，更何况，狗蛋连把削铅笔的小刀都没有。

狗蛋不由自主地又看向了同桌的女孩。只见，女孩碎花布的对襟罩衣纽扣眼里，拴着一根红色的棉线绳子，绳子的另一端就装在罩衣的口袋里。狗蛋知道，那根红棉线绳子的末端，就拴着一把削铅笔的小刀。女孩们削铅笔的小刀不像男孩那样拴在裤带上装在裤兜里，而是拴在上衣的纽扣上，装在上衣的口袋里。

“你，你的刀子能不能借给我……削一下铅笔？”狗蛋脸色通红地对同桌女孩说道，声音比蚊子还小。

平常，狗蛋几乎不和女娃娃们一起玩的，要是和女娃娃玩，就会被小兵、东子他们笑话。所以，狗蛋基本上没和女娃娃说过话，现在到了“危急关头”，实在没有办法了，狗蛋这才主动向同桌的女孩借铅笔刀。

“哦，你拿去用就是。”女孩从口袋里掏出铅笔刀给了狗蛋。

“好！”狗蛋就紧张地接过小刀，削起了他的铅笔头。

可是，铅笔头只剩下了一小截，实在是削不出来了，狗蛋试着削了几下，差点削到手指头。但要是不削，狗蛋就没有办法写完三行拼音。写不完三行拼音，李老师说不定就要骂他，他就考不上第一名。考不上第一名，东子以后还要打他。所以说，这三行拼音，实在是“事关重大”，必须写完。

狗蛋费力地削着铅笔，铅笔刀上的绳子就一扯一扯，扯动了同桌女孩的衣服。女孩转头看着狗蛋的铅笔头，皱起眉头说道：“你的铅笔都剩这么点了，咋能削出来嘛！”

“我，我……”狗蛋又是大窘，他停止了削铅笔，满脸通红，结结巴巴地解释，“我不是买不起本子和铅笔，我只是没来得及去买，我妈把钱给了我哥，中午放学我哥就带我去小卖部里给我买本子、铅笔、刀子。”

“我这里还有支新的铅笔，借你用吧！”女孩打开书包，从里面取出来一个铁皮铅笔盒，上面画着一片嫩绿的柳枝，还有一对燕子。这铅笔盒可是高级货，只有条件好的人家才给娃娃买铁皮文具盒。整个阳曹小学里，拥有铅笔盒这样高级东西的超不过十个人。大多数孩子的书包都是用碎布缝起来的，哪有钱买文具盒，一些细心的母亲，最多在娃娃的书包里缝个夹兜，用来装铅笔和橡皮。

狗蛋看着女孩打开了漂亮的铅笔盒，里面真的有一根没有削的新铅笔。铅笔的顶上还有一块红色的橡皮，和女孩手里拿的铅笔一模一样。

好多孩子的铅笔都是不带橡皮的，像这样镶嵌着橡皮的铅笔，也只有条件好的人家才会给娃娃买，由此可见，这个女孩是个有钱人家的娃娃。狗蛋不禁偷偷看了看身边的女孩，只见她皮肤白白净净，头发乌黑油亮，有些不像农村里的女孩。

“给你，赶紧削了写吧，当心老师批评。”女娃笑着，又露出两个小虎牙。

“嗯！”狗蛋感激地接过铅笔，赶紧削了起来。

铅笔和小刀上有一种香味，好像是母亲搽脸油的味道，看来这个女孩的手上也抹了搽脸油。这个女孩说话也不像农村女孩，农村女孩只会说“小心老师骂”，可这个女孩却说“当心老师批评”，虽然谁都知道“骂”就是批评的意思，可大家都说“骂”，从来不会说“批评”。

狗蛋削好了铅笔就把小刀还给了女孩，又赶紧写起了拼音。新铅笔用起来就是好，狗蛋不一会儿就写好了三行拼音。

李老师在教室里转来转去，眼看就要走过来了。狗蛋又紧张起来，生怕李老师发现他不但没有本子，还借了别人的铅笔。

他不知道自己该老老实实地坐着，还是继续写拼音。李老师说让大家写三行拼音，少写了肯定挨骂，但多写了总不会挨骂。狗蛋为了掩饰自己的紧张，便趴在桌子上又认认真真地写起了拼音。狗蛋越写越顺手，索性也不管多少行，直接写满了一页纸。

李老师走到狗蛋的身边停下了脚步。狗蛋顿时紧张起来，傻头傻脑地偷看了一下李老师，却见李老师皱起眉头，紧盯着写满拼音字母的纸看。狗蛋顿时吓得满头大汗，自己没有本子的事情还是让李老师发现了，接下来李老师肯定就要批评自己了。

果然，李老师伸手从狗蛋的手下抽走那张写满了拼音的纸。狗蛋涨红了脸，赶紧低下了头，就像做了天大的错事，准备挨骂。

李老师走上讲台，扬了扬狗蛋那张写满拼音的纸说道："我转了一圈，发现王谦已同学的拼音写得最好，而且他还把这张纸都写满了，希望大家都向王谦已同学学习，勤奋努力，多下功夫！"

众人都吃惊地看向狗蛋，昨天报名的时候，狗蛋在地上写了自己的小名"王狗蛋"，好多同学就觉得他傻乎乎的，可没想到，今天第一天上课李老师居然表扬了狗蛋。

"你真厉害呀！"同桌的女孩用胳膊肘碰了一下狗蛋笑道。

狗蛋愣住了。他本来已经做好了挨骂的准备，可没想到李老师抽走那张纸是为了表扬他。狗蛋脸上渐渐泛起了傻乎乎的笑容，还有一丝得意，不过，他马上记起了自己的名字里"谦"的含义，便赶紧收起得意，低下了头，心里却还是乐开了花。他长这么大，还从来没有人这么夸奖过他呢。李老师居然让全班同学向他学习，狗蛋第一次感觉到自己也是有长处的，自己也可以不用吹牛就能得到别人的尊重。

"当！当！"悠扬缓慢的声音从窗外传来，是张二爷在院子里的槐树下敲响了那块生锈的犁铁。

"好了，这节课就上到这里，下课！"李老师夹着自己的书走了。

全班孩子顿时吵嚷起来。

狗蛋也舒了一口气，自己没有纸和笔的难关终于渡过去了，而且还得到了李老师的表扬。不过，狗蛋依旧没有纸，下节课要是老师再让同学们在本子上写字，他可就又麻烦了，得想办法再弄几张纸才行。念及至此，狗蛋的目光又看向了同桌的女孩。只见，女孩合起了本子，把铅笔放进了漂亮的铁皮铅笔盒里。

狗蛋用胳膊肘捣了一下那女孩说："你的纸能再借给我几张吗？"

"行呢。"女孩从本子的后面又撕了几张纸给狗蛋。

"一，二，三，行了，加上刚才的一张，总共四张纸，我下午就还你！"狗蛋认真地记下了借女孩纸的数量。

"就几张纸，不用还了。"女孩对狗蛋笑道，露出了两颗俏皮的小虎牙。

"那咋行？我咋能白用你的纸呢！"狗蛋说道，"你还借给我铅笔和刀子用，我说啥也得还你的纸！"

"没啥，我们是同桌嘛！"女孩又笑道。

傻乎乎的狗蛋也弄不清楚同桌算啥关系，又不好意思再问，免得丢人，就从书包里掏出自己的半个白馍，掰了一半给同桌的女孩，然后说："那我让你吃我的馍！"

"我也带了馍呢！"女孩笑着要从书包里掏自己的馍。

"先吃我的！"狗蛋直接把馍塞给了女娃。

"好吧。"女孩不再推辞，接过馍吃了起来。

"你叫个啥名字？"狗蛋这才想起来问同桌女孩的名字。

"我叫李燕。"

"李燕，你是几队的，我咋没见过你？"狗蛋疑惑地问道。他虽然不怎么和女娃娃玩，可村里的女娃娃他基本也都见过。

"我是五队的。"女孩吃着馍笑道。

狗蛋挠了挠头说："我叫王谦已，是二队的。"

"我知道，你昨天在学校院子里写名字的时候我也在呢！"李燕笑道。

狗蛋赶紧低下了头，不禁又涨红了脸，他现在也知道，王狗蛋这名字实在不咋的。

"王狗蛋！"这时，一个吸着鼻涕的男孩跑过来，对着狗蛋叫道。

“王狗蛋！王狗蛋！”几个孩子也围过来起哄。

“刘明，不许给同学取笑话人的外号！”李燕对那个吸着鼻涕的男孩说道，“要是让李老师知道了，肯定会批评你的！”

“王狗蛋的名字是他昨天自己写在院子里的，可不是我给他取的外号！”那个叫刘明的男孩笑道。

“我爸后来给他取了学名叫王谦已，你们咋还叫他王狗蛋呢？”李燕愤愤不平地说道。

“啥？”狗蛋吃惊地转头看着李燕，瞪大了眼睛，“你是李校长家的丫头？”

“瞧你这个勺样，你连李燕是李校长的丫头都不知道，还和他坐同桌？”刘明说道。

“是啊！他的样子也太勺了！”

“他哥王东已就因为太勺，天天让贺老师骂，现在这个王狗蛋比他哥还勺！”

“一看他的样子，就是个勺娃子，哈哈哈！”

其他几个孩子，也纷纷嘲笑起来。

“我不是勺娃子！”狗蛋气愤地争辩。

“王谦已刚才还被李老师表扬了，说他勤奋努力爱学习呢，他咋能是勺娃子呢？”李燕也帮着狗蛋说话。

“李燕，就算王狗蛋不是勺娃子，也不好玩，就让他和我换了座位，我们一起坐同桌吧！”刘明笑道，“我给你削铅笔！”

“用不着，我自己会削！”李燕拉着狗蛋坐下说道，“我就和王谦已坐！”

刘明见李燕生气了，这才悻悻地回到了自己的座位，其他学生见状也都散了。

狗蛋还是一脸茫然地看着李燕说道：“你真的是李校长家的丫头啊？”

“是啊，咋了？”

“没咋。”狗蛋赶紧低头，他本以为李燕只是队里有钱人家的娃娃，没想到她居然是李校长的丫头，难怪她有铁皮铅笔盒和带橡皮的铅笔。

“扑哧！”李燕却抿嘴一笑，“你的样子其实挺勺的！”

“我……我不勺！”狗蛋赶紧分辩道，“我……保证能考第一名！”

“我不是说你的学习，而是说你样子看起来勺。”李燕笑道。

“我从小就喜欢和人闹着玩，所以就看起来勺一些。”狗蛋眨巴着小眼睛，傻乎乎地咧嘴笑道。

“你一笑更勺了！”李燕看着狗蛋傻乎乎的样子，又笑得露出了小虎牙。

“当！当！”张二爷敲响了上课钟声。班里的学生都回到自己的座位上坐好，刘老师拿着书本和粉笔盒，来到了教室。

“我是你们的数学老师，也给你们带体育和美术，你们上课的时候都给我老老实实的，谁敢调皮捣蛋，我的教鞭打起人来可比你们爹打得都狠！”刘老师说着，拿出了一根一尺长的木条。

教室里顿时鸦雀无声，谁也不敢调皮捣蛋，这个刘老师看起来比李老师厉害多了。

“今天上数学课，我们先来学阿拉伯数字 1，2，3……”说罢，刘老师就开始上课。

狗蛋认认真真地听着刘老师讲课。刘老师讲完了课，又让大家在本子上练习写数字，狗蛋就在李燕借给他的纸上写。

第二节课上完，狗蛋便出去在教室门口玩。他们一年级的教室就在大门口。小兵留了级，还在二年级，他们的教室在第二排。东子升到了三年级，他们的教室在更后面的地方。狗蛋在院子里转悠，就见李燕和几个女娃娃在丢沙包，刘明和几个强壮的男孩子在一边“抗咚咚”，这种力量型的游戏，狗蛋是从来不去自取其辱的。

就在狗蛋郁闷的时候，却见栓子和二林子过来找他玩。栓子和二林子都分在了刘老师的一年级（1）班，狗蛋一个人孤零零地分到了李老师的一年级（2）班。狗蛋和栓子、二林子刚说了几句话，张二爷就一瘸一拐地从门房出来，敲响了上课钟声，大家就都回去上课了。

中午放学，东子、小兵就带着狗蛋去买文具。阳曹小学的旁边就是阳曹大队的大队部，大队部里有一个小卖部。小卖部里的货物很少，不过是些油盐酱醋，香烟糖果，文具笔墨什么的。

东子用母亲给的钱给狗蛋买了一把小刀和两根铅笔，还有几个本子和一块橡皮。剩下的钱东子就买了糖，和狗蛋、小兵一起吃着回了家。

晚饭的时候，狗蛋兴奋地给母亲讲了他被李老师表扬了的事情。母亲喜出望外，找来一段棉线绳穿在小刀的眼里，拴在了狗蛋的裤带上。东子翻开字典查到“谦”字，照着字典在狗蛋的书上和本子上认认真真地写上了“王谦己”的名字。狗蛋拿着属于自己的小刀爱不释手，睡觉的时候都攥在手里。

就这样，狗蛋开始了在阳曹小学的学习生活。他风趣幽默，经常逗得同学们哈哈大笑，好多人就喜欢和狗蛋在一起玩。尤其是同桌李燕，最喜欢狗蛋做鬼脸、讲笑话，她经常被狗蛋逗得咯咯笑，露出一对调皮的小虎牙。狗蛋偶尔还去找张二爷讨一些槐花糖膏悄悄送给李燕吃。

班主任李老师教语文和音乐，他还会拉二胡。上音乐课的时候，李老师就拉着二胡教全班的同学合唱歌曲《小红花》：“小红花，爱太阳，小朋友们热爱党，共产党像太阳照耀我们成长，我们像小红花，遍地开放。”狗蛋扯着嗓门唱的声音最大。

刘老师的美术课也很有趣，他在黑板上教大家画简笔画，或者带大家欣赏《美术》课本后面的画，教大家认识什么是国画，什么是油画，什么是素描。

狗蛋的语文数学不错，可美术却学得没有李燕好。李燕能画出漂亮的梅花，比母亲鞋垫上绣的花还好看，狗蛋却只能画出简笔画。

刘老师的体育课是狗蛋最不喜欢的一门课。每次上体育课的时候，刘老师先带大家在校门口的操场上跑几圈，然后练习跳木马。排在前面的同学低头半蹲着身子当“木马”，后面的同学就从前面同学的身上跳过去。狗蛋跑几圈就已经累得气喘吁吁了，哪里还能跳得动木马？他经常撞在“木马”身上，和当木马的同学一起滚翻在地上。

不过，狗蛋其他课都学得很好，经常给同学们讲题，渐渐地在班里有了一些威信。学校生活果然和狗蛋想象的一样美好、充实、好玩。

终于，到了期中考试。

老师们把考题写在黑板上，学生们就撕一张纸抄了题目，开始答题。一年级的考试题目无非就是默写声母、韵母，计算十以内的加法，这些对于狗蛋来说太简单，他很快就答好了试题。不过，他没有交卷，而是低头认真检查着试卷，狗蛋时刻牢记“要谦虚”的告诫。

晚饭的时候，狗蛋还是忍不住兴奋地对母亲说：“妈！我这次保准是第一名！”

“真的？”母亲欣喜地问道，“你把题目都答上了吗？”

“都答上了，我还检查了好几遍呢！”狗蛋笑道，“肯定是满分！”

“王谦己同学，你能不能谦虚一点！”东子笑道，“你们一年级的考试那么简单，考个满分有啥好吹的！”

“是啊！你哥一年级第一次考试也是满分呢！”母亲笑道，“不过，他可没有像你这样大吵大嚷地显摆。”

“等明天成绩出来你再吹也不迟嘛！”东子拍了拍狗蛋的肩膀。

第二天上学，第一节课就是发试卷。

“这次期中考试，我们班里只有两个满分的同学，他们是王谦己和李燕！”李老师拿起两张试卷说道。

所有的人都看向了狗蛋和李燕。李燕羞涩地低下了头，狗蛋却按捺不住心中的狂喜，悄悄给同学们做鬼脸。

“就让王谦己同学担任我们班的班长，李燕同学担任学习委员，希望大家以后多向王谦己和李燕学习，争取都考满分！”李老师又说道。

“哇！王谦己这个瘦猴居然能当班长？”

“李老师这是按成绩来的，谁让你没考满分呢？”

同学们热烈地议论起来。

狗蛋赶紧收起了自己的鬼脸，他万万没想到，李老师居然让他当班长。在狗蛋的印象里，班长要管班里的纪律，所以要选那种厉害的男生。可李老师却按照成绩让自己当了班长。班长是班里最大的“官”，以后可不能嘻嘻哈哈，得有些威信才行，不然还怎么管别人。

“王谦己，你来把大家的卷子发下去，让大家看看自己错到哪里了，把错题都改正过来。”李老师说道。

“是。”狗蛋赶紧从座位上起来，把试卷发给了大家，最后才拿着自己和李燕的试卷回到了座位上。只见他和李燕的试卷上全是红色的对钩，最上面写着鲜红的 100。

下课后，好多同学都来和狗蛋、李燕套近乎。放学的时候，栓子和二林子听说狗蛋考了满分，还当了班长，顿时对他肃然起敬。东子也少有地夸了狗蛋几句。

回到家里，狗蛋就高举着自己的100分试卷，扑进母亲的怀里大叫道：“妈！我考了一百分，和李校长的丫头并列第一名！”

“真的！”母亲高兴地叫道。

“你看，这上面写着一百分呢！”狗蛋说道，“李老师还让我当了班长！”

“是吗？”母亲顿时喜极而泣，抹着眼泪说道，“没想到你也能当班长，你不比你哥差呢！”

“我当然不比哥差，我还要比他强呢！”狗蛋得意扬扬地笑道。

“行了，吹两句就得了。”东子笑道，“等你哪天真的比我强了再吹也不迟！”

“你上次说，我要是考了第一名你以后就不打我……”狗蛋对东子说道，“你可是男子汉，说话得算数！”

“行，我以后不打你就是了。”东子笑道。

# 第11章　物资交流大会

秋去冬来，东子和狗蛋放了寒假。

东子整天和小兵在外面玩，狗蛋却躺在炕上看东子的课本，他急于想知道课本上还会教些什么有趣的内容。狗蛋现在已经学会了拼音和查字典，完全可以自学。

这天，青湖镇为了响应改革开放的好政策，搞活市场经济，决定召开第一次物资交流大会。包产到户才一年，农民们不仅吃饱了肚子，还有余粮卖钱，自然就有了更高的需求。男人们想买一包“大前门”，尝尝纸烟到底是个啥滋味，女人们当然是想买一顶新方巾，孩子们最关心的却是交流会上有什么好吃的。

母亲让东子牵出了温顺的小黑，套好驴车，母子三人就赶着驴车去镇上逛交流会。平常每逢农历初一、十五青湖镇上也有集，集上也有各种东西卖，可比起交流会来简直就是小巫见大巫。

交流会上不仅有四乡八镇卖东西的农民，还有县里供销社组织的摊位，卖的都是城里才有的东西。

这些其实都不是重点，最关键的是交流会还请了县剧团的人来唱秦腔。沙城人的先祖多是明清之际戍边的将士，这些将士大多来自山西、陕西，所以沙城人的文化饮食风俗就和山西、陕西略同。尤其是住在腾格里沙漠边的人们喜欢吃醋，吃“裤带面”，听秦腔。夏秋之际，几乎每家每户都要“办醋”，也就是自己酿醋。谁家的婆姨醋酿得香，在队里的地位就高，其他女人就去她家讨“醋头子”。每逢腊月初八，沙城人不吃什么腊八粥，他们要吃“腊八宽面”。这种宽面和陕西人的“裤带面”差不多，拌了油泼辣子和蒜，大人娃娃都能吃好几碗。唱秦腔更是每个沙城男人的爱好。他们唱不了大的折子戏，就拉着二胡，唱一些眉户小调，如《钉缸》《拾黄金》《张连卖布》……

听说这次的交流会上有秦腔，几乎所有的人都套上驴车赶来了。镇上的戏台这几年都用来开大会了，现在终于回归了它本来的职能。

小黑慢悠悠地拉着车，还没有到镇上就发生了“交通拥堵”。四乡八村的人都赶着车来逛交流会，把不大的青湖镇围得水泄不通。母亲只好下车，找了个地方把小黑拴在树上，随着人流进了镇子。镇子里更是人山人海，摩肩接踵。有卖衣服的，有卖吃食的，有卖日用百货的……每个摊位前都围满了人。买东西的人也不讨价还价，付了钱拿着东西就挤出了人群。

母亲紧张地拉着东子和狗蛋的手，生怕他们走失，狗蛋却看着油锅里嗞嗞作响的糖油糕迈不开腿，母亲只好挤进人群买了四个糖油糕。糖油糕是腾格里沙漠边最具特色的小吃，炸得焦黄的油糕里面包着滚烫的红糖，烫得嘴馋的狗蛋直吸溜。

“妈，您怎么不吃？”东子吃着糖油糕问母亲。

“我不饿，你俩吃吧，一人两个糖油糕。”母亲一向节俭，虽然只是几分钱的糖油糕她还是舍不得吃。

“你吃一个吧，甜得很！”东子却把一个糖油糕硬塞给了母亲。母亲只好接过来吃了，狗蛋却毫不客气地吃了两个糖油糕。

母亲买了一些日用品，又扯了几尺布，准备给一家人缝制冬衣。狗蛋却被那些漂亮的文具盒吸引住了。文具盒上面画着各式各样的图案，比李燕的文具盒还好看。可惜母亲没有多少钱，只给狗蛋和东子买了几支铅笔和几块橡皮。交流会上的铅笔和橡皮不仅质量好，价格还比阳曹村小卖部里的便宜。

“外婆！”眼尖的狗蛋忽然在人山人海中看到了踮着小脚，被挤得颤颤巍巍的外婆，就兴奋地大叫。

母亲拉着东子、狗蛋奋力地挤了过去，原来外婆一大家人也来逛交流会了。外婆想和往常那样把狗蛋抱起来亲他的小脸蛋，却踮着小脚没有抱动狗蛋，就低头亲了亲狗蛋的额头笑道：“狗蛋，你才上了几天学就长大了呀，我都抱不动你了。”

“我还考了一百分呢！”狗蛋扬起脖子显摆，仿佛立了什么大功劳。

“真的？”外公外婆吃惊地问道。

“没错！狗蛋考了一百分，还当了班长，我们都听说了。”大表姐金萍笑道。

“是啊！他的学名王谦己是李校长给取的，他和李校长的丫头李燕还是同桌呢！”二表姐小红也笑道。

“没想到你这个瘦猴猴，念书还‘歪’得很！”外公抱起狗蛋高兴地说道。

“歪”可不是贬义词，在当地方言中，“歪”是很厉害的意思。

“我吃油糕也‘歪’呢，我妈和哥一人吃了一个，我一个人就吃了两个！”狗蛋又得意扬扬地说道。

“哈哈哈！”大家都被狗蛋逗笑了。

“你吃油糕‘歪’又不长肉，吃了也是白吃！”东子笑道。

“这娃娃娘胎里就恰下亏的呢！”外公叹道，“走，外公再给你买两个油糕吃！”

“恰亏”就是吃亏的意思。

“爹，我去买吧！”母亲不让外公花钱，她又挤进糖油糕摊子买了二三十个糖油糕。

“你咋买了这么多呢！”外婆嗔怪道。

“叫娃娃们一起吃吧！”母亲笑道，“胜子和毛生春天帮我们家种瓜，秋天又帮我们摘瓜，也受了不少苦呢！”

“姑妈，我们都是大人了，你让狗蛋多吃些吧！”大哥胜子为人稳重，是家里的壮劳力。

“就是，狗蛋这个瘦猴猴要是再不吃胖些，就让大风刮到沙窝里去了！”二哥毛生很风趣，和狗蛋一样喜欢逗乐。

“哈哈哈！”一大家人又笑了起来。

“走吧，赶紧去戏台下找个好地方等着看戏，迟了就没好地方了！”外公看戏很有经验，便带着一大家人来到戏台下。

戏台下已经坐满了人。有的人搬来了土坯坐在上面；有的人像牧民一样把毛毡铺在了地上，一家人就坐在毛毡上；还有的人干脆坐在地上，为了抢占最佳的看戏位置，好几家人就吵吵嚷嚷起来。

外公找了一个不远不近的地方，铺了一块旧毡，一大家人就挤坐在毡上等着看戏。狗蛋惊奇地看到，以往土不拉唧的戏台上拉起了红色的大幕，地上也铺上了毛毡，变得“高端大气”起来。

戏台的两边，就是乐班，有二胡、扬琴、鼓、唢呐……敲扬琴的人拿着小琴槌在叮叮咚咚地调弦，声音清脆悦耳，好听极了，简直就是天籁之音。

阳曹小学里，李老师会拉二胡，还有个老师会吹笛子，其他老师都不会什么乐器，大多数老师上音乐课只是带学生们唱歌。今天狗蛋一下子见到这么多乐器，自然是兴奋极了。

天色渐渐地黑了下来，戏台上亮起了耀眼的电灯。戏台下人头攒动，熙熙攘攘，几乎所有青湖镇的人今天都坐在这里看戏。可戏台上的人却迟迟不出来唱戏，就连乐班的人也不再调弦了，狗蛋不由得焦躁起来。

“外公，‘戏儿匠’咋还不出来唱戏？”狗蛋焦急地问道。

“戏儿匠”就是唱戏的演员。

“早呢！”外公笑道，“‘戏儿匠’才吃了饭，这会子怕是在换衣裳，还得抹脸，等都弄好了才能开戏呢！”

“还得等啊？”狗蛋郁闷地噘起了嘴。

他以为天黑就该唱戏了，没想到还得等。狗蛋是个急性子，最怕的就是等待，他的屁股如同扎了刺一般在毛毡上动来动去。

“你这个瘦猴猴，真是孙猴子转世！”外婆笑道。

“我出去玩一会儿，等开戏了再来！”狗蛋站起身。

“不行！”母亲顿时就急了，“这么多的人，你出去能再找回来吗？”

“这里的人坐得满满当当的，你也出不去啊！”东子也没好气地说道。

狗蛋环视一圈，发现偌大的戏台下黑压压地坐满了人，连个下脚的地方都没有，的确出不去，他无奈地坐下来，把头栽到母亲的怀里哼哼唧唧起来。

“狗蛋，我们带了沙枣馍呢，快来吃吧！”两个舅妈的臂弯里都挎着一个方巾做的包袱，她们打开包袱，取出一些沙枣馍。这种馍里面掺了沙枣，吃起来甜甜的就像枣糕，十分美味。狗蛋接过沙枣馍吃了起来，这才算是消停了一会。

一大家人都吃了一些沙枣馍，权当晚饭。吃过了沙枣馍，戏台上还是没有丝毫动静。狗蛋焦躁不安，就又栽到母亲的怀里闹了起来。

“你再欺负人，我可要捶你了！”东子没好气地说道。

“我……”狗蛋谁都不怕，就怕东子。

“我尿憋了！”狗蛋理直气壮地说道，“我要出去尿尿！”

“你早干啥的？给我憋着！”东子喝道。

“屎尿不由人呢！”大舅却笑道，“我带狗蛋出去尿尿吧！”

“好吧。”母亲只好同意大舅的提议。

“狗蛋，来，我背着你出去！”大舅蹲下了身子。

“好嘞！”狗蛋赶紧趴在了大舅的背上。

大舅就背着狗蛋，在密密麻麻的人群里艰难地穿行。看戏的人都坐在地上，大舅从他们中间走起来十分困难，不断绊着别人的脚。

“你干啥呢？”

“马上就开戏了，你乱跑啥呢？”

“你是哪个大队的？”

被绊着的人愤愤不平地说道。

“对不住，对不住！娃娃尿憋了。”大舅不断给人道歉。众人一听是娃娃的尿憋不住，这才不说什么了。

终于从人堆里出来了，大舅就带着狗蛋去一边撒尿。

“走，我们再买个油糕吃！”大舅也知道狗蛋压根不是尿憋了，就是想出来玩玩，便带他去买糖油糕吃。

他们转了一圈发现四周摊子上的油糕都卖光了，卖油糕的人正在收拾摊子，准备也去看戏。狗蛋十分郁闷，又噘起了嘴。

“那边有个卖油棒子的，我们过去看看！”大舅见狗蛋情绪失落，便带着他来到唯一一家还营业着的摊子。

这家人卖的不是糖油糕，而是油棒子和油果子。油棒子其实就是麻花，腾格里沙漠边的人们做的麻花很大，便叫油棒子。油果子就是把发面做成好看的形状，然后放到油锅里炸熟的一种食物。这些油炸食品，以前只有过年的时候才吃。可今年包产到户，家家吃饱了肚子，好多人上集的时候就买这些油食来吃。

大舅买了一根油棒子，狗蛋才高兴了起来。不料，狗蛋刚啃了一口油棒子，就听见戏台上猛然响起了一阵鼓声，紧接着，钹、唢呐声、二胡声……全都响了起来。

“快，戏开了！”大舅一把抱起了狗蛋就往戏台下赶，一路上绊绊磕磕的也不知道绊了多少人，终于回到了自己的地方。

只见戏台上不知道什么时候已经上来了“戏儿匠”。一个女“戏儿匠”穿着华丽的戏服，画着漂亮的脸蛋，在台上咿咿呀呀地唱，她身后跟着两个“丫鬟”，也穿着漂亮的戏服，一个“丫鬟”手里提着一盏极其精美的灯笼。那灯笼是金色的，周围有很多瓣莲花，下面还有黄色的流苏，一颤一颤地抖动。狗蛋不禁看呆了，他长了这么大见过的最精美的东西就是母亲绣在鞋垫上的花，可这盏灯笼比母亲绣的花漂亮多了，他愣愣地看着戏台上的金色灯笼，忘记了吃手里的油棒子。

“那个‘戏儿匠’唱的啥？”狗蛋好奇地问道。

“这出戏唱的是沉香劈山救母，台上的是三圣母，那个丫鬟手里提的就是宝莲灯。”外公是听戏的行家，便给大家解说起了台上唱的戏文。

三圣母唱了一会儿就飘然退场了，这时，戏台上忽然冒出一团巨大的火焰！

“哇！”戏台下的人惊呼，就见一个提着马鞭的男“戏儿匠”快步走上台来。

“轰！”戏台上又冒出了一团火，台下的人又是一惊。

“这出戏叫《火焰驹》，提马鞭的就是李彦贵。”外公却一点儿都没有惊慌，镇定自若地继续给大家解说着《火焰驹》的故事。

戏台上演的戏都是节选戏，除了《宝莲灯》和《火焰驹》，还演了《张连卖布》《铡美案》……这些都是淳朴的乡下人最爱看的剧目，所有人都看得津津有味，如痴如醉。

“他们为啥再不喷火了？”狗蛋很想再看“戏儿匠”在台上喷火。

外公告诉他，那火是“戏儿匠”嘴里含了松油喷出来的，狗蛋很想仔细看看，躲在幕后的“戏儿匠”到底是怎么把火从嘴里喷出来的，可是戏台上却再也没有喷火。

“现在都唱到《张连卖布》了，你还记着《火焰驹》呢！”东子没好气地说道。

“张连卖布的时候不喷火吗？”狗蛋好奇地问道。

“哈哈哈！”大家都被狗蛋的话逗笑了。

“张连卖布的时候要是喷火，不就把他的布全烧掉了吗？”表哥毛生在一边笑道。

狗蛋见大家都笑他，只好不再问喷火的事情。好在戏台上又上来了一帮穿着短衣服的“戏儿匠”，不停地翻着跟头，就像风车一般，狗蛋饶有兴趣地看了起来。

接着，黑脸的包公出来了，他唱的时候声音很大，就像在和人吵架。最后，戏台上抬出了一个铡草的铡刀，这是要铡陈世美，狗蛋吓得赶紧把头蒙在了母亲怀里，不敢再看。

“哗！”看戏的人却都站起来欢呼鼓掌。

《铡美案》演完，今天的戏便结束了，大家都意犹未尽，可已经是深夜了，只好收拾东西回家去。狗蛋看了一夜的戏，只记住了精致的宝莲灯，翻跟斗的“戏儿匠”和那团神奇的火焰。

“外公，那个李彦贵最后死了没有？”狗蛋问道。

“当然没有死了，他和黄桂英结婚了！”

“那沉香呢？”

“沉香把他妈救出来，也上天当了神仙！”

“张连呢？”

“张连浪子回头，戒掉了赌博，和老婆好好过日子去了。”

“陈世美呢？”

“陈世美刚才就被铡刀铡死了，你没看到吗？”

“我害怕，没敢看。”狗蛋说道。

“哈哈哈！”众人又被狗蛋的话引得大笑起来。

“戏文里演的都是假的，哪能真的把人铡死啊！”外公摸着狗蛋的脑袋笑道。

“那秦香莲呢？”狗蛋很想知道秦香莲带着东哥、春妹最后过得怎么样了。

“秦香莲……”外公倒是被问住了，《铡美案》从来都是铡死陈世美就剧终了，谁还管秦香莲怎么样了。

“这问的这都是啥嘛！”东子没好气地说道，“我们看的是铡陈世美，你管秦香莲做啥？”

“外公，你咋啥都知道呢？”狗蛋对外公佩服得五体投地，外公不仅知道每一折戏文的来龙去脉，还知道那团火是“戏儿匠”嘴里含着松油喷出来的。

“我们以前老听戏，也跟着他们唱戏，当然就知道了！”外公笑道。

“那你快给我再说说，还有些啥戏文？”狗蛋着急地问道。

“戏文可多了，说三天三夜都说不完，我就给你讲《汾河湾》的戏文吧！”外公抱起了狗蛋，就和大家一起往镇子外面走，边走边给狗蛋讲《汾河湾》薛仁贵的故事。

“从前有个薛仁贵，是白虎星下凡，力气比九头牛还大，他小时候爹妈就死了，薛仁贵就去柳老爷家当长工，睡在马棚里。有一天，柳家的大小姐柳迎春在绣楼上绣花，无意间看到睡着的薛仁贵变成了一只白老虎，柳小姐知道薛仁贵不是凡人，就要嫁给他，可柳老爷却嫌薛仁贵家里穷，不肯把柳小姐嫁给薛仁贵，柳小姐却执意要嫁给薛仁贵，就跟着薛仁贵到了他的寒窑里，两个人成了亲。后来薛仁贵就去从军打仗，跟着唐王跨海东征，在万军中救了唐王的命，可薛仁贵的上司张士贵却嫉贤妒能，把薛仁贵藏起来，只让他当了个烧火做饭的火头军！”

“这个张士贵可真坏！”狗蛋说道，“薛仁贵后来咋样了？”

“薛仁贵后来……行了，你该回家了。”外公把狗蛋放在他们家的驴车上，把狗蛋从戏文里拉回到了现实世界。

狗蛋听得正入迷，抬头才发现大家已经到了镇子外面的驴车边，东子和母亲已经把驴车拉出来准备回家。狗蛋还在为薛仁贵着急，就着急地跳下自己家的驴车说道：“外公，我和你坐一起，你再给我讲讲薛仁贵的故事吧！”

“我不回家，我要去农科站呢！”外公说道。

“啥？农科站是个啥？”狗蛋好奇地问道。

“农科站就是镇上的一个单位，我在那里找了个看门的活！”外公笑道，“我天天得在那里睡觉呢！”

“那我今天跟你去农科站睡吧！”狗蛋说道。

“不行！”外公说道，“农科站里冷房孤炕的，把你冻坏了咋办？”

“我不怕冻！”狗蛋叫道。他觉得，比起新奇的农科站和好听的戏文故事，冻算个啥。

“农科站里真的冷得很！”外公又说道。

“我不，我就要去农科站。”狗蛋又开始哭闹。

“你是不是皮胀了！”东子跳下了车就要收拾狗蛋。

母亲赶紧拦住了东子说道：“狗蛋，这天都黑了，你咋能去农科站欺负外公呢！”

“我不欺负人！我保证听话！我……我还没有听完薛仁贵咋样呢！外公，您就让我跟您去吧！”狗蛋又抱住了外公的腿。

“就让狗蛋跟我走吧，明天我把他送过来。”外公见狗蛋缠着自己，只得抱起了他笑道。

“好吧。”母亲和东子便和大家赶着驴车回家去了。

“你这个娃娃怪得很，听个戏文咋这么入迷？”外公抱着狗蛋就朝镇子的东边走去。

“那个薛仁贵把老婆扔在家里，又是个烧火做饭的，还被人陷害，就和我爸一样呢！”狗蛋说道，“所以我才担心他的嘛！”

“看不出来你这么小的个娃娃，就有孝心呢！”外公笑道。

“您快说说，薛仁贵后来咋样了？”狗蛋着急地问道。

“后来，唐王派了程咬金悄悄找到薛仁贵，就封薛仁贵当了白袍将军。”外公说道，“薛仁贵征东回来，当了大将军，就回到寒窑，接了老婆柳迎春和娃娃薛丁山去京城里享福，柳老爷吓得还给他磕头呢！”

“哇，太好了！”狗蛋开心地大叫。

祖孙俩说着话，就来到了镇子边的农科站。农科站的全名叫农业科技站，是研究一些新品种农作物的单位，外公因为和镇上的领导比较熟，又能吃苦，农闲的时候就在这里问了个看门的差事。

农科站的门房是一座破败的土坯房，里面走风漏气，冷得厉害。外公带着狗蛋把院子里晒干的驴粪装在芨芨筐里，填进了炕洞里点着“燎炕”，屋子里顿时弥散开了一股呛人的驴粪味。

“咳咳咳！”狗蛋被呛得咳嗽起来。

“你这个娃娃犟得很，非要跟着我来受罪呢！”外公摇头苦笑。

“只要能听您说戏文，受再多的罪我也愿意呢！”狗蛋开心地跑前跑后，帮着外公往芨芨筐里拾驴粪。

屋子里的驴粪味越来越浓，炕也渐渐地暖和起来。

“睡吧！”外公脱掉衣服钻进了被窝，把狗蛋搂在了怀里。

火炕被驴粪烧得热乎乎的，狗蛋的身上不冷，露在被窝外面的耳朵却冻得不行，他把脑袋缩进外公的怀里，就一点都不冷了。

“外公，你再给我喧个戏文里的谎吧？”狗蛋抬起头说道。

“喧”就是讲的意思，“喧谎”就是聊天、讲故事、摆龙门阵的意思，有时候也叫“说古今”。腾格里沙漠边的娃娃们睡觉的时候，都要大人们喧谎、说古今。

“行呢，我就给你喧，保证能把你喧睡着！”外公笑道。

“好！”狗蛋就缩在外公的怀里听他喧谎。

从此以后，狗蛋不仅爱听故事，也迷上了看书，因为书里也有精彩的故事。

下第一场雪的时候，母亲开始为一家缝制冬衣。今年的瓜卖了不少钱，母亲在交流会上买了很多布料，打算给一家人都做一身新衣服。

这可是个不小的工程。不过，现在有钱可以买现成的布料，已经省下了一大半的工夫。以前母亲得先买来棉花，用纺车“吱呀吱呀”地把棉花纺成线，然后再用织布机“咣当咣当”地织成布。最后还得用染色的颜料把布料染成蓝色或者黑色。不过，母亲织的布却是绝对纯天然无污染的纯棉布料，这种棉布虽然粗，穿在身上却十分舒服暖和。

母亲手纳的麻绳千层底布鞋，穿在脚上也十分舒服。秋天的时候，母亲把收获的麻秆扔进水渠里浸泡，叫作“沤麻”。等水把麻秆的白色物质都泡去，只剩下纤维丝的时候，母亲便把麻秆捞出来晒干，将麻丝撕下来，叫作“批麻”。批好了麻，母亲便把麻丝放在小腿上搓，搓成结实的麻绳。然后，母亲就用面做的“糨子”把报纸和碎布粘成一层层的“隔薄子”，再把“隔薄子”剪成鞋底的样子，一层层叠在一起，用麻绳密密地纳了，就成了鞋底。最后用布做了鞋面，拿锥子上在鞋底上，一双鞋才算做好。要是做棉鞋，还得在里面加棉层。

一家人四口每年的衣服和鞋都是母亲一个人在做，十分辛苦。现在可以买到现成的布料，织布机和纺车就成了狗蛋的玩具。

腊月的时候，父亲又托李师傅给母亲带来了一台手摇式缝纫机，这在阳曹大队里引起了轰动。父亲的自行车已经让乡亲们很开眼了，母亲居然又买了缝纫机。那时候，所有的东西都要去供销社里批了才能买到。这台上海缝纫机厂生产的蝴蝶牌手摇式缝纫机，是父亲托人从腾格里沙漠那边的牧区买来的。这种手摇式的缝纫机和后来家家都有的那种脚踩式的缝纫机完全不一样。是专门为牧区的牧民设计的，它只有二尺左右高，三尺左右长，装在一个精美的大木头盒子里。盒子里还有暗锁，可以把木盒子锁起来。牧民追逐牧草转场的时候，就把装在木盒里的缝纫机驮在骆驼上带走，十分方便。打开木头盒子，把缝纫机放在平整的地方，取下手摇的把柄就可以缝衣服了。

母亲的这台手摇式缝纫机是当时阳曹村最新潮的物件，村里相熟的女人纷纷巴结母亲，想让母亲摇着缝纫机帮他们缝衣服。一条裤子她们需要缝好几天才缝好，可母亲摇着缝纫机一个上午就缝好了。而且缝纫机的针脚可以调节，比她们手缝的要密得多，所以缝制的衣服也就牢得多。母亲便大方地给大家缝制衣服，直到用尽了所有的线后才发现镇子的门市部里居然没有卖缝纫机线，她就带信让父亲来的时候买几卷缝纫机线。

狗蛋娘仨天天盼着父亲早点回家，可父亲自从秋天把瓜拉到城里后就再也没有回过家。直到大年三十的下午，父亲才骑着自行车风尘仆仆地进了家门。

狗蛋跑过去打开父亲的人造革皮包展开了“扫荡”。

“炮！还有糖！”狗蛋兴奋地大叫。

东子则给父亲打了盆洗脸水。

“你咋又三十后晌了才进门呢？”母亲包着饺子不悦地说道。

“没办法，局里太忙了！”父亲叹道，“王局长他们计划明年开春就要把水渠修到我们沙窝边上，所以整个水利局的人都没日没夜地加班干活，我必须得给他们做好饭啊！”

“真的？那我们明年春天就可以随便浇水了？”母亲欣喜地说道。

“当然可以了，你想浇多少水都有呢！”父亲洗好了脸就赶紧帮着母亲包饺子。

“我一个人包就行，你带着娃娃们去给先人们上坟吧！”母亲说道。

“好！”父亲就领着东子、狗蛋拿了祭品和烧纸，去腾格里沙漠边给“崖山秀才”太爷和驼商爷爷烧了纸钱。

“爸，我们烧了这些纸钱，太爷和爷爷在阴间能收到吗？”狗蛋跪下磕头时问道，他听了外公的戏文，已经懂了很多事情。

“现在是新社会，不说那些神神鬼鬼的事情。”父亲笑道，“不过，先人虽远，不可不敬，子孙不孝，不得不教啊！”

上完了坟，父子三人又爬上了腾格里沙漠的大沙丘。

“爸，水库的水引到我们这沙窝边，真的就能治住沙子吗？”东子看着浩瀚无边的沙海，皱起了眉头问道。

“腾格里沙漠比天还大，光引来水库的水肯定是不行的。”父亲沉吟道，“我们还得栽上树，种上草，才能把这沙治住呢！”

“那岂不是得好多年才行？”东子问道。

“肯定得好多年，说不定我这辈子都治不住这沙啊！”父亲叹道，“不过，就算我这辈子治不住，不还有你吗？”

“嗯！我一定跟着您把这沙治住！”东子坚定地点了点头。

“还有我呢，我也能帮你们治沙！”狗蛋在一边着急地毛遂自荐。

“哈哈哈！”父亲被狗蛋的话逗笑了。

“你这个瘦猴猴，铁锹都拿不动！”东子笑道。

狗蛋低下了头。治沙要干很多的活，可他没有力气，的确是治不了沙。

“治沙可不仅仅是靠出力气干活，关键还得靠科学知识呢！”父亲叹道，“设计崖山水库的左工程师，力气还没有我的一只胳膊大，可他满肚子都是学问，要是没有他，我们就不可能修起崖山水库。现在水库修好了，左工又开始研究治沙植物，他打算一辈子留在我们这里治理腾格里沙漠呢！”

“那我以后就好好学习，就算没有力气治沙，也能像左工那样研究治沙的东西。”狗蛋笑道，“就算我们治不住这沙，还有我们的娃娃后人呢！”

“你还是个小娃娃，咋就考虑起子孙后代的事情了？”父亲笑道。

“外公给我说过愚公移山的故事，愚公和他的子子孙孙能把山搬走，我们的子子孙孙肯定也把沙治住！”狗蛋一本正经地说道。

“好啊，有志气！”父亲摸了摸狗蛋的脑袋，欣慰地笑道，“没想到，你不比你哥差呢！”

“我当然不比哥差了！”狗蛋又开始显摆，“我回回考试都是第一，还当了班长呢！”

“是吗？”父亲惊喜地看着狗蛋。

“就考了两回试，你显摆个啥嘛！”东子笑道，“王谦己同学，你又忘了你名字里谦虚的意思了吗？”

“王谦己？”父亲疑惑地看着狗蛋。

“是李校长给我取的名字。”狗蛋就把自己报名的“惊险壮举”给父亲说了一遍。

“李校长给你取的这名字真好，做人就是要谦虚呢！”父亲欣慰地笑道，“没想到你这个瘦猴猴居然是块念书的材料呢！”

“那我是不是也能去城里念书？”狗蛋一脸期盼地看着父亲，去城里上学念书，那可是他梦寐以求的事情。

“暂时还不行。”父亲说道，“我想了好多办法才把你哥上学的事情定下来，你还得等几年再说。”

“啥？我能去城里上学了？”东子惊喜地问父亲。

“是的，已经说好了，明年开春我就带你去城里上学！”

“哇！”东子开心地一蹦老高，从高大的沙丘上滑了下去。

“哇！”狗蛋也开心地大叫，从沙丘上滑了下去。

父子三人上完了坟就收拾东西准备回家，一路上狗蛋叽叽喳喳地给父亲讲了很多学校里的事情，虽然有一些吹嘘的成分，可大多也都是真事。

“李校长可真是个好人啊，要是没有他，你得到明年才能上学，以后上学招工都要吃亏呢！”父亲对狗蛋说，“我明后天去给他拜个年，好好感谢一下他，顺便说说你哥转学的事情。”

“爸，那边好像就是李校长一家呢！”东子指着路上走过来的一家人说道。

父亲抬头，果然见李校长带着女儿李燕和儿子李强也来上坟了。

“李校长！”父亲赶紧迎上去握住了李校长的手。

“是四爷啊，你回家过年来了？”李校长握住了父亲的手。他的妻子是王家的女子，攀扯过来他比狗蛋还小一辈，所以就跟着大家也把父亲叫四爷。

“是啊，刚刚回来。”父亲笑道，“李校长，谢谢您给狗蛋取了学名，让他提前上了学！”

“不用谢我，是因为王谦已聪明好学我才破格让他提前入学的！”李校长笑道。

“王谦已，”父亲第一次叫出了狗蛋的学名，不好意思地说道，“这娃娃从小就身体弱，人也傻得很。”

“不，王谦已一点都不傻，他很聪明的。”李校长又笑道。

“王谦已和我是同桌，他门门功课都学得比我好呢！”李燕在一边笑道，“他一点都不傻，就是滑稽得很，老逗着我们大家笑。”

“是吗？”父亲更加惊喜，他万万没想到狗蛋居然比李校长的丫头还强。

“我经常听我们家燕子说起王谦已，”李校长笑道，“王谦已不仅活泼开朗，还聪明伶俐。我经常给燕子辅导功课，她门门功课的确都不如王谦已呢！”

“啊呀，这可真是没想到呢！”父亲这才相信狗蛋的学习成绩很好。

“我，我体育就不如李燕。”李校长和李燕夸了他半天，让狗蛋有些不好意思了。

“他体育也行呢！”李燕却说道，“你们不知道，王谦已上体育课都拼命地按照老师的要求做，生怕别人笑话他，每次都累得满头大汗呢！”

狗蛋顿时感动地吸了吸鼻子，他没想到李燕居然如此理解他。

“李校长，王谦已都是因为您的鼓励才爱学习的，我们一家都不知道该咋感谢您了！”父亲叹道。

“四爷，王谦已是个好苗子，你可别小看了他，要好好培养呢！”李校长笑道，“你现在招工到了城里，最好能想办法把王谦已带到城里去上学。”

“我也这么想的呢，”父亲叹道，“我已经给单位的领导说了娃娃们上学的事情，他们说明年开春先给王东已转学，等过几年再给王谦已转学，我就说这几天去给您拜个年，打听一下给王东已转学手续的事情呢。”

“不用客气，下学期开学的时候你带王东已来，我给你们开证明就行了！”李校长笑道。

“这可太好了，谢谢您！”父亲没有想到李校长这么好说话，便又握住了李校长的手感谢。

“行了，我们去上坟了！”李校长带着李燕、李强就走了。

李燕回头看了看狗蛋，狗蛋就吐出了舌头给她做了一个鬼脸。李燕又被狗蛋的傻样子逗笑了，露出了小虎牙。

回到家里，母亲已经包好了饺子，东子就拿出了几副自己写的对联，和狗蛋贴在了各个屋门上。

“这些对子（对联）都是你写的？”父亲看着写得歪歪扭扭的对联，惊喜地问东子。

“嗯，我们三年级的学生已经开始上书法课了，老师教我们写毛笔字，布置的作业就是给家里写对子呢！”东子笑道。

“好啊，你已经比我强多了！”父亲激动地说着，亲自把东子写得歪歪扭扭的对联自豪地贴在了大门口。

东子就从父亲的包里取出了“先进工作者”的奖状，端端正正地贴在了墙上。狗蛋却取出鞭炮“噼里啪啦”地放了一串。

村里陆陆续续地也传来了鞭炮的声音。今年包产到户后，家家户户不仅吃饱了肚子，手里还有闲钱，便买了鞭炮来放，图个吉利。

贴了对联，放了鞭炮，狗蛋一家四口就坐在炕上，围着炕桌吃热腾腾的饺子，父亲给母亲说起了明年开春要给东子转学的事情。

“东子真的要去城里上学了？”母亲惊喜地说。

“当然了，王局长亲自帮东子联系的学校呢，我们局里职工的孩子每年都有上学指标，陆陆续续都要转学到城里去上学呢！”父亲笑道。

“这可太好了！”母亲喜极而泣，放下筷子抹起了眼泪。

“大过年的你哭个啥！”父亲笑道，“东子到了城里上学是好事嘛，他再也不用被贺超骂，肯定还能考第一名！”

“我知道是好事，”母亲擦掉眼泪叹道，“我就是舍不得他，他也才是个九岁的娃娃啊，就要离了娘去上学……”

“妈！”东子的眼眶也红了。

“没事，最多再过两三年局里就能给我分一间单身宿舍，到时候把你们都带到城里去！”父亲却笑道。

“真的吗？”狗蛋惊喜地说道，“这么说，最多两三年我也能去城里上学了？”

“当然了！”父亲笑道，“我们局里已经开始盖办公楼了，等办公楼盖好，宿舍就不那么紧张了，我应该能分一间。”

“好啊，到时候我们都去当城里人！”狗蛋大口大口吃着饺子，吃得满嘴流油。

“我去不去城里无所谓，关键是两个娃娃能去城里念书就行了！”母亲叹道。

“我们都去了城里，咋能留你一个人在家里种地啊？”父亲笑道。

“那我们家的八亩地可咋办呢？”母亲问道。

“不行就给李二叔他们家种去吧。”父亲说道。

“地可是农民的命，咋能随随便便给人？再说了，政策上怕也是不允许呢！”母亲皱起了眉头。

“到时候再说吧！”父亲一点都不着急。

“年过完我先把地平了，再把瓜垄开好，你就不用骑着车子连夜跑了。”母亲对父亲说道，“这样连夜赶路，就算是铁人也苦坏呢！”

“明年我不打算种瓜了。”父亲却说道。

“咋不种瓜了呢？”母亲好奇地问道。

狗蛋和东子也吃惊得张大了嘴巴，忘记了嚼在嘴里的饺子。他们家今年的瓜可是阳曹村最好的庄稼，不仅换来了吃不完的粮食，还卖了不少钱。母亲那台昂贵的缝纫机，就是父亲用卖瓜的钱买的，但是明年父亲居然不打算种瓜了。

“你要是单位忙就把瓜种子让李师傅带下来，我一个人能种好呢！”母亲又说道，“实在不行就让我爹他们帮我。”

“我不是怕苦，而是今年的瓜怕是不好种呢！”父亲叹道。

“咋了？”母亲疑惑地说道，“我们沙边梁的那八亩沙地才种了一季瓜，起码还能再种几年，土性地气才乏呢！”

“我不是那个意思，”父亲皱起了眉头说道，“水利局开春就能把水渠修到我们阳曹村，到时候大家浇水都很便宜，再加上今年包产到户，谁家都有钱了，村里的人想种啥就能种啥。”

“你是说明年还有人家会种瓜？”母亲也是种庄稼的行家，一听就明白了父亲的意思。

“不错。”父亲思忖道，“你今年种了八亩地的瓜，收成是他们种麦子的两倍，他们明年肯定也会种瓜呢。”

“那怕啥呢，我种我的，他们种他们的，沙边梁的沙地最适合种瓜，我的瓜保证比他们的都好！”母亲又说道。

父亲却叹道：“你今年的瓜之所以卖得好，是因为谁也没有种瓜，瓜很稀缺，你才能一升粮食换一个瓜。要是明年种瓜的人多了，瓜就不稀缺了，到时候到处都是卖瓜的，你的一个瓜可就换不上一升粮食了！”

母亲愣住了。她只知道面朝黄土背朝天地种庄稼，从来都没有想过这么高深的商业玄机。父亲却目光长远，看出了明年种瓜的弊端，他又说道：“如果种瓜的人太多，你的瓜就算再好也卖不出去，到时候要是烂在地里还不如种麦子呢。”

“嗯，你说得很有道理，要是瓜烂在地里可就都完了！”母亲点头，又问父亲，“那你打算明年种啥呢？”

“我想种麦子。”

“麦子？”狗蛋娘仨又吃惊地看着父亲。

“麦子的产量低得很呢。”母亲皱起了眉头说道，“再说了，沙边梁的八亩沙地种瓜虽然是好地，可种麦子怕是不行呢！”

“左工在南湖沙生植物科研基地里培育了一批新的小麦品种，叫‘云粮一号’，”父亲说道，“‘云粮一号’不仅耐寒耐沙，产量还高，很适合在腾格里沙漠边的沙地种植，左工上次给我说，想让我帮他在大田里试种一茬，我说和你商量一下给他回话。”

“哦，原来你想帮左工试种新品种的麦子啊！”母亲这才明白了父亲的意思，便说道，“那我们就帮左工种这个‘云粮一号’，就算打不了多少粮食也行呢！”

“是啊，左工本来是京城专门研究沙漠的大科学家，却扎根西北，为我们设计水库，研究沙生植物，帮助我们治理沙漠，实在是太不容易了！”父亲叹道，“不过你也放心，这个‘云粮一号’的产量很高，左工他们在南湖的科研基地已经种了两茬‘云粮一号’，算下来亩产都能达到五百斤呢！”

“啥？五百斤？”母亲吃惊得瞪大了眼睛。

腾格里沙漠边的土地沙化和盐碱化得厉害，再加上严重缺水，所以只能种一种叫“哈实白”的小麦品种。这种“哈实白”虽然耐寒、耐沙、耐盐碱，产量却极低。即便是现在包产到户，大家都兢兢业业地种地，“哈实白”亩产也才二百多斤，左工的“云粮一号”亩产居然能达到五百斤。

“左工的实验基地里有专门的人天天像伺候娃娃一样看着‘云粮一号’，所以才有五百斤的亩产，我们大田里种，肯定不可能有这么高。”父亲又说道，“不过左工说了，我们帮他种‘云粮一号’试验田，将来亩产要是达不到三百斤他就给我们补钱，让我们放心种呢！”

“没事，就算将来亩产一百斤也不能让左工给我们补钱，他也是为了让我们沙窝边的庄稼人能吃饱肚子，才研究粮食新品种呢，我们少打几百斤麦子算啥呀！”母亲叹道，“再说了，左工是你们单位的大领导，我们咋好意思问他要钱？要是得罪了他，以后你还咋在单位上干活？”

“左工可没有一点领导的架子，他也不管局里的闲事，只是埋头搞科研。”父亲笑道，“不过，他在局里说话可顶事了，连王局长都得听他的。”

“人家领导让我们种试验田是看得起我们呢，我们可不能不知好歹！”母亲说道。

“先种出来再说吧！”父亲说道，“那明天我就和你去平地，开春我们就种‘云粮一号’！”

“你歇几天吧，我完了一个人平地就行，你苦了一年，好歹歇口气。”母亲心疼地说道。

“不用，我不累！”父亲看着母亲说道，“你身子有病，一个人带着两个娃娃还要种地，也不容易呢。”

“没事，麦子比瓜好种，只要种在地里看着浇水就行了，最多日子长了薅一下草，我一个人能行。”母亲笑道。

“唉，明年的庄稼恐怕真得你一个人种了！”父亲叹了一口气。

“咋了？你们水利局明年更忙了吗？”母亲疑惑地看向父亲。

“不是忙，”父亲叹道，“年前的会上，局里决定把我派去金城的大饭店里去学习，我以后就不能每周回来帮你种庄稼了。”

# 第12章　清渠活水

“啥？金城？”狗蛋娘仨顿时吃惊地瞪大了眼睛。金城可是省城，镇上公社的有些领导都没有去过省城，父亲居然要去金城学习！

“你一个厨师，他们让你去金城里学啥？”母亲不解地问道。

“我们沙城县的崖山水库是亚洲最大的沙漠水库，在国际上都是奇迹，好多地方的大领导都来我们县水利局里视察、调研、取经。”父亲笑道，“可我只会做大锅饭，不会炒菜，招待不了那些大领导，所以局里就决定派我去金城学习厨艺，要学三年呢。”

“啥？学个炒菜还要三年？”狗蛋娘仨更加吃惊。

“当然了，我要去学习的地方是金城友谊饭店，那可是全省最高档的国营饭店，天天接待外宾呢！”父亲笑道，“我去了不仅要学炒菜，还要学西餐，还得学在萝卜上雕花呢！”

“啥？萝卜上也能雕出花来？”狗蛋娘仨都不相信萝卜上还能雕出花来。

“当然了，金城的大厨能用萝卜雕出各种各样的花，比真花还漂亮呢！”父亲笑道。

“你去金城学习，东子咋办？他一个人在城里能行吗？”母亲回过神来，担心起了东子。

“他吃饭就去我们局里的大灶上吃，睡觉就在我的宿舍里睡，宿舍里还住着几个厨师，能帮我照看东子。”父亲说道。

“妈，翻过年我就十岁了，您不用担心我！”东子说道，“再苦再难总比天天被贺超骂强！”

“好吧，那你以后可就只能自己照顾自己了！”母亲叹道。

“明年我要去金城学习，东子也要去城里念书，你一个人在家带着狗蛋种地，可就更累了。”父亲心疼地看着母亲叹道。

“没事，你们奔你们的前程，家里的地不用你们操心。”母亲笑道。

第二天是大年初一，狗蛋一大早被鞭炮的声音惊醒，就见屋子里只有哥哥东子，父亲母亲都不见了。

“爸妈呢？”狗蛋疑惑地问道。

“套车去平地了！”东子说道，“你赶紧穿衣服，我们去给李二叔家拜年！”

兄弟俩到了李二叔家，李二叔就好奇地问道：“四爷一大早套车去哪了？是给谁家拜年去了吗？咋不带上你俩？”

“我爸妈去平地了。”狗蛋抢着回答。

“啥？大年初一日也下地干活啊？”李二婶惊奇地叫道。

“俗话说，大年初一日，连骡马都闲一日，四爷这也太辛苦了！”李二叔叹道。

整个阳曹村乃至整个青湖镇，都没有人在大年初一下地干活的。父亲初一日干了一天活，初二日早上去狗蛋外婆家拜年，下午去李校长家拜年。初三日，父亲又在地里干了一天活，黄昏的时候便骑着自行车连夜去了县城。

九九加一九，耕牛遍地走。又到了春种的时候，崖山水库的水渠真的就修到了青湖镇，乡亲们都忙碌起来。阳曹村好多勤快的人家早就平好了地，开好了瓜塘，准备今年种瓜。父亲预料的一点都不错，乡亲们见狗蛋家去年种瓜大获成功，就想跟着狗蛋母亲种瓜，可狗蛋母亲却迟迟没有开瓜塘种瓜。

这天周末，父亲骑着自行车连夜赶回了家里，他的自行车上驮着两大袋小麦籽种。母亲让东子去六队叫来外公一家帮忙，只一天的工夫，大家就把八亩地的麦子种好了。晚上，父亲就又骑着自行车马不停蹄地走了。

阳曹村里人都蒙了，不明白狗蛋家今年为什么不种瓜，反倒种起了麦子。母亲没有理会村里人的反应，精心耕种着她八亩地的“云粮一号”。种麦子的确比种西瓜轻松一些，播种后只需要浇水就可以了。不过，母亲却丝毫不敢懈怠，每天都去地里劳作。

腾格里沙漠边的春天三天两头就会刮风，偶尔还会刮沙尘暴。大风卷起的沙子打在人脸上都是生疼的，更别说打在庄稼上了。稚嫩的麦苗刚刚从土里冒出来，就被风沙吹打蔫了。母亲铲来了带刺的灌木，将沙地边原来的“刺墙”又加高了很多，挡住了风沙。这可是给左工种的试验田，必须精心呵护才行。东子拿着铁锹也帮母亲铲带刺的灌木，狗蛋便赶着小黑放牧吃草。

青湖镇政府过完年就组织乡亲们抓紧修建水渠和水闸。从镇上到阳曹村的水渠有十五里长，每隔一里多修一个水闸，总共修了十个闸，就以数字命名。阳曹大队在水渠的最后面，这里的水闸就叫“十闸”。

狗蛋家沙边梁地里的“云粮一号”长到韭菜高的时候，水库里的水终于要流到阳曹村了。阳曹村的乡亲们都聚集在十闸边等着水来，村里还从来没有这么热闹过。祖祖辈辈在干旱的沙漠边艰难生存，水对于每一个阳曹村的人都意义重大。

旧社会靠天吃饭，阳曹村的人遇到饥荒年只能四处逃荒。现在是新社会，政府集中力量办大事，修成了亚洲最大的沙漠水库，合理分配水资源，让腾格里沙漠边的阳曹村都浇上了两百多里外水库里的水。这在以前可是想都不敢想的事情。阳曹村的乡亲们之前拼尽全力修水库，就是为了把水引到家乡来，现在水来了，大家怎么能不激动呢！

远远地，先是一股水头在沙渠里蜿蜒而行，如同一条灵活的巨蟒。继而，水就多了起来，湿了整个沙渠。水流越来越大，最后就汹涌起来，成了一条浊浪翻滚的河。

“我们阳曹村终于也有水了！”

“我们这里祖祖辈辈就是缺水，有了这个水渠，我们这里以后也就成好地方了！”

“没错，有了这么多的水，我们的日子肯定会越来越好！”

全村人都兴奋地叫道。

“嘀嘀嘀！”这时，只见一辆解放牌大卡车拉着一车白杨树苗，沿着水渠边的公路开了过来。

“这是要在水渠边上种树啊！”

“水渠边上种树，不仅能加固渠岸，还能防风治沙呢！”

“我们以后赶集要是走累了，还能在水渠边的树下歇阴凉呢！”

乡亲们又议论纷纷。

“爸！车里的是我爸！”狗蛋眼尖，看到父亲坐在汽车的驾驶室里，就飞奔了过去。父亲也把头探出汽车驾驶室向狗蛋挥手。

大卡车停下来，父亲就跳下车抱起了狗蛋，用胡子蹭他的小脸蛋，狗蛋痒得咯咯大笑，左右扭着身子。

“你咋来了？”母亲带着东子也走了过来。

“局里的车来种树，我就顺便来了！”父亲笑道，“一来给家里种树，二来带东子去城里。”

“啥时候走？”母亲愕然，“我还没有给东子收拾东西呢！”

“下午就得走，你给东子收拾几件换洗的衣服就行了！”父亲说道，“缺啥去了城里我给他买。”

“那我赶紧去收拾！”母亲转身回家去了。

父亲从卡车上卸下来一大捆杨树苗。这些树苗有一人高，根部用装过化肥的编织袋包着。

“四爷，你要把这些树苗种到家里吗？”李二叔问道。

“是的，这些树苗都是左工引进来的新品种白杨，名字叫新疆杨，比我们这里的白杨耐寒耐旱，成活率也很高。”父亲笑道，“现在水渠修到我们家门口了，不愁浇水，我们就应该在庄前屋后都把树都种上，不仅能防风治沙，还能乘阴凉，将来树成了材还能当椽子盖房子呢！我们局里准备在水渠的两岸都种上这种新疆杨，你们谁家想种，现在就来买，不然还得去镇上买。”

“我买一些！”李二叔首先响应，“我去年就跟着你在家里挖好了树槽，就等树苗呢！”

“好，那你找他们买吧！”父亲指了指车上的同事，李二叔便过去掏钱买了一大捆树苗。

“我们也买！”好多乡亲们也掏钱买了新疆杨的树苗，扛回家去种树。

谁也知道种树的好处多多，但以前没有水，树很少能种活。现在政府把水渠修到了家门口，乡亲们当然愿意在庄前屋后种上树。

父亲扛着树苗，带着东子和狗蛋回到了家，他朝着母亲说道："你先别忙着给东子收拾东西，赶紧带娃娃们挖坑种树苗，我去挖水渠，等种好了树苗就浇水！"

"好！"母亲带着东子、狗蛋赶紧挖开树坑，种上了新疆杨的树苗。树槽里的土早就被父亲翻得松软，就连狗蛋也能拿着铁锹挖土，东子就更不用说了。他俩都长大了，也长高了许多。

父亲修整好他早就挖好的小水渠后，就给管渠的人交了钱，把水放到家里来。崖山水库的水就"呼啦啦"地流进了狗蛋家的院子。

其他人家种树都是在庄前屋后，狗蛋的太爷留下的这座大宅子太大，父亲就把树直接种在了院子里。浇到下午，树槽里满满的全是水，变成了一个池塘。

狗蛋这才明白父亲为什么要把树槽挖那么深了，原来是为了蓄水。崖山水库的水是定期从水渠放下来的，树槽蓄满水就能保证树苗一直不缺水。树槽的水都快漫到院子里了，父亲才去渠上打坝断了水。母亲给东子收拾好东西，又做好了晚饭，一家四口就在院子里吃晚饭。

"狗蛋，我走了以后你可得听话，不能再跟妈犯浑！"东子瞪了一眼狗蛋。

"哦。"狗蛋低头郁闷地吃着饭。哥哥东子走了后，他就没有了玩伴。虽然东子经常骂他，嫌弃他，可毕竟是自己亲哥。有人欺负他的时候，哥哥东子总会毫不犹豫地站出来，这让狗蛋很有安全感。现在东子要走了，狗蛋的心里就觉得空落落的。

"东子，你跟你爸去了城里，也要听你爸的话。"母亲说了一句，就抹起了眼泪，"爹毕竟不像妈，你得自己照顾自己呢！"

"妈，你放心，我能行呢！"东子眼眶也红了。

"东子都这么大了，完全能自立！"父亲却说道，"我八岁的时候他们的爷爷就死了，我也不照样过来了，王三爷的后人里就没有怂包！"

吃过饭，母亲把东子的东西用一个旧方巾包了，带着狗蛋把父亲和东子送到村外路口的十闸上。

"我们走了！"父亲带着东子上了卡车的驾驶室。

"轰！"大卡车一阵轰鸣，就缓缓地启动了。

"路上操心些！"

“饿了方巾里有馍!”

“听你爸的话!”

母亲抹着眼泪，边跟着汽车跑边叮嘱东子。

“妈!”东子带着哭腔，从驾驶室里探出头大声叫着，用力挥手。

大卡车越走越快，很快就消失在路的尽头，母亲只好停下脚步拭泪。狗蛋迈着小短腿跟着跑过来，也是满脸泪水，抱住了母亲的腿。母子二人看着空荡荡的路，半天一动不动。

“狗蛋，以后就剩我们娘俩相依为命了!”母亲擦掉了眼泪。

“爸不是说，明后年就要把我们都接到城里去吗?”狗蛋问道。

“看情况吧，进城哪有那么容易呢!”母亲叹道。

东子去城里上学了，狗蛋就继续在阳曹小学里上学。

每天清晨，母亲就叫起狗蛋，让他跟着小兵一起去上学。母亲则赶着小黑套了车，去沙边梁的地里干活。

东子走后，狗蛋忽然像是长大了一些，他不再跟母亲撒娇胡闹，每天下午放学吃完饭就赶着小黑出去放牧。周末的时候，狗蛋就跟着母亲去沙边梁的地里浇水、薅草。

母亲时不时在地里发呆，狗蛋知道母亲是心里牵挂着东子，便不断给她讲学校里的趣事，逗母亲笑。狗蛋已经满六周岁了，虚岁算是七岁，上的是一年级的第二学期。他依旧和李校长的女儿李燕坐同桌，两个人关系很好，每天都换着吃各自带去的馍。

狗蛋的脑袋瓜比李燕聪明，李燕有些不懂的问题就问狗蛋。狗蛋丢三落四，三天两头不是丢了铅笔就是少了橡皮，李燕就经常把自己的东西借给狗蛋用。

课间休息，李燕就从纽扣上解下拴着小刀的红头绳，和狗蛋玩一种“绷花花股”的游戏，就是把绳子套在手指上，绷扯成各种各样的造型。有“两条面”“一捆柴”“牛眼窝”等好多造型。对方要是解不开，或者是解错了就算输。这个游戏不用力气，只需要动脑子，狗蛋玩得十分精通。

李燕还有一副羊骨节做成的“羊拐”，就是“吃子儿”的高级工具。“吃子儿”狗蛋从来都不是李燕的对手，毕竟这是女孩子最爱玩的游戏。

狗蛋是班长，李燕是学习委员，班里的事情都是他俩说了算。班里大多数同学都很信服他们。每天上学，狗蛋去抱语文作业，李燕就去抱数学作业。谁要是不遵守班里的纪律，狗蛋和李燕就报告李老师和刘老师。

每天放学，小兵就早早地靠在狗蛋他们的教室门口，等着和狗蛋一起回家。放学路上，狗蛋就给小兵讲外公给他讲的那些故事。小兵听得也是津津有味，如痴如醉。尤其薛仁贵和李彦贵从军打仗的故事，小兵让狗蛋讲了一遍又一遍。

后来，小栓和二林子也成了狗蛋最忠实的听众。他们每天放学都拉着狗蛋去大队部的小卖部，买两分钱的“豆豆糖”，请狗蛋坐在墙根里一边吃糖，一边讲戏文故事。

狗蛋打小就能说会道，又爱搞怪卖傻，他把外公讲的那些戏文故事添油加醋，讲得有趣精彩，逗得大家哈哈大笑。于是，“故事会”的成员越来越多。每天放学，狗蛋都被小兵他们拉着去大队部里讲故事。狗蛋吃了听众们的“豆豆糖”，只好接着昨天的故事，继续给大家讲。外公讲的故事大多是一整本的戏文，戏文很长，狗蛋就每天给大家讲一段。

期中考试完没几天的一个周末早晨，父亲一个人骑着自行车风尘仆仆地回家来了。

“东子呢？”母亲忙接过父亲的包，狗蛋“继承”了东子的工作，赶紧给父亲打来了洗脸水。

“东子没来，这么远的路我可捎不动他！”父亲洗着脸笑道，“再说了，他还有作业呢，周末也得写作业啊！”

“他一个人在城里能行吗？”母亲担心地说道。

“我们食堂的宿舍里还住着三个厨师呢！”父亲笑道，“我秋天就要去金城学习，将来东子就得一个人上学，早些叫他锻炼一下也好！”

“东子虽然老成懂事，可也才十岁啊！”母亲皱起了眉头。

“放心吧，没事的。”父亲笑道，“最近我忙得昏天黑地，根本没有管过东子，他一样考了全班第十名呢！”

“是吗？”母亲惊喜地叫道，“城里的娃娃那么聪明，东子咋能考过他们呢？”

“我们农村的娃娃虽然见识短些，却一点都不比城里的娃娃笨呢！”父亲笑道。

“没错，我们李老师说我比城里的娃娃还聪明，我将来去了城里肯定也能考第一名！”狗蛋叫道。

“城里的娃娃吃的都是白米白面，父母还都识字，你哥能考个第十名已经是破天荒了，你就敢夸海口考第一名？”母亲笑道。

“我将来也顿顿吃白米白面，我还吃两碗！不就能考第一名了？”狗蛋振振有词。

“哈哈哈！”父亲母亲都笑了。

“那我就等着你考第一名！”父亲笑道，“你将来到了城里要是真能像阳曹小学这样回回考第一名，我就算苦死也值了！”

“我保证考第一名！”狗蛋挺起了瘦弱的胸膛，打架他没力气，可学习他却很有劲头。

母亲做饭，狗蛋就照例去翻父亲的黑色人造革皮包，只见里面有一个破破烂烂的小本本，上面画着漂亮的彩色画。

“这是啥？”狗蛋举着小本本问父亲。

“这是你哥带给你的小人书。”父亲笑道。

“啥叫个小人书？”狗蛋好奇地眨巴着眼睛。

“就是讲故事的书吧。”父亲说道，“上面有画和字呢，城里上学的娃娃们都爱看这种小人书。”

“哦？”狗蛋这才仔细地翻看小人书，只见这本小人书的封面已经被撕毁了，有人用作业本的牛皮纸粘了一个封面，上面写着“哪吒闹海”四个字。

不过，狗蛋只认得“哪”字和“海”字。狗蛋翻开小人书的封面，就见里面都是漂亮的画，画里有一个小孩，对着一位穿着“戏儿匠”衣袍的妇人躬身作揖。画的下面就是几行字。

“上面写的啥？”母亲一边揉面，一边好奇地问狗蛋。

“我也不知道，皮皮（封面）上写的四个字，我只认得两个，是哪啥啥海。”狗蛋挠着后脑勺。

“是哪吒闹海吧？”父亲说道，“我听东子说，这个小人书里讲的是哪吒闹海的故事，他还说让你猜着读，应该能读明白呢！”

“哦？”狗蛋一听东子说自己能猜着读懂小人书，顿时来了兴趣，便试着读起了第一幅画下面的字："啥啥王的时候，啥啥关总兵有个儿子叫哪啥，对，哪吒！我真的能读懂呢！"狗蛋费力地读了几句，惊喜地叫了起来。他听外公讲的戏文里，王就是皇帝，总兵就是大官。

"那你快给我们读一下，这小人书上都写的啥！"母亲见狗蛋居然能读懂这么复杂的书，连面也不揉了，卷着袖子走过来看狗蛋手里的小人书。

狗蛋便磕磕巴巴地继续念着小人书，给父亲母亲讲《哪吒闹海》的故事。一直到了吃饭的时候，狗蛋还捧着小人书如痴如醉地看着。

"吃饭吧，吃了再看。"母亲叫狗蛋吃饭。狗蛋却没有答应，他已经完全沉浸在《哪吒闹海》的故事里了。

母亲在狗蛋头上拍了一把，说道："吃饭了！"

"啊？"狗蛋这才抬起头茫然地看着母亲，他还在凌霄宝殿看哪吒打龙王呢，忽然就被母亲拉回到了现实世界。

"吃饭了，吃了再看！"母亲没好气地说道。

"哦。"狗蛋上了炕，坐在炕桌边一边往嘴里扒拉饭，一边还看着左手里的小人书。

"这娃娃魔怔了？"母亲担心地说道，"平常他一见饭就呼啦呼啦地吃，今天这是咋了？那个小人书里不就是戏文吗？真的有那么好看？"

"没事，让他看吧！"父亲却笑道，"看书总不是坏事！"

"可他这饭也忘了吃，人都傻了。"母亲担心地说道。

"放心吧，这娃娃是开窍了。"父亲叹道，"说不定我们这鸡窝里，还真能飞出个金凤凰呢！"

"好吧。"母亲无奈地摇头。

从此之后，狗蛋便爱上了看书。他走路也看，吃饭也看，上茅房也看。看书成了狗蛋一生最大的爱好。书为狗蛋打开了新世界。

吃过饭，父亲从自行车的后捎架上取下来两袋重重的东西。

"这是啥？"母亲问道。

"化肥。"

"化肥是个啥？"

"就是化学肥料，这可比家里的粪肥强多了！"父亲笑道，"这是左工去供销社给我批的，说要我施在地里，‘云粮一号’就能越长越好！”

“哦，既然是左工说的，我们就赶紧去施肥吧！”母亲对左工的指示自然是毫不犹豫地执行。

于是一家三口套了驴车，拉了两袋化肥就去沙边梁的地里施肥。白花花的化肥颗粒撒在地里就像雪一样。狗蛋拿起化肥，很想尝尝是个什么味道，却发现化肥的味道十分刺鼻。父亲母亲撒完了化肥，就打开机井给田地里浇了一个透水。崖山水库的渠水是定期轮流放下来的，不是想什么时候浇都有水的。

大家一直忙到天黑，父亲随便吃了几口饭，便骑着自行车急匆匆地赶回城里上班去了。

夏末秋初放了暑假，东子从城里坐着班车到了青湖镇，又走了十五里路，一个人回到了家。

“哥！”狗蛋高兴地抱住了东子，又笑又跳。

母亲却抹着眼泪把东子拉进自己的怀里，发现东子已经快够上她肩膀了，就笑道：“你咋长高了这么多！”

“城里吃得好！”东子笑道。

“你每天都吃的啥啊？”母亲问道。

“我就在水利局的大灶上吃饭，顿顿都是大肉烩菜呢！”东子又笑道，他的脸蛋红扑扑的，比以前更壮实了。他还戴着一个有红色五角星的绿军帽，透着一份城里娃娃的洋气。

“到城里念书就是不一样呢，不仅长高了，人也俊了！”母亲摘下了东子的帽子，笑着问道，“这帽子是你爸给你买的吗？”

“是我自己买的。”东子低下了头。

“你哪里来的钱？”母亲愕然。

“我帮同学写作业挣的。”东子回答。

“啥？”母亲顿时皱起了眉头，“你……居然帮同学写作业挣钱？这叫啥事啊？”

“您别紧张。”东子似乎早就料到了母亲的反应，便笑道，“要我帮写作业的那些人都是家里富裕的娃娃，他们的零花钱比我爸的工资还高呢，不挣白不挣。”

母亲眉头紧锁，她说不上东子做错了什么，可她就是觉得哪里不对。想了半天，母亲才说道："你帮他们写作业，他们的学习就落下了，你这是害他们呢，以后可不能再干这样的事情！"

"嗯。"东子见母亲不悦，便又低头说道，"其实我也不想给他们写作业，可他们都戴着五角星的帽子，经常笑话我没有帽子，所以，我才给他们写作业挣钱买了这个帽子。"

"你没帽子，为啥不问你爸要？"母亲问道。

"我要了，可爸说这帽子是有钱人家娃娃攀比的，不给我买。"东子又低下了头。

"这……"母亲顿了顿说道，"你爸说得对呢，戴这种帽子的都是有钱人家的娃娃，你一个厨师的娃娃，咋能和他们攀比呢？"

一直以来，母亲只是担心东子在城里的吃饭和睡觉问题，从来没有想过东子会被城里的娃娃看不起。她不知道城乡差异会对东子的心理造成影响，她也没有意识到，城市的生活已经让东子悄悄发生了本质的改变。

东子回来后，狗蛋的生活顿时丰富起来。他们两兄弟每天都跟着母亲去沙边梁的地里干活。虽然是沙地，可自从父亲施了化肥后，八亩地的"云粮一号"就像疯了一样地蹿长苗、拔节、抽穗，已经成了阳曹大队里长势最好的麦子。

"城里的化肥就是好啊，田桂枝的麦子今年恐怕能打三百斤！"

"我们明年也得想办法，找城里的亲戚批点化肥！"

阳曹大队的人全都羡慕母亲种的麦子。

田黄一日，人老一年。暑假就快结束的时候，沙边梁的"云粮一号"一夜之间就黄了。母亲赶紧带信让父亲回来，又请来外公一家帮忙，便开始紧张地收麦子。东子拿着镰刀也跟着大人们割麦。狗蛋一边放小黑，一边烧水泡茴香茶。

父亲接到信就请了假，连夜骑车赶回来和大家一起割麦。别人割麦都是蹲在地上一下一下地割，父亲却是弯着腰"嚓嚓嚓"地割麦，速度是别人的三倍。镰刀在它的手里仿佛是小孩子的玩具。割好了麦子，父亲就用浸湿的"草腰子"把麦子捆了起来，装车拉到了场上。

大家奋战了两天，就把沙边梁的八亩"云粮一号"全部收割到了场上。父亲嫌牲口拉碌子打场速度太慢，花钱雇来了镇上的手扶拖拉机，只用了一天时间就把麦子都打完，麦子扬了出来一过秤，居然打了两千多斤。算下来，亩产居然超过三百斤。

“这云粮一号就是好啊！”外公叹道，“我们的‘哈食白’最多也就打二百来斤，从来都没有听说能打三百斤呢！”

“也是王姐夫的化肥好呢！”小舅笑道。

“我们明年也种‘云粮一号’吧！”大舅笑道，“就算没有化肥，一亩地打个二百多斤应该是没有问题的！”

父亲把粮食拉到家里，就做了饭请外公一家吃饭。

“东子，你才去城里几个月，就细皮嫩肉的，成了城里娃！”外婆摸着东子的脸蛋笑道。

“我刚才听你妈说，你在城里学习也不错，比那些城里娃娃还强呢！”大舅妈也笑道。

“有出息呢，将来是个人物！”外公抽着旱烟，赞许地看着东子。

“你们可别夸他，”父亲却不悦地说道，“他成绩虽然不错，可人却调皮得很，期末考试完我去开家长会的时候，他们老师给我说，他经常帮同学抄作业，还打架，一次把同学的鼻血都打下来了！”

“啥？”外婆吃惊地说道。

“是他先动手的。”东子却满不在乎。

“你们听听，他还不当回事呢！”父亲冷着脸对东子说道，“把你弄到城里，是叫你好好念书的，可不是让你打架逞凶的！”

“我……”东子还待分辩，母亲却赶紧拉住了他。

“你要是再敢和同学打架，我就挺（剥）了你的皮！”父亲狠狠地瞪了东子一眼。

“行了，你赶紧吃了饭赶路吧，我完了给东子好好安顿一下！”母亲赶紧打圆场。

“我下个月要去金城学习了，”父亲说道，“以后他就要一个人在城里念书，要是再天天打架惹事，被学校开除了，就回家来种地！”

“你下个月就要去金城了啊？”母亲一愣。

“本来早就应该去金城学习，我就是为了收麦子才一直拖着的。”父亲又看了一眼东子，脸色和缓下来，叹道，“以后你一个人在城里上学，凡事都要自己操心，别惹出乱子来。”

“嗯。”东子低头答道。

“他才十岁，就一个人在城里念书，也太苦了！”外婆拉过了东子，心疼地搂在了怀里。

“是啊，有些人家的娃娃十岁还在娘怀里撒娇呢！”大舅妈也叹道。

“我们水利局的办公楼已经开工了，等明后年我分了单人宿舍，我们一家子就都去城里。”父亲叹道，“有他妈看着些，他也就没有这么调皮了。”

父亲走后没几天，东子也坐着班车去城里上学了。狗蛋也开了学，升到了二年级。小兵却又留了级，就和狗蛋同级。

秋去冬来，腾格里沙漠边迎来了十年不遇的寒冬。阳曹小学的教室里只有一个柴炉子，上课的时候才丢一点点柴，冷得跟冰窖一样。狗蛋虽然穿着母亲做的厚厚的棉袄、棉裤、棉鞋，却依旧冻伤了手脚。

他的脚上起了一个大冻疮，疮口流着脓水，狗蛋走路都是一瘸一拐的。狗蛋的十根手指也冻肿了，变得明晃晃的，几乎无法写字。回到家里，冻僵的手脚暖热了却又奇痒难忍，狗蛋苦不堪言。

母亲在一个破旧的搪瓷缸子上拴了个铁丝把手，在里面放了炭火，给狗蛋制作了一个简单的手炉，让他带到学校里去取暖，可依旧无济于事。

每天早上，狗蛋和小兵上学的时候，冷冽的北风就像刀子一样吹着他们早就皴裂的脸。小兵就从怀里掏出火柴，点燃了干枯的芨芨墩和狗蛋烤火，火熄灭了他们又踩到上面把脚焐热了再走。

芨芨草今年烧得越光，来年就长得越好。

走了一程，狗蛋又冻得直打哆嗦，小兵就又点着了一大堆风卷来的干枯蓬草，让狗蛋烤火。母亲去镇上买来冻疮膏给狗蛋抹了，他的冻疮才略微好了一点。狗蛋对于那个冬天的记忆似乎只有冻疮。尽管如此，狗蛋却一天假都没有请，期末考试依旧是双百。

好不容易放了寒假，狗蛋因为脚上有冻疮，只好成天坐在热炕上看东子带回来的小人书。

东子却和小兵拿着火柴枪带着一大帮孩子们玩。狗蛋也很想出去和东子他们玩，可母亲让他在炕上“坐月子”养冻疮。

冻疮变得奇痒难忍，就像一万只蚂蚁在噬咬狗蛋的心，比疼还难受。每天晚上，母亲都用花椒熬了水给狗蛋洗手脚上的冻疮，仔细涂上冻疮膏。满屋子都是难闻的冻疮膏味。母亲还点燃了驼毛，把烧过的灰烬敷在狗蛋流脓的伤口上。父亲在金城得知狗蛋冻疮很严重，就托人带来了一罐旱獭油，治疗冻疮效果非常好，狗蛋抹了几次旱獭油，冻疮就慢慢好了。

又是大年三十的下午，父亲匆匆地从省城赶回来，他已经在那里学习了半年，一直都没有回过家。

“爸！”狗蛋从炕上跳下来，赤着脚就扑到了父亲的怀里。

父亲抱起了狗蛋，照例用胡子扎了扎他的脸蛋笑道：“半年不见，长高了这么多。你的冻疮好了吗？”

“早好了，疤都快看不见了呢！”狗蛋伸出手让父亲看冻疮好了之后的大疤。

父亲看了看狗蛋的伤疤笑道：“我小时候手脚上的冻疮比这还厉害，压根就没当回事，还得天天干活呢，你没有疼得哭鼻子吧？”

“当然没有了！”狗蛋说道，“我才不怕疼呢，就是痒起来难受得很。”

“这还差不多。”父亲又笑道，“这次考了多少分？”

“当然是双百了！”狗蛋得意扬扬地笑道。

“这么厉害啊，我还以为你冻坏了手脚，成绩就落下来了呢！”父亲欣慰地笑道。

“这娃娃虽然是个瘦猴猴，可也能吃苦呢！”母亲叹道，“他脚上的冻疮都流脓了，我让他别去上学，可他非要坚持去，一天都不肯请假。每天回来手指头都肿成‘明棒棒’了，还要写作业呢。”

“行！能吃苦就好！”父亲揉了揉狗蛋的脑袋笑道。

“那当然了，我除了没劲打架，再啥都不比别人差！”狗蛋笑道。

父亲一听打架，脸色顿时沉了下来：“东子呢？”

“和小兵在外面玩呢。”母亲见父亲的脸色不好，手里包着的饺子都停了下来，迟疑了一下，才问道，“东子又打架了？”

“哼！他现在在学校里威风得很呢！”父亲冷哼道。

“啥？他放假来给我说，期末考试考了第五名，比期中考试还前进了一名呢！”母亲疑惑地说道。

“他考试成绩的确是第五名，可在学校里打架却是头一名！”父亲气愤地说道，“我前天刚从金城回到了县里，就去看了东子的班主任，他们班主任说，东子经常打架，出了好多次事，可每次让请家长，东子都说我去省城学习去了。班主任和我说了一下午，说东子再不管教，就要出问题呢！”

“这……”母亲和狗蛋都愣住了。

狗蛋这段时间很少出去和东子、小兵玩，所以也没有听东子说他在城里上学的事情。

“爸，你回来了！”这时候，东子兴冲冲地掀开门帘进来。

“哼！”父亲冷哼一声，脸色顿时阴沉下来。

“咋了？”东子愕然。

“你还有脸问咋了？”父亲面若冰霜，“我费了多大的劲才把你弄到城里上学，你可好，在学校天天闹事，要不是因为学习还行，你早就被开除了！你要是不想在城里上学，就回来种地！”

“我……”东子低下了头。

谁也不再说话，屋子里的空气就像是凝固了。

“爸，我们去烧纸吧，天都快黑了。”狗蛋见家里的气氛不好，便赶紧提议。

“嗯，走吧。”父亲阴着脸，准备了一些祭品和烧纸，带着东子和狗蛋出门去上坟。

父子三人默不作声地到了坟上，父亲跪在狗蛋爷爷的坟前，不禁又热泪盈眶：“爸！我去了您当年带着驼队经常路过的金城，那里和您说过的一样，真是个大地方！我们过的日子比起金城的人来，就像是在井里！我也想让娃娃们去金城那样的大地方，过人人羡慕的好日子！可是，娃娃不争气啊！”

一边跪着的东子听着父亲的话，也是泪流满面。

“爷爷，其实也不是我哥不听话。”狗蛋跪在一边却说道，“城里的娃娃都看不起我哥，他气性高，受不了委屈，才和城里娃娃打架的！”

“哼！王三爷的后人都是嚼铁咬钢的好汉子，啥苦都不怕，一点点委屈算个啥？”父亲冷哼道，“你太爷当年穷得连饭都吃不上，不知道受了多少白眼和委屈，可他硬是吃苦念书，考上了秀才！你自己要是真的有本事，管他别人的白眼做啥？”

“我……”东子语塞。

“你也不小了，也该考虑自己的路该咋走了！”父亲说道，“你要是不想去城里念书，就回家帮你妈种地，我不勉强你！”

“我……我当然是想继续去城里念书。”东子低头说道。

“那你就好好念，要是再让老师说你打架闹事，就回家来种地！”父亲冷冷地说道。

“嗯。”东子低头答应。

狗蛋拿起祭品祭奠，缓和着父亲和东子之间凝重的气氛。父子三人上完坟回到家，母亲的饺子也包好了。

贴了对联，放了鞭炮，一家四口就围坐在炕桌上，开始吃热腾腾的饺子。不过，今年大年三十的气氛有些尴尬。狗蛋就找机会说着各种笑话，逗得一家人又笑了起来。

吃完了饺子，狗蛋又去翻父亲的人造革包。

“哇，五角星帽子！是给我买的吗？”狗蛋看到父亲的人造革包里有一顶崭新的五角星绿军帽，就拿出来戴在头上，摇晃着脑袋。

“是给你买的！”父亲笑道。

“哇，还有一个军挎包！也是给我买的吗？”狗蛋又从父亲的人造革包里拿出了一个军用挎包。在那个年代，这可是城里人才有的高级货，整个阳曹小学里就没有人背军挎包，就连李燕的书包都是用碎布拼成的。

“这包是给你哥买的。”父亲顿了顿，又说道，“免得他嫌当厨师的儿子丢人！”

家里的空气顿时又凝固了，母亲和东子都低头不语。

“没事，等哥用完了，不就是我的了！”狗蛋却满不在乎地笑道，赶紧活跃着气氛。

“我们快来玩扑克吧！”狗蛋又从父亲的人造革包里找出了一副扑克，一家人就玩起了“抓特务”。

“爸，省城是个啥样子？那里都有些啥？”狗蛋一边玩扑克，一边好奇地问父亲。

“省城有几十个，不，有几百个沙城县大!”父亲叹道，“黄河就从城里穿过，还有黄河大桥、五泉山、白塔山。”

“山?”狗蛋无法想象一个城里居然有山，那这个城市该得有多大啊!

“我学习的饭店叫友谊饭店，是省城最好的国营饭店，每天都有外宾呢!”父亲又说道。

“外宾是个啥?”狗蛋好奇地问道。

“就是外国人。”父亲解释，“他们好多都长着高鼻子，白皮肤，黄头发，他们的眼睛珠子有的是绿色的，有的是蓝色的。还有一种黑人，全身都是黑的，只有眼睛和牙齿是白的。”

“那他们都吃的啥呢?”狗蛋又好奇地问道。

“他们吃的都是西餐。”

“啥叫个西餐?”

“西餐，就是西方人吃的饭，比如牛排、蛋糕、沙拉啥的。”

“啥是个牛排、蛋糕、沙拉?”狗蛋又着急地打断了父亲的话。

“牛排就是烤的牛肉，蛋糕就是西方人的馍，沙拉算是他们的凉拌菜。他们吃饭不会用筷子，用的是刀叉，他们说起话来叽里咕噜的，我们一句也听不懂，得找人翻译了，我们才能知道他们点的是啥菜。”父亲讲了很多友谊饭店里的事情，又说道，“不过，外国人到了友谊饭店，也爱吃金城的特色饭菜呢，比如牛肉面、金鱼发菜、塞外双掌……”

“哇!”狗蛋娘仨听着父亲描述的事情都惊呆了。

“我这辈子只能是个烧火做饭的了，你们可得好好念书，将来有了出息也去友谊饭店里吃饭。”父亲叹道。

“爸，对不起，我以后一定好好念书。”东子低头说道。

“你知道我们的苦心就行了!”父亲叹道，“外面的世界大得很，金城其实都不算啥，还有比金城更大的城市，你们可不能在这个沙窝窝里窝一辈子啊!”

“嗯!”东子和狗蛋都用力地点头。

# 第13章　日新月异

第二天大年初一，父亲就做了一大桌子新奇的菜，请了外公一家来吃。

酸酸甜甜的糖醋里脊，入口即化的香酥鸡，浇了白酒点着火的八宝饭，一大家人从来都没有见过这么新奇的饭菜。

“我还以为你一个厨师去金城也学不上个啥，没想到你学了这么多的东西啊！”外公叹道。

“这些饭菜莫说吃，我们连听都没有听过呢！”外婆也开心地笑道。

“我敢说，这些菜连镇上的领导都没有吃过，我们今天可是有口福了！”大家都赞叹不已。

“我这才学了个皮毛。”父亲却笑道，“真正的西餐我还没有开始学，完了还得学雕萝卜花呢！”

“那我们就再等着吃你的西餐！”外公欣慰地捋着胡须笑道。

过完了年，父亲就带着东子去了城里，狗蛋也开学了。

母亲担心东子，整天闷闷不乐，狗蛋就天天给母亲讲学校里的趣事逗她开心。开学没几天，村里来了一些电力局的人，架起了电线杆子，他们要给阳曹大队通电。李二叔就帮着狗蛋家拉好电线，安装好了电灯。晚上电灯拉亮的时候，狗蛋兴奋地大叫起来。电灯比煤油灯可亮多了，屋子里就跟白天一样。

又过了几天，县里的电影放映队到阳曹大队里放电影，全村的大人娃娃都聚集在大队部的戏台前看电影，阳曹村从来没有这么热闹过。

电影放的是《地道战》，巨大的荧幕和震耳欲聋的音响，让所有的人都震惊了。当留着小胡子的“井上队长”出来的时候，胆小的狗蛋吓得赶紧钻进了母亲的怀里。

随着改革开放的深入推进，即便在腾格里沙漠边的偏僻小山村，也不断有新鲜的事物出现，人们的生活发生了日新月异、翻天覆地的变化。

日子越来越好，母亲却生了病。

她脸色苍白，没有力气，不停地咳嗽。咳出来的痰里还带着血丝，或是常年干活累坏了，或是挂念东子。

起初，母亲在队里的医生那里打了针，却一直不见好。后来大舅套了车拉着母亲去了镇上的诊所，大夫说母亲的病很严重，得去城里检查。外公就赶紧带着母亲去城里看病，又给父亲带了信。

父亲请了假，连夜坐车从金城赶回沙城县，带着母亲去县医院里检查。医生说母亲得了肺结核加胸膜炎，由于拖得时间太长，她的胸膜已经积水，情况十分危险，必须马上住院治疗。而且，母亲的肺结核还有传染性，必须隔离治疗，于是母亲便住进了沙城县医院的病房里。

当时的医疗条件有限，肺结核加胸膜炎已经是很重的病了。尤其是肺结核，就是古人说的“肺痨”，在古代属于不治之症。

外公外婆吓坏了，以为母亲的病治不好了。

父亲却对外公外婆说道：“你们不用害怕，我问过人了，肺痨现在能治好。县医院里要是不行，我就带她去市医院，市医院里要是治不好我就带她去省城医院。不管花多少钱，我都要把她治好！”

“行，有你这句话我们就放心了。”外公叹道。

“天健，桂枝的命可就全靠你了！”外婆抹着眼泪。

“你们放心回去吧，我会照顾好桂枝的。”父亲顿了顿，又皱起眉头叹道，“只是狗蛋，恐怕得你们帮着带一阵子了。”

“这个没问题。”外公说道，“狗蛋打小就和我们亲，我们带着能行呢！”

“没错，狗蛋听话得很，我们也很喜欢他呢！”外婆也说道。

“行，那狗蛋就交给你们了。”父亲叹道，“等水利局给我分了单间宿舍，我就把狗蛋也接到城里来。”

于是，狗蛋就被外公外婆带到了六队，和他们生活在了一起。

大舅和小舅都已经盖了新房分家单过。大表哥胜子在镇政府里问了做饭的差事，二表哥毛生在镇上住校读初中，表姐金萍和小红还在阳曹小学里上学。每天一大早，金萍和小红就带着狗蛋一起去上学，她们知道狗蛋的母亲得了病，都很照顾他。

下午放学，狗蛋跟着两个表姐回家后，就赶了牲口出去放牧。外公家的大人每天都在地里忙到天黑才回家做饭，所以孩子们先去放牧，等天黑了再赶着牲口回家吃饭。

金萍赶着一头驴，小红赶着五只羊，她们不仅要把牲口喂饱，还得铲草拾粪。除此之外，金萍、小红还得看着狗蛋，负责他的安全。这是金萍和小红最头疼的工作。狗蛋毕竟还是个熊孩子，他虽然人小腿短，但跑起来却快得很，根本不听金萍、小红的话。

狗蛋家的地和小黑都暂时给了李二叔，狗蛋没有牲口可放，外公家的人也不使唤他干任何活，所以狗蛋跟着金萍、小红放牧的时候，就一个人在野地里乱跑疯玩，不是碰破了膝盖，就是头上撞了包。

狗蛋在外公家里生活，虽然非常想念母亲，但也把外公肚子里的戏文故事听了个遍。可惜秋收之后，外公就要骑着骆驼穿越腾格里沙漠去牧区做生意，当起了新时代的驼商。

这个行当已经几十年没有人干了。现在改革开放，政府提倡搞活经济做生意，外公就和几个村民买了骆驼，用骆驼驮了货物穿越腾格里沙漠，去沙漠那边的内蒙古大草原和牧民做生意。

狗蛋居然哭闹着要跟外公去当驼商，他觉得骑了骆驼在沙漠里历险实在是太奇妙了。外公哭笑不得，只好抱着狗蛋骑骆驼哄他玩。

卧倒的骆驼猛地站起来的时候，驼背上的狗蛋吓得大声尖叫。骆驼可真高啊，比小兵家的铁青骡子高多了。

外公走后，家里就更加寂寞了。而狗蛋最受不了的就是寂寞。外婆永远只会讲一个故事：“一家人养了两只猪，两只猪下了两个猪娃，一个叫东东，一个叫狗狗……”每当外婆说起这个故事的时候，狗蛋就知道外婆说的是自己，便哭闹起来。

狗蛋已经升到三年级，回回考试还是双百，和李燕并列第一。这让外婆家的人更加宠溺狗蛋。

天冷的时候，外公终于骑着骆驼回来了。他从肩上的褡裢里掏出了一把东西，扔在炕上。狗蛋顿时和兄弟姐妹们抢了起来，发现是一些胡萝卜干一样的东西。

“这是个啥吃的?”狗蛋好奇地问道。

“锁阳干和苁蓉干。”外公笑道，“是我们在沙漠里挖了晒干的，本来备着饿肚子的时候救急，没想到这趟顺利得很，就没有吃。”

狗蛋抓起一根锁阳干咬了一口，发现干得硌牙，吃起来甜里带有一些涩，还没有胡萝卜干好吃。苁蓉干就更别说了，一股中药味，一点儿都不好吃。孩子们吃了几口锁阳干和苁蓉干，兴趣索然，就把它们扔在一边。

外公这一趟买卖收获颇丰，用骆驼驼去的货物换来了一头骡子。对于牧民来说，一头骡子不算什么。但对于腾格里沙漠的农民来说，这可是大收获。有了一头骡子，家里就等于多了一个劳动力，种起地来就更省力了。

外公回来后，狗蛋也就没有那么寂寞了。他每天都缠着外公讲腾格里沙漠里的事情。外公就用红柳枝点着火，“吧嗒吧嗒”地抽着旱烟，给狗蛋讲他们穿越腾格里沙漠的事情。

“要想穿过腾格里沙漠，最关键的就是要找到海子呢!”外公笑道。

“海子是个啥?”

“海子就是沙漠里的湖，有些是咸水湖，水不能喝，有些是淡水湖，水就可以喝……”外公继续说道，“只要找到了沙窝里的海子，就有水喝，也能找到吃的。”

“都有啥吃的?”狗蛋好奇地问道。

“海子边的芦苇里有鸟蛋，海子周围有枸杞、锁阳、苁蓉，还有沙米、沙葱，吃的多得很!”外公笑道，“再说了，我们还带着馍馍和炒熟磨好的青稞面呢，只要有水，我们就能用水拌了青稞面吃。”

“听起来真好啊，那你咋不带我去?”狗蛋听腾格里沙漠里这么神奇，感到十分遗憾。

“腾格里沙漠里可不是闹着玩的!”外公正色说道，“要是刮起黑风迷了路，找不到海子就会被渴死。”

“那你们咋能找到海子呢?”

“其实也简单，”外公抽着烟笑道，“我们骑着骆驼到最高的沙丘上仔细听，就能听到牛叫一样的哞哞声，我们朝着牛叫的声音过去，肯定能找到海子。”

“为啥?”狗蛋不解地问道。

“据说那些海子里就住着神牛呢！”外公笑道。

“哇，这么神奇？”狗蛋吃惊地叫道，“那你们没有去海子里抓神牛吗？”

“海子深得很，下面都是淤泥和沙子，神牛咋可能抓得住呢？”外公又笑道，“再说了，神牛指引我们找到了海子，我们可不敢抓它，要是冒犯了神牛，它一发怒就会吹出黑风，把我们都埋了呢！”

“那海子里真的有神牛啊？”狗蛋疑惑地问道。

“不知道，虽然是传说，但腾格里沙漠的这些老讲究我们可不敢忘啊！”外公叹道。

“腾格里沙漠那边的牧民长什么样子？他们是不是也是黄头发蓝眼睛？”在狗蛋心中，腾格里沙漠那边的牧民就和省城友谊饭店里的外国人一样遥远。

“他们长得和我们差不多，就是皮肤比我们黑一些。”外公笑道，“不过，他们有些人穿的是皮袍子，和我们的衣服不一样。他们走路都骑着马。他们说的话也和我们不一样，他们的乡镇叫苏木，村子叫嘎查。我们说什么他们听不懂，他们说什么我们也听不懂。”

“那你们咋买卖东西啊？”狗蛋不解地问道。

“我们可以打手势啊。”外公解释道，“我们比画一下，他们就知道意思了，牧民都很大方，基本不讨价还价。”

“真的？”狗蛋兴奋地说道，“那你们岂不是能往高里要价？”

“那可不行，牧民淳朴善良，又非常好客，我们咋能欺骗他们呢？”外公叹道，“牧民一见到你，不管认识不认识，就要请你到他的蒙古包里去做客，你要是不去，就是看不起他，他就会生气！”

“这么好啊！”

“这还不算什么，”外公继续说道，“等你进了蒙古包后，牧民就会让你坐在最上面，你千万别客气，直接坐就是了，要是推推搡搡，拉拉扯扯，牧民也就生气了。坐下后，牧民就会端上他家最好的饭菜让你吃，你还是不能客气，直接往饱里吃就是了。等你吃完了碗里的饭菜，牧民就会继续给你添，你也不能推辞，如果你吃饱了，就把碗倒扣在桌子上，牧民就知道你真的吃饱了，不会再给你添了。”

“哇，牧民这么好啊！”狗蛋吃惊地张大了嘴巴。

“是啊，牧民这么好客，我们咋好意思问他们要高价呢？”外公笑道。

“嗯，是不能骗他们！”狗蛋也点头。

听了外公的话，狗蛋对腾格里沙漠和沙漠那边的牧民，充满了无限的向往。

# 第14章　金城银城

眼看就要过年了，母亲的病却还是没有好。母亲在医院里隔离治疗，父亲在省城学习，东子一个人在县城里上学，狗蛋在外婆家里生活。

过年的时候，父亲回到了县城里，带着东子一起去看母亲。狗蛋却只能跟着外公外婆过年。这是唯一一个没有和母亲一起过的春节，狗蛋的心里空落落的。好在外婆家的人多，兄弟姐妹们一起也玩得不亦乐乎。

过年不用帮大人干活，孩子们就一起玩起“藏道道”的游戏，也就是捉迷藏。狗蛋瘦弱，经常能藏到别人进不去的旮旯缝隙里，谁都找不到。他甚至藏在了仓房的粮食里面，用麦子把自己埋了起来，衣服和鞋子里全是麦粒，洒得到处都是。

金萍、小红吓坏了，赶紧去报告外婆。对于庄稼人来说，粮食可是活命的东西，又是辛辛苦苦用汗水换来的，坚决不能浪费糟蹋。所以，孩子们是绝对不能在粮仓的粮食里胡闹。

“狗蛋，你再往粮仓里乱跑，我把你腿敲折呢！”外婆气呼呼地拿着燎炕的“烫耙”，踮着小脚假装要打狗蛋。狗蛋却早跑得没影了，压根不把外婆的话当回事。他知道外婆就是吓唬，根本不可能用“烫耙”打他。

过完年就开学了，外婆把狗蛋的学费拿针缝在了他的兜里，生怕他在路上给弄丢了。

“没事，我肯定丢不了。”狗蛋却是不耐烦地说道。他已经上三年级了，又是班长，要是让李燕看到他的学费缝在兜里，肯定会笑话他的。

开学后，狗蛋就学会了查字典。他寂寞的时候就抱着字典查字，兴致勃勃地读金萍、小红的书，甚至开始看毛生初中的课本。他最喜欢毛生的《自然》课本，因为上面有彩色的图画，画着奇奇怪怪的花鸟虫鱼，实在是太神奇了。当然，哥哥姐姐的《语文》课本是狗蛋看得最多的。上面的课文其实就是一个一个的故事。

李老师已经开始给学生教写作文了。狗蛋的作文每次都被李老师拿来当范文讲。这都得益于狗蛋看过的书和听过的故事。

盛夏的时候，阳曹大队里又是一片生机勃勃。绿油油的麦子如同一块块绿色地毯，铺满了田地。这几年，崖山水库的水渠修到了家门口，阳曹村的乡亲们都种上了左工的“云粮一号”，化肥也不是那么难买，所以每家每户的小麦亩产都能达到三百斤以上。这是腾格里沙漠边的农民祖祖辈辈想都不敢想的事情。

乡亲们种几亩地的小麦，就够一家人吃一年，于是他们就开始种植一些附加值高的经济作物，比如西瓜、茴香、葵花等，吃饱了肚子，大家都想着怎么能多赚点钱。

秋去冬来，一年又快要过去了。狗蛋升到了四年级，回回考试还是和李燕一起考双百，并列第一。考完期末考试放寒假的时候，狗蛋和李燕拿着满分的试卷却都有些郁闷。他们已经坐了三年的同桌，关系一直很好，所以每次放假的时候，都有些依依不舍。

“王谦已，你的小人书借我一本看吧，我下学期了给你还。”李燕低头说道。

“不用还，你拿去看吧！”狗蛋从书包里拿出了东子带给他的一本《孙悟空三打白骨精》给了李燕。

李燕接过了小人书，小心地放在书包里，又从兜里掏出了一块大白兔奶糖，给了狗蛋一个。

“你的这个糖不仅甜，还软得黏牙呢！”狗蛋用力地嚼着大白兔奶糖。

“这种糖叫奶糖，是我姑妈从银城给我带来的。”李燕笑道。

“银城？有金城大吗？”狗蛋问道。

“差不多吧。”

“那银城在啥地方？”

“我姑妈说，在贺兰山下。”

“贺兰山。”狗蛋第一次听贺兰山的名字，就记住了。

狗蛋和李燕谁也没有想到，这次分别以后，他们就再也没有见面。还没过年，狗蛋就去了城里，从此就很少回阳曹大队了。

放了寒假，狗蛋整天窝在炕上，吃着锁阳、苁蓉干，缠着刚刚从牧区贩卖货物回来的外公讲腾格里沙漠里的趣闻。

“滴滴！”这天就听见外公家的大门口传来了两声汽车的喇叭声。

“汽车！”狗蛋一骨碌从炕上爬起来，反穿了鞋就冲了出去。汽车代表着城里，代表着父亲母亲和东子的消息。所以，狗蛋一听见汽车的声音就像疯了一样。

跑出了院门，狗蛋就见李师傅的解放车缓缓停在了门口。

“李师傅，您又来了！”外公给李师傅打招呼，“天健又麻烦您给狗蛋带啥东西来了？”

“这次可不带东西！”李师傅跳下车笑道，“我是来捎狗蛋去城里的。”

“啥？”外婆踮着小脚也跟了出来，着急地说道，“咋不先带个信来，就忙忙地让狗蛋去城里？”

“我们局里的办公楼已经盖起来了，王师傅也从金城回来了，局里给他分了一间宿舍，他就托我把狗蛋捎到城里去！”李师傅笑道。

“哇！”狗蛋开心地大叫，他终于可以去城里了！

“天健不是要在金城学三年的厨子吗？这还没到时间咋就回来了？”外公问道。

“是啊，他上次带信来说，明年开春才学习完回来呢。”外婆也疑惑地说道，“该不是出了啥事？”

“这……其实也没有啥事，你们不用担心，都好着呢！”李师傅含含糊糊地说道。

外公外婆的眉头却皱得更紧了。他们知道狗蛋父亲肯定是出了什么事，才提前从金城回来了。不过，李师傅不说，肯定就有不能说的原因，外公外婆也就不好再问。

“李师傅，那狗蛋娘……好些了没有？”外婆又担心地问道。

“田嫂子已经出院了，病全好了！”李师傅笑道。

“真的？”外公外婆惊喜地大叫。

“这事我哪敢哄你们?”李师傅笑道，“我来的时候还见了田嫂子呢，她让我给你们带信，说她病全好了，等过完年再养一下，就来看你们!”

“这可太好了!”外婆喜极而泣，撩起衣襟抹起了眼泪。

“李师傅，你在家里住一宿再走吧?”外公说道。

“不了，我现在就得走。”李师傅说道，“不然天黑就赶不到城里了。”

“啥? 这就要走?”外婆愣住了，“我啥都没有给狗蛋收拾呢!”

“他一个娃娃有啥收拾的，给他带几个馍馍路上吃就行了!”李师傅说道。

“李师傅开着车是忙身子人，你赶紧去把狗蛋的书包收拾上就行了，不要耽误李师傅赶路。”外公对外婆说道。

“哦。”外婆踮着小脚，赶紧拉着狗蛋去收拾书包和东西，并嘱咐道，“到了城里听你爹妈的话，别像东子一样跟人家打架，你爹脾气可不好!”

“您放心吧，我从来不打架，再说我也打不过人呀。”狗蛋笑道。

“到了城里就好好念书，将来考上大学了就来看我们!”外婆抹起了眼泪。

“我明年暑假就来看您，您把杏子给我留下!”狗蛋还惦记着外婆家的七棵杏树。

“行! 我就给你留着杏子，等你来了吃!”外婆简单地收拾了狗蛋的书包，就带着他出了院门。

“走吧。”李师傅发动了汽车。

外婆搂着狗蛋，在他皴裂的脸蛋上亲了又亲，舍不得让他上车。虽然这两年狗蛋让外婆操碎了心，可狗蛋现在要走了，外婆却心疼地直抹眼泪。

“行了，赶紧让狗蛋走吧!”外公虽然也舍不得狗蛋，却还是催促道。

“外婆，外公，我放假了就来看您。”狗蛋也哭了，他虽然很想念父亲母亲和东子，可他也舍不得外公外婆。

外公抱起狗蛋放进驾驶室，关好车门，李师傅就开动了车。

“好好念书!”外公挥着手大声说道。

“听你爹妈的话!”外婆也抹着眼泪招手。

解放车开出了六队，走出去好远，狗蛋从窗户里看到，外公外婆佝偻着腰，还在庄子外面朝他挥着手。狗蛋不禁泪流满面，李师傅却默默开着车。不一会儿，狗蛋就坐在解放车舒服的座椅上摇摇晃晃地睡着了。

不知道睡了多久，狗蛋就听见李师傅叫他："狗蛋，到了。"

"到哪里了？"狗蛋迷迷糊糊地睁眼问道，他已经忘记了自己身在何处。

"到城里了啊，你睡糊涂了吗？"李师傅被狗蛋的傻样给逗笑了。

"哦？"狗蛋一骨碌从车座上爬起来，趴在车窗往外看。

不知道什么时候天已经黑了，车窗外面就是沙城县的大街。一排整齐的路灯放着橘黄色的柔和光芒，把柏油路的大街照得暖洋洋的。路灯下有孩子们在嬉闹，他们有的在推铁环，有的在"抗咚咚"，有的在路灯下看小人书。男孩子几乎都戴着那种五角星的绿军帽，女孩子的"马尾巴"上扎着花手帕。他们的衣服都是买来的，不是手工裁剪的。

柏油马路上到处是骑自行车的人。自从父亲买了自行车后，阳曹大队里陆陆续续有几家也买了自行车。但整个阳曹村的自行车也超不过五辆，可城里的自行车却满街都是。

有些和狗蛋差不多大的小孩，居然就缩在自行车的三角叉里，用一只手扶着车把骑自行车，居然骑得比大人还好。狗蛋吃惊得张大了嘴巴，这些骑自行车的孩子，怕是比小兵还厉害吧！

"嘀嘀嘀！"李师傅的解放车在一个宽阔的大门前停了下来。

狗蛋看到，大门的石柱是用水刷石砌成的，十分威严气派。一边的长牌子上写着：沙城县水利局。

"哗啦啦！"铁栅栏大门被一个门房老汉打开，李师傅的车就直接开了进去。只见，路边是两排笔直的白杨，白杨后面就是一排排红瓦白墙的整齐房屋。

汽车走了没一会，迎面就是一栋三层楼房。楼房上贴着橘黄色的马赛克，十分漂亮。大楼里的房间都是荧光灯，比阳曹村人家里的灯泡可亮多了。

狗蛋算是开了眼，他上次坐着李师傅的车去水库，也见过沙城县里的楼房，可这么近距离地看楼房却是头一回。

狗蛋仰着脖子看楼房，李师傅就把车停在了大楼前的花坛边。

"王谦己！"忽然，一个熟悉而又陌生的声音响起。

狗蛋赶紧转头，就见哥哥东子站在花坛边朝他笑着。

"哥！"狗蛋惊喜地大叫，他跳下车跑过去，激动地一把抱住了东子。

母亲生病之后，狗蛋一个人被寄养在外公外婆家，算来他已经两年没有见东子了。

东子长高了很多，皮肤白净，戴着绿军帽，穿着一身买来的衣服，干干净净，十分帅气。而狗蛋还穿着东子穿剩的旧衣服，胳膊肘上还打着补丁。

这两年母亲得病没有办法种地，一家人全靠父亲一个人的工资养活。再加上还要给母亲花钱治病，又要供着东子、狗蛋念书，家里的经济状况已经是入不敷出，父亲甚至借了好多外债，所以没有钱给狗蛋买新衣服。

“你为啥叫我王谦己，咋不叫狗蛋了？”狗蛋好奇地问东子。

“狗蛋这个名字以后再不要叫了，土死了！”东子说道，“城里人听到肯定会笑话的，所以，你以后就说自己叫王谦己，不要告诉别人你的小名。”

“嗯。”狗蛋点点头。

“你咋长了这么高？”狗蛋举起手掌，和东子比了比身高。

“你不也蹿了一大截嘛！”东子拍了拍狗蛋的肩膀说道，“走吧，我们回家！”

“家在哪里呀？”狗蛋看着周围明晃晃的路灯，不知道自己的新家在哪里。

“就在前面。李叔，谢谢您！”东子熟稔地给李师傅打了个招呼，就带着狗蛋来到了一个水塔前。

狗蛋刚才在车里被大楼的灯光吸引，所以没有发现大楼的前面有一个高大的水塔。这个水塔比水利局的三层大楼还高，而且笔直挺立。

“这是啥？”狗蛋好奇地扬着脖子看水塔。

“这叫水塔。”

“水塔是干啥的？”

“是供自来水的。”东子解释道，“把水抽到塔上面，然后再接上管子，水就能自动流出来了，这就叫自来水！”

“那咋能把水抽到水塔上面去呢？”狗蛋又好奇地问道。

“当然是用水泵了。”

“水泵是啥？”

“你咋啥也不知道？”东子带着狗蛋来到水塔边的一排房屋前，推开了一扇门。只见，门里的灯光下，母亲正在案板上和面。

“狗蛋！”母亲转身看到狗蛋先是一愣，继而惊喜地叫了一声，冲过来把狗蛋紧紧地搂在了怀里。

“我的娃娃呀，可把我想死了！”母亲呜咽失声。

“妈！”狗蛋扑在母亲的怀里放声大哭。

这两年来，狗蛋只有在梦里才能见到母亲，也很担心母亲的病好不了，现在见她没事了，也是喜极而泣。

“你咋长这么高了！我都抱不起你了！”母亲蹲着身子擦掉了狗蛋脸上的泪水。

“哥比我长得还高呢！”狗蛋笑道。

“在医院里的这些日子，我天天都想着你们……”母亲抹着眼泪说道。

“你的病真的全好了吗？”狗蛋问道。

“当然全好了！”东子在一边笑道，“不过，妈的身子还虚得很，你就别引着她哭了！”

“那行，我给妈讲高兴的事情！”狗蛋说道，“妈，我在外婆家可听话了，一直都考双百，回回和李燕并列第一！”

“好，好！我知道你听话呢！”母亲擦掉了眼泪。

“你就吹吧！”东子却笑道，“我听说你在外婆家天天捣蛋，把外婆一家欺负得够呛。”

“我……我也没啥，就是爬树吃杏子，藏在仓房里来着。”狗蛋不好意思地摸了摸后脑勺。

“你听听，这还不够淘吗？”东子笑道。

“行了！他才八九岁，一个人被扔在外婆家也不容易呢！”母亲笑着继续和面。

狗蛋这才打量了一下自己的新家。这是一个十来平方米的房间。房间的最中间拉了一道布帘，把房间隔成了两半。前面是“客厅”，靠窗就放着一张三屉办公桌，桌子边整整齐齐地放着两个配套的油漆凳子。桌子上放着一本台历，还有一个上发条的闹钟。闹钟里有一只“母鸡”，随着秒针的走动，“母鸡”在一下一下地啄着“米”。“客厅”的一边是一张可以坐三个人的条椅，是用宽宽的竹片做的，被人坐多了就磨得油光水亮。条椅的对面就是炉子和一个放着锅碗瓢盆的木头柜子。木头柜子上放着案板，母亲就在上面和面。

布帘子的后面就是“卧室”。卧室里紧紧地放着两张木头单人床。两张床的中间相隔只有一米。床上就是两套简简单单的铺盖。

狗蛋愣住了，这难道就是以后睡觉的地方吗？这两张单人床拼起来，都没有乡下大炕的五分之一大。狗蛋坐在了床上，发现床非常软。原来床的最下面铺了装满麦草的麻袋，麻袋上面才是毛毡，所以很软。

“我们以后就睡在这里吗？”狗蛋疑惑地问东子。

“当然了，我和你睡这张床，爸妈睡那张床。”东子笑道。

“这也太挤了吧？”狗蛋皱起了眉头。

“有个地方住就不错了，你还嫌挤？”东子白了一眼狗蛋说道，“这是水利局新给爸分的单人宿舍，爸以前住的是三人宿舍，我和他就挤在一张床上呢！”

狗蛋没想到城里的新家居然这么小。不过只要有母亲在，条件再差狗蛋也觉得开心。因为，只有母亲在的地方才算是家！

“这床这么小，你和爸咋挤得下啊？”狗蛋无法想象父亲和东子挤在一张单人床上怎么睡觉。父亲身高一米八几，膀大腰圆，身材魁梧，东子十二岁了，身高也有一米五几呢。

“不好。”东子忽然低叫一声，就赶紧从床上站了起来。

一阵钥匙开门的声音，房门被打开，就见父亲阴着脸走了进来。

“爸！”狗蛋兴奋地大叫。

“你来了。”父亲只是淡淡地看了一眼狗蛋，并没有像以前那样抱起狗蛋用胡子扎他的脸，而是转眼瞪向了东子，“你咋不写字？”

“我，我去接狗蛋了。”东子嗫嚅了一声，就赶紧低头坐到了三屉桌前的凳子上，拿起了钢笔开始写字。

“是我听到李师傅的车响，才让东子去接狗蛋的。”母亲有些不悦地说道。

“李师傅回来自然会把狗蛋送过来，你们急个啥？”父亲冷冷地说道。

“我……”母亲语塞，脸色更加苍白了，就低头继续擀面。

“狗蛋，期末考了多少分？”父亲这才坐到了长条椅上，皱起眉头看向狗蛋。

“一百分，语文数学都是一百分。”狗蛋手足无措地低声说道，好像考了一百分犯了什么错。

“还行，不过也不能骄傲！”父亲面无表情地说道，“城里的考试可比乡里难得多，你别以为自己在乡里能考满分，就把尾巴翘起来了。”

“哦。”狗蛋低头抠着手指，大气都不敢出。他两年没见父亲，本来就有些生疏，没想到父亲居然如此冷淡。

“你这是干啥嘛！”母亲没好气地说道，“东子没考好，你也不能把气撒在狗蛋身上呀！他可是回回双百第一名，你还想让他咋的？”

“哼，你就知道惯娃娃！”父亲说道，“东子就是你惯坏的，狗蛋从小就油腔滑调的，要是再不压着些，也就和东子一样了！”

“这两年你在省城学习，我在医院躺着，东子一个人上学，吃住都得自己照顾自己，能考及格就不错了！”母亲说着眼泪就又掉了下来，“他也才是个十二岁的娃娃呀！”

“哼！我十二岁的时候已经开始干活，挣钱养家了！”父亲又是冷冷地说。

“你整天就是当年咋样咋样，东子能和你当年比吗？”母亲嚷了起来。

“咋个不能和我比？”父亲忽地从长条椅站起来也叫道，“我八岁的时候他们的爷爷就死了，连口吃的都没有，啥事不是靠自己？他现在生活这么好，我还把他送到城里念书，他还有啥理由不好好学习！”

母亲语塞，房间里就陷入了沉默。

“笃笃笃！”这时，房门却被敲响了。

母亲赶紧擦掉了眼泪。东子就把狗蛋拉到桌子边，给了他一个本子，又塞给了他一支铅笔。狗蛋吓坏了，不知道出了什么事，就赶紧拿起了铅笔，却不知道写什么好。父亲就去打开了门。

“哟，赵股长，快请进！”父亲满脸堆笑，请进来了一个梳着大背头的中年男人。

“王大师，田嫂子，还没吃呢？”那个赵股长笑着给父亲和母亲打招呼。

狗蛋第一次听人叫父亲王大师。原来，沙县城里的人把厨师都称呼为大师傅，凡是厨子都被叫作“大师”。

“还没，正做着呢。”母亲尴尬地笑了笑，捋了捋头发继续擀面。

“赵股长，您坐！”父亲就把赵股长让到长条椅上坐下，去三屉桌的抽屉里取出过滤嘴的“大前门”烟递上，又划了火柴给赵股长点着。

“王大师，这就是你小娃？”赵股长抽着烟，打量着凳子上坐着的狗蛋。

狗蛋顿时如芒刺背，动都不敢动一下。

“嗯，他叫王谦己，今天才让李师傅从家里捎上来！”父亲笑道。

“学习咋样?”赵股长问道。

“还行，回回考双百，不过乡里的学校考试简单。”父亲打着哈哈。

“那是，乡里的教学条件可不能和城里比。”赵股长顿了顿又问道，“田嫂子的病好利索了吗?”

“好利索了，已经没事了。”父亲笑道。

“我的病哪敢叫您赵股长操心啊！”母亲也回头不好意思地笑道。

“我才当上总务股的股长，食堂就归我管，我咋能不关心你们呢? 不仅职工得关心，职工家属我们也得照顾嘛！”赵股长笑道，“王大师给我说了好多次，想接你们到城里来住，这次分宿舍我可是给领导说了一堆好话，才给你们争取到这间单人宿舍呢！”

“是啊！这次能分到这间单人宿舍，可多亏了您赵股长啊！”父亲笑着又递上了一根“大前门”。

“你在省城大饭店里学习了两三年，将来就是我们沙城县手艺最好的大师傅，我还得巴结你呢！”赵股长接过烟继续点上笑道。

“您这可就是骂我呢！”父亲有些尴尬地摸了摸鼻子。

“你可别这么说，我这个股长就是个芝麻大的官。”赵股长顿了顿，又皱起了眉头说道，“今天局里领导开了会，专门派我来听听你的意见，你对工作去留的事情到底是个啥想法?”

房间里顿时静得落针可闻。狗蛋娘仨全都竖起了耳朵，他们知道赵股长现在才开始要说正事了。

“我当然是服从局里领导的安排了！”父亲叹道，“我一个农民，是局里破格招我当了工人，给了我这个饭碗，我咋能不听局里的呢?”

“你能这么想就对了，我早就给领导们说过你王大师不是那种忘恩负义的人！”赵股长笑道，“那我就给局里领导汇报，让局里正式发公函给省城友谊饭店，就说你提前结束学习，再不去了。”

“行呢，我一切都听局里的。”父亲点头。

“好，好啊，这就好了！”赵股长一连说了三个好，这才又说道，“局里其实对你很器重的，听说你要留在省城友谊饭店里不回来了，领导们都十分遗憾，现在你决定回来，领导们以后肯定会更加看重你的！”

“谢谢你们……各位领导的关心。”父亲尴尬地笑了笑。

“领导们为了关心你，才给你破例分了这间宿舍，那些分配来的大学生都是有大学问的人，还三四个人挤在一个集体宿舍呢！”赵股长又说道。

“这我都知道呢！”父亲又叹道，“局里对我这么好，我肯定得回来为局里干工作。”

“行！有你这句话领导们就都放心了！”赵股长环视了一下满满当当的房间笑道，“田嫂子真能干，两三天就把这个单身宿舍收拾成了一个攒劲的家呢！”

“我一个乡下妇女知道个啥？”母亲切着面，尴尬地笑了笑。

“你们看生活上还有啥困难，就尽管提，局里尽量想办法帮你们解决。”赵股长又笑道。

“也没啥困难，日子能过去呢。”父亲顿了顿，又说道，“就是小娃上学的事情……”

“这个没问题，我完了给你联系。”赵股长满不在乎地摆了摆手。

“这可太感谢您了！”父亲笑道。

“不用谢我，我们局里职工的娃娃上学也是有政策的，照章办事他们也得解决呢！”赵股长又笑道。

“话虽然这么说，可我们局里的职工这么多，所有人家的娃娃都等着到城里来上学，谁家的娃娃先上，谁家的娃娃后上，可是您赵股长说了算！”父亲又笑道。

“那倒也是，我们总务股管的就是这些后勤的琐碎事情嘛！”赵股长掐掉了烟。

“你再续上抽！”父亲又从烟盒里掏出了一根“大前门”。

“不了，我得走了，还有事呢。”赵股长站起身。

“赵股长，您坐着吃饭啊！”母亲把面下到锅里说道，“饭已经熟了。”

“不了，我刚才在灶上吃了！”赵股长顿了顿，又笑道，“田嫂子现在病好了，就能给娃娃们做饭了，东子再也不用端着搪瓷碗去灶上排队了。”

“这个自然。”父亲皱起眉头说道，“以前娃娃一个人，实在是没有办法才让他去灶上吃饭，不过一直都给饭票着呢。现在一家子都上来了，他们娘仨就自己做着吃。”

“王大师，你可别多心。”赵股长说道，“东子在局里的灶上吃了两三年饭，虽然职工们说啥混账话的人都有，可我知道你是按数把饭票都交在灶上了呢。”

“只要您知道就行了，其他人爱说啥让他说去就是了。”父亲没好气地说道。

狗蛋心中一愣，他没想到东子在大灶上吃饭，给了饭票居然还让人家说三道四。他第一次发现城里生活和阳曹村完全不同。

“你也别往心里去，按照局里的规定，家属的确是不能在灶上吃饭，也怪不得他们说怪话！”赵股长皮笑肉不笑地说道。

“嗯，以后就让他们娘仨自己做着吃。”父亲说道。

“好了，那我就走了，你们生活上还有啥困难就吭声，别和我客气！”赵股长说完就告辞而去。

关上了门，父亲的脸色又阴沉下来。

“这个赵股长咋是这样笑里藏刀的人？”母亲舀着饭，没好气地说道。

父亲愣愣地坐着，什么也没有说。

“吃饭吧！”母亲舀了两碗饭端到了三屉桌上。

东子、狗蛋就收起了本子和笔，“呼啦呼啦”地吃饭。

母亲也舀了一碗饭，坐在了长条椅上边吃边问父亲：“刚才说的你要留在省城友谊饭店的事情，到底是咋回事？”

“唉！”父亲喟然长叹道，“你这几年在医院里治病，我怕你操心就一直没有给你说过这事。我在金城友谊饭店这两年学了很多东西，天天起五更睡半夜，干着最脏最苦的活，一个人顶二个人。友谊饭店的高经理看上了我，想把我调到友谊饭店里去，他还说去了就给我解决户口，两年以后再想办法解决家属的户口。高经理让友谊饭店给局里发了调动公函，可局里却不肯放我。当年派人去友谊饭店学习的时候，局里的几个厨师争得头破血流，还是王局长力排众议才让我去的。现在友谊饭店要把我调去省城，局里的人就炸了锅，说我忘恩负义，爱攀高枝，说我不知道天高地厚，就坚决不肯放我。局里不签字盖章，友谊饭店就没有办法接受我。局里还打算发公函到友谊饭店，说局里的工作忙不过来，让我提前结束学习回局里来。我这才赶了回来。后来他们就给我分了单人宿舍，给我轮番做工作要我留下。”

狗蛋娘仨都愣住了。

“那王局长呢？他不是一直帮着你的吗？”母亲又问道。

“王福恭调到县人大当主任了，局里的事情他现在也插不上手。”父亲叹道，“局里的人早就换了……”

母亲和狗蛋这才明白父亲为什么一直阴着脸，原来父亲遇到了这么多的烦心事情。

“那你打算咋办？”母亲问父亲。

“还能咋办？只能回来了……”父亲叹道，“我下午去邮局给高经理打了电话，高经理说局里不放我，他们也没有办法。”

“这……”狗蛋娘仨面面相觑。

“是局里出钱把我送到金城友谊饭店去学习的，我要是走了也的确是忘恩负义。”父亲又叹道，“我能在友谊饭店里学习几年已经知足了，再说局里给我分了这间宿舍，还解决了狗蛋的上学问题，已经很不错了，那些刚分来的大学生还都挤在集体宿舍呢！”

“只要娃娃们把书念好了，将来有出息就行了。”父亲又对母亲说道，“你以后可不能再惯着娃娃们了，我们这辈子就这样了，他们可不一样，他们的命运要自己掌握，不能像我一样由别人来安排！”

“好吧。”母亲长叹。

吃过饭，东子、狗蛋继续坐在桌子边写字，父亲又出去了，他总是有忙不完的事情，干不完的活。东子长舒了一口气，把钢笔扔在一边站起来伸懒腰。

“你咋不写字了？要是你爸回来见你没有写字，肯定又发脾气了！”母亲担心地说东子。

“我都写一天了，”东子郁闷地说道，“今天的作业我都写完了，还让我写啥？”

“你写啥我不管，可你明年上学必须得往前考，别让我跟着受气！”母亲没好气地说道。

东子只好坐回了三屉桌边，拿起了钢笔。母亲这才收拾洗锅，然后去了里间做针线活。

晚上父亲回来，见东子和狗蛋还在写字，就没有说什么，一家人便睡了。

狗蛋和东子睡在一张单人床上。狗蛋是个瘦猴，和东子睡在一个被窝里其实也不算太挤。父亲在床下面垫了厚厚的麦草，睡在上面软软的，比土炕舒服得多，就像躺在解放牌大卡车的座椅上一样。狗蛋闻着熟悉的麦草香味，甜甜地睡着了。

第二天狗蛋醒来，就听见窗户外面有嘈杂的声音，他赶紧穿好了衣服下床。只见东子已经在三屉桌前开始写字，母亲就坐在长条椅上纳鞋底。

“妈，外面是啥人？”狗蛋就要拉开门出去看热闹。

“你干啥呢？”东子一把揪住了狗蛋。

“咋了？我就看一下是啥人？”狗蛋一向喜欢热闹，就想看看外面熙熙攘攘的是什么人。

“是水利局的职工来吃饭了，有啥好看的？”东子没好气地说道。

狗蛋就趴在门上，从一个破缝里往外看去。只见一群人拿着亮闪闪的铝饭盒从门前走过。原来父亲的这个宿舍就在食堂大灶的旁边。这些拿饭盒的人都是来吃早点的水利局职工。他们大多和父亲一样，穿着蓝色的中山装，有些女的就穿着红色的滑雪衫。还有几个人戴着黑框眼镜，穿着呢子大衣。他们说笑着，就去了隔壁的食堂饭厅里吃饭，狗蛋隔着墙都能听到嘈杂的说话声。

“我们不能出去看他们吗？”狗蛋低声问道。

“你想让爸揍，就出去看！”东子冷笑。

“我们凭啥不能出去看他们？”狗蛋愕然。

“这里是水利局，是人家办公的地方，不是你的家！”母亲叹道，“我们能悄悄住在这里，已经是违反规定了，你咋能出去给你爸丢脸讨嫌呢？”

“这……”狗蛋没想到人人羡慕的城市生活居然是这样，便郁闷地说道，“那我们岂不像住在牢房里一样？”

东子没有回答，只是白了一眼狗蛋，“快点洗完脸过来学习！”

晚饭的时候，母亲做了“甜中面”，就是一种没有任何菜的汤面条。娘仨正在吃饭，就听见有人敲门。母亲愣了一下，起身开门，却见是昨天那个总务赵股长，便赶紧说道：“赵股长，快请进，您吃了没？吃一碗我们的甜中面吧？”

“不了，我刚在灶上吃过了。”赵股长仔细地观察了一下狗蛋家的锅灶碗盘，笑道，“你们咋吃的甜中面？买点菜让娃娃们吃嘛，他们可正是长身体的时候。”

“我们乡下人甜中面吃惯了。”母亲不好意思地笑了笑，又忽然意识到什么，笑容就黯淡下来，抿了抿头发说道，“赵股长，您放心，我们没有吃灶上的饭菜。”

“田嫂子，你多心了！”赵股长顿时尴尬，干笑道，“我来是给你说，你小娃的学已经问好了，年过完等开学了，去东关小学报名就行了。”

“哦，那可就谢谢您了。”母亲却淡淡地说道，“对不起，刚才误会您了，我们乡里人不懂礼数，您别往心里去。”

“没事。”赵股长挥了挥手，转头看着狗蛋问道，“你这小娃叫个啥来着？昨天王大师说了我又给忘了。”

“王谦己。”东子怕母亲说出狗蛋的小名，就赶紧抢着回答。

“王谦己，好名字，我完了给老师说一声，让他给分个好班！”赵股长见母亲识破了他的来意，就说道，“那你们吃着，我走了！”

“行，赵股长，你走好！”母亲面无表情地送走了赵股长，关上门眼泪就下来了。

“妈，你咋了？”狗蛋好奇地问道。

“没事，吃你的饭！”东子瞪了一眼狗蛋。

吃过饭，父亲从隔壁的大灶上收拾完锅灶回来，母亲就说了赵股长来的事情。

“你不用理会他！”父亲叹道。

“要不是为了让娃娃们在城里上学，我打死都不在这里看人家的白眼。”母亲喟然长叹道，“他们兄弟两个写了一天的字，就跟关在牢房里差不多，也让他们出去透透风吧。”

“行，那你们两个就出去转转吧！”父亲说道。

东子和狗蛋如临大赦，这才从凳子上起来出了房门。

狗蛋长长舒了一口气。他自从昨天晚上进门就没有出去，可把他闷坏了，就说道：“哥，这城里的日子真的就跟坐牢一样，你不闷吗？”

“这里是水利局，白天他们在办公，我们出来会影响他们工作。”东子叹道，“可只要他们下班或者周末，我们就可以出来玩了，等开学了，我们白天就去上学，晚上他们下班我们才放学，其实也不闷的。”

“哦。”狗蛋这才松了一口气。他生性调皮好动，要是一直像今天一样被关在屋子里，肯定会很闷的。

东子领着狗蛋在水利局里转了一圈。朝东的大门进来就是一条宽宽的水泥路。路两边就是一排排“马脊梁”似的房屋，隔成了一间一间的宿舍。路的尽头是一个花坛，花坛的后面就是三层办公大楼。大楼的南边是水塔，北边就是车库。

东子拉着狗蛋来到大楼前，快步上了台阶推开大门，走进了大楼。

“哥，这里不是办公的地方吗？”狗蛋吃惊地低声叫道，“要是让人看到了，爸一定会揍我们的！”

“没事，现在下班了，办公楼里一个人都没有。”东子满不在乎地说道。

“万一有人没有下班呢？”狗蛋还是吓得不敢往前走。

“放心，我刚才已经侦查过了，这楼里没有亮灯的办公室，说明就没有人。”东子说道。

“哦。”狗蛋这才略微放下心来，不禁佩服东子的机智。

“走，我带你参观一下这个办公楼！”东子便拉着狗蛋上了大楼的楼梯。

楼梯走廊的两边就是一间间紧锁着的办公室。东子带着狗蛋从一楼上到三楼，只见三楼的尽头，是一扇用铁链子锁住的门。东子拉开铁链费力地从门缝里挤了进去，狗蛋也就跟着挤了进去。

只见，门里面是一个小房间。房间的水泥墙上有好多“U”形钢筋，组成了一道笔直往上的梯子。东子熟练地爬上了梯子，推开上面的一个木头盖子，露出一个天窗。

一片星光就从圆形的天窗里洒了下来。东子从天窗爬了上去，狗蛋在下面吃惊地低声叫道：“哥！上面是个啥地方？”

“你上来就知道了！”东子消失在了天窗口。

房间里黑乎乎的，狗蛋心里有些害怕，就只好和东子一样手脚并用从梯子上爬出了天窗，上面原来是这栋三层大楼的楼顶。狗蛋抬头，看到满天的繁星好像就在自己的头顶上，仿佛一伸手就能摘下来。他不禁想起了语文课文里学的那句诗：危楼高百尺，手可摘星辰。狗蛋发现李白居然没有骗人，他现在真的就有一种可以摘下星辰的感觉。

“咋样？这里好玩吧？”东子站在楼的边缘朝下看着。

“哥！你别站在边上，小心掉下去！”狗蛋叫道。

“你个怂货，胆子咋还这么小！”东子拉着狗蛋坐下，兄弟俩就在楼顶看着满天繁星。

狗蛋发现，这城里虽然憋闷，却也有很多新奇的东西是阳曹村完全没有的。

坐了一会儿，狗蛋就担心地说道：“哥，我们回吧，要是让爸知道我们来了这里，肯定要发脾气了！”

“你怕个啥？”东子嘴上说着，却还是起身带着狗蛋从天窗爬了下去，原路返回家睡觉。

东子、狗蛋每天都趴在三屉桌前写字。东子一点都不爱学习，他背着母亲看小人书，或者用纸折了青蛙玩，他还把自己的寒假作业丢给狗蛋帮他写。语文完全没有问题，四年级的狗蛋只需要查查字典，就能把东子六年级的作业做了。数学可就没有办法了，狗蛋完全看不懂。东子也不知道从哪里借来了别人的数学寒假作业，让狗蛋帮他抄。

每到周末，水利局里就没有多少人了，而父亲也被人请去做菜，东子、狗蛋就在水利局里开心地玩耍。他们可以放肆地玩迟一些，因为每个周末的晚上父亲都回来得很迟。

那时候，沙城县里几乎没有饭馆。一些有头有脸的大人物周末在家里请客，就把父亲请去他家里做菜。父亲可是在金城大饭店学了两年多的二级厨师。他不仅精通中餐，还会做一些新奇的西餐，甚至还会做海鲜，海参鱿鱼就是父亲的拿手菜。

沙城县地处西北腾格里沙漠的边缘，离大海起码有两千多公里，人们哪里吃过什么海鲜？他们就算买来干的海参鱿鱼也不会做，只能请父亲去做。

海参干要放进暖瓶里用开水泡发，而鱿鱼干得用明矾才能泡发。那时候的海参鱿鱼虽然是晒干的，却都是深海里捕捞出来的，味道极为鲜美。再经过父亲的精心加工就更加美味了。

一时之间，沙城县里掀起了一股吃海参鱿鱼的热潮。父亲每个周末都会被人请去家里做海参鱿鱼。大人物们觥筹交错的时候，父亲就在一边给他们端茶、倒水、带酒。一直到深夜，醉醺醺的父亲才摇摇晃晃地回了家。

# 第15章　改革春潮

进入腊月后，父亲更是连家都很少回了，沙城县里婚丧嫁娶的人家纷纷请父亲去做席。

海参鱿鱼自然是父亲的拿手菜，他还把白酒点燃，浇一勺在八宝饭上，这道菜就不叫八宝饭了，而是美其名曰“火焰山”。每当人把父亲做好的“火焰山”端上席时，一座皆惊，大家纷纷打听这着火的菜叫什么名字。待听说这菜名叫“火焰山”，众人又纷纷赞叹叫绝。尤其是在结婚的酒席上，“火焰山”是必不可少的菜，因为它象征着红红火火。

父亲还会做“拔丝洋芋”。沙城县的人祖祖辈辈吃蒸洋芋、煮洋芋、炒洋芋，却从来没有吃过用糖包裹了的油炸洋芋。

以前的条件不好，糖、油都是奢侈品，要凭“糖票”“油票”才能在供销社里买得到。现在改革开放的浪潮风起云涌，沙城县人们的生活条件发生了翻天覆地的变化，随随便便就能买到糖、油，父亲就在席面上做了“拔丝洋芋”。

“拔丝洋芋”端上席面的时候，父亲还要配一碗凉开水。人们夹拔丝洋芋的时候，都要把筷子放在凉水里蘸一下，免得糖丝粘到筷子上。

父亲还会做崖山水库里的活鱼，鱼端上桌子的时候嘴还在一张一合，十分神奇。而父亲雕刻的萝卜花更是让吃席的人惊叹不已，纷纷拿回家去泡在玻璃罐头瓶里观赏。

一直到大年三十的后晌，父亲才疲惫地骑着自行车回到家里。东子、狗蛋就从父亲的人造革包里，掏出好多熟肉、毛巾、鞋垫、被面……

在狭窄的新家里吃过饺子，父亲少有地露出了笑脸，陪着母亲和东子、狗蛋一起玩扑克。

大年初一，父亲就又不见了，他被人请去家里做菜了。母亲就带着东子、狗蛋去大街上逛。沙城县里到处锣鼓喧天，人山人海。踩高跷的、耍旱船的、唱戏的、放烟花的……非常热闹。

改革开放可不仅仅是经济开放，还要解放思想。所以，沙城县的春节一年比一年热闹。大家兜里的钱越来越多，每个人的脸上都喜气洋洋。

母亲紧紧地攥着东子和狗蛋的手，害怕他们走丢了。东子对沙城县的四街八巷十分熟悉。就带着母亲和狗蛋到处转。母亲不喜欢闹哄哄的人群，就给狗蛋买了牙刷，嘱咐东子带好狗蛋，先回家去了。

东子带着狗蛋在大街上看各种各样的新鲜事。

门市部里有卖李燕给的那种大白兔奶糖，居然要五分钱一个，五分钱在阳曹村的小卖部里都能买一大捧豆豆糖了。大街上还有出租小人书的摊子，看一本小人书也得要一分钱。身无分文的狗蛋羡慕地看着小人书漂亮的彩色封面，在小人书摊边流连了半日，才被东子拉着走了。

东子带着狗蛋去了另一边的小摊上，掏出了两分钱买了两杯橘子粉水。“啧啧!”狗蛋喝了一口橘子粉水，就惊奇地咂巴着嘴，他从来没有喝过这么好喝的水。这橘子粉水，比阳曹村养蜂人的蜂蜜水还好喝呢。

街边的小摊上还有拆开的鞭炮卖，是“啄木鸟”和“电光炮”，一分钱就能买好几个，“啄木鸟”和“电光炮”可比父亲前几年买的“浏阳”小鞭炮响多了。

城里的娃娃都穿着五颜六色的新衣服，不像阳曹大队里的娃娃，衣服只有蓝色和黑色。大一点的男娃娃戴着东子戴的那种绿军帽，小一点的就戴着和狗蛋帽子一样的五角星帽。还有的娃娃居然戴着一种“大盖帽”。这种大盖帽的顶上也有五角星，帽檐是乌黑发亮的塑料片，还有一根松紧带子勒在脖子里，就和警察叔叔的帽子一样威风。

城里的女娃娃都白白净净的，有的头上戴着蝴蝶形的发卡，有的头上扎着花手帕，十分漂亮。而阳曹大队的女孩子从来都只是用红头绳扎头发。

总而言之，城里的所有东西都是高档的、美好的。狗蛋这才明白东子为什么宁可被父亲骂也要留在城里上学，不愿意回乡下去，城里实在是太好了。现在让狗蛋再回乡下去，他也不愿意。

城市充满了令人无法抗拒的吸引力。改革开放以后，南方发达地区早就掀起了轰轰烈烈的经济建设浪潮。保守落后的西北虽然还处在观望试探阶段，可改革开放的大潮还是势不可当地影响着腾格里沙漠腹地的沙城县。每天都有无数的新生事物出现，让人们目不暇接。短短几年，每个人的身边都发生着翻天覆地的变化，令人不敢想象。人们的生活都迈上了新的台阶。

虽然沙城县人们的思想观念还没有转变过来，可改革开放的浪潮推着人们，悄悄地发生了变化。

过完年就开学了，狗蛋穿着一身东子的旧衣服，背着绣了五角星的花布书包，跟着父亲母亲去东关小学报名。

报好了名，父亲握住班主任王大河的手笑道："王老师，娃娃以后就让您费心了！"

"王大师，您放心，我肯定好好教王谦已，再怎么说我们也是老乡嘛！"王老师是个烫着时髦卷发，皮肤黝黑的年轻男老师，一笑起来露出一嘴洁白的牙齿。

"您也是青湖镇的人？"父亲好奇地问道。

"是的，我是暑适村的，我看王谦已的转学证明上写着阳曹村小学，才知道是老乡。"王大河笑道。

"没错，我们是阳曹村的，王谦已以前就在阳曹小学里上学。"父亲又握紧了王老师的手，"那娃娃我就交给你了，不听话你就给我打，咋打都行呢！"

"王谦已在阳曹小学的时候考试成绩怎么样？"王大河问道。

"回回都是双百！"母亲在一边笑道，"他从一年级开始就一直是班长呢！"

"你就别吹了，我们乡下学校的考试水平哪里能跟城里的比。"父亲赶紧笑道。

"我们乡里的教育水平也不差呢，尤其是我们青湖镇的娃娃，学习都刻苦得很！"王大河却赏识地看了看狗蛋笑道。

"这娃娃脑子也灵呢，就是有些调皮。"父亲叹道，"您帮我多操个心，他不听话你就打！"

"那我可就不客气了！"王大河笑道，"那些家长不让打的娃娃我都打呢！"

"这就好！"父亲感激地说道，"等闲了，我请您到家里去吃顿饭。"

"这可不敢当！"王大河笑道，"您可是沙城县里最有名的大师傅，天天和大人物吃饭呢，我哪好意思去您家吃饭?”

“王老师，您这可就是骂我呢!”父亲叹道，“我就是个烧火做饭的睁眼瞎，就想让娃娃将来和您一样当个文化人。”

“行了，不用客气了，王谦已就交给我吧，保证给你教育好!”王大河又笑道。

“谢谢，太谢谢您了!”父亲母亲千恩万谢地就走了。

狗蛋低着头站在王大河跟前，有些手足无措。这个王老师虽然烫着时髦的卷发，穿着三接头的高级皮鞋，却长着一副黑脸膛，看起来很凶。

阳曹小学里的刘老师虽然看起来凶巴巴的，可狗蛋上了三四年学，刘老师从来都没有打过他一次。就算是淘气的学生，刘老师也只是假装吓唬一下，并不会真打。这个王老师居然说家长不让打的娃娃他都打，这也太狠了吧。

“你去把我们四年级（3）班里的学生组织起来，从大到小排成六排队伍，准备排座位。”王大河对狗蛋说道。

“我……”狗蛋一愣，还没有来得及说什么，王大河却已经转过身子，背着手进了他的办公室。

狗蛋不禁郁闷，他连四年级（3）班在哪里都不知道，王老师就让他去给学生们排队，更何况自己刚从乡下来，一个人也不认得，怎么就能管得住城里的娃娃。狗蛋又低头看了看自己手肘上打着的补丁。他的这件上衣是东子穿旧的，大小倒也合身，就是胳膊肘被东子磨破了，母亲就补了两个大补丁。在阳曹小学里，好多人都穿着补丁衣服，谁也不觉得有啥，可狗蛋发现，这城里的东关小学，就没有一个学生穿着补丁衣服。

本来狗蛋也有没有补丁的衣服，可那些衣服都是母亲自己缝制的，裁剪的式样实在太土了，还不如东子这件有补丁的旧衣服。今年狗蛋家的经济状况很困难，父亲连外债都还不上，哪有钱给狗蛋买新衣服。狗蛋无助地环视着，只见校园里跑来跑去的学生都穿着过年新买的衣服，干净又整洁。狗蛋穿着旧衣服不说，衣服上还打着补丁，他这个样子哪敢去组织城里的学生排队？狗蛋后背都出汗了。

可王老师让他去组织班里的学生排队，狗蛋也不敢不听。不然王老师肯定会生气，说不定就会打人，起码也会批评。要是让王老师当众批评可就更丢脸了。念及至此，狗蛋就背着花布包转身去寻找自己班的教室。他在一棵大榆树下找到了四年级（3）班的教室。只见教室门上钉着一个白油漆牌子，上面用黑油漆写着“四年级（3）班”几个漂亮的美术字。城里的学校就是高级，阳曹小学里可没有这么漂亮的班级牌子。

教室里有许多学生在嬉闹，还有一些学生在教室外面的榆树下“斗鸡”、打沙包、跳皮筋……好多人看着狗蛋过来，都好奇地看着他衣服上的补丁，还有花书包上绣着的五角星。狗蛋额头上的汗都下来了，只得鼓足勇气走进了教室。教室里的吵闹声更大，天花板都快掀翻了。

狗蛋站在讲台上，看着教室里鸡飞狗跳的同学，清了清嗓子，鼓足勇气叫道：“大家静一静！”

他当了四年的班长，经常在讲台上讲话，倒也不是很怯场。不料，教室里的吵闹声太大，同学们都没有听到狗蛋的声音。或者有人听到了，也假装没有听到。

在阳曹小学里，狗蛋只要上讲台说话，起码大部分人都会静下来听的。没想到城里的同学完全不理会他。狗蛋无奈，只好从讲桌的桌洞里抽出一个竹竿做的教鞭，“啪”的一声敲在了讲桌上。

这是他在阳曹小学当班长的时候提醒大家注意的办法。教鞭代表着老师的权威，狗蛋每次用教鞭敲响讲桌时，再吵闹的场面也会安静下来。果然，教室里的同学们顿时安静下来，都惊奇地看着讲桌上的狗蛋。

“班主任王老师说，让大家去外面按个子高低排队，等他来了排座位。”狗蛋大声地说道。狗蛋紧张得心都快跳出来了，但他在阳曹小学四年的班长也不是白当的，他也是见过些“大场面”的人。所以，狗蛋看起来镇定自若。

教室里一片寂静，所有同学都惊愕地看着狗蛋。

“我们的班主任王老师厉害得很，他刚才说，家长不让打的学生他都打呢！”狗蛋见大家安静下来，便又说道，“我们最好还是赶快出去排队，免得王老师发脾气打人。”

狗蛋的这番话不露声色地就让自己和同学们站成了“统一战线”。

“走吧，我们都出去排队！”一个身材和狗蛋差不多瘦弱的男同学，就带头朝教室外面走。

狗蛋也跟着出了教室，其他人在“从众心理”的驱使下，也都跟着出了教室。

“队伍咋排呢？”那个瘦弱的男同学问狗蛋。

“按个子高低，排成六排。”狗蛋对那个男同学笑了笑说道，“我俩个子差不多，先站两排吧！”

“好。”那个瘦弱的男同学就站在了狗蛋的身边。

“大家都过来排队，个子比我低的就排到我前面，个子比我高的就排在我后面！”狗蛋扯着嗓门对其他同学叫道。有了这个瘦弱的男同学响应，狗蛋一下就放松了，便开始组织大家排队。

一些女生就围过来按照个子高矮排队，其他人都跟了过来。好多个子差不多的人就乱糟糟的，不知道谁该排到谁的前面，狗蛋便从队伍里站了出来开始指挥：“你个子高一些，还是往后站一下吧。大家再站出两排来，教室里的课桌有六排呢，我们才排了四排。那边的同学，快过来排队了！”

狗蛋组织着大家排队，大多数人都服从他的安排，但榆树底下的几个高个子男生还在“斗鸡”，并没有过来排队的意思。

站在队伍最后面的一个健壮的男同学就大声叫道：“你们几个耳朵里塞上驴毛了吗，没有听见让排队啊？”

“哈哈哈！”同学们哄然大笑，都看向那几个不过来排队的高个子男生。那些男生不好意思，也就过来排队了。狗蛋很感激地朝那个健壮的男同学笑了笑。

“班里的同学都齐了吗？”王大河不知道什么时候来了，冷着脸问狗蛋，同学们就都安静了下来。

“应该都在了，排了六排，每排六个人，刚好是三十六个人！”狗蛋报告。

“让他们按排队的顺序进去坐吧！”王大河说道。

“是！”狗蛋就让同学们一队队进了教室，坐在了三排桌子上。最后狗蛋才来到了最中间的位置，坐在那个瘦弱男同学身边空着的座位上。

“王谦己！”王大河又叫道。

“到！”狗蛋就站了起来。

“来，你点名！”王大河把腋下夹的花名册给了狗蛋。

狗蛋拿起了花名册，开始念名字。

“萧华！”

“到！”狗蛋身边的那个瘦弱的男生站了起来，王大河点了点头，示意他坐下。

“聂大民！”狗蛋又念道。

“到！”刚才那个健壮的男同学站了起来。

“包娜！”狗蛋继续点名，就见坐在自己前面的女生站了起来。狗蛋看不清这个包娜长什么样子，却发现她有一头黄头发。这让狗蛋很是吃惊，他从来都没有见过长着黄头发的人。

“石梅！”

“到！”只见萧华前面的女生站了起来，她的头发用花手帕扎了漂亮的马尾，十分爽利。

石梅转过头朝狗蛋笑了一下，她长着尖尖的下巴，一笑起来脸蛋上有两个漂亮的酒窝。

“马亮、李小军、张刚……”狗蛋继续点名，不一会儿就把全班三十六名同学的名字都点完了。

王大河这才走上了讲台，黑着脸讲话：“我叫王大河，以后就是你们的班主任，要带你们到毕业。学校对你们这届学生十分头疼，所以就在这学期把你们打乱分了班，由我们这些刚分来的年轻老师当你们的班主任。”王大河继续黑着脸冷冷地说道，“我的脾气不大好，也没有多少耐心，你们谁要是敢给我捣乱，我的教鞭可不管你是什么县长局长的娃娃！”

全班同学听到王大河这么凶，都低下头暗自叫苦，自己怎么这么倒霉，分到这么厉害的老师班里。

“我教的是语文，今天的作业就是写一篇自我介绍的作文，明天早上交到王谦己那里。”王大河顿了顿又说道，“我们班的班长暂时由王谦己代理，等期中考试之后再调整。”

全班同学又都看向狗蛋，萧华赞许地朝他点了点头。坐在前面的包娜和石梅也回头看了看狗蛋。狗蛋有些难为情地缩起了两个手肘，把花布书包往桌洞里塞了塞。

“我做事很公平，期末考试后，成绩全班第一的人就是班长，第二的人就是中队长！”王大河继续黑着脸说道，“所以，你们所有人都有当班长和中队长的机会，只要你们有本事考第一名，就是我们班的班长！”

“只要考了第一名就能当班长，这种选班长的办法也太简单直接了吧?”

“这个王老师可够狠的，只看成绩，其他的啥都不看！”

“那个王谦己好像是刚从乡下转学来的，肯定考不了全班第一，他的这个代理班长，恐怕也代理不了几天！”

班里的同学窃窃私语起来。

狗蛋的头低得更低了。他其实一点儿都不想当这个班长，他只想静静地躲在角落里，不被城里的娃娃注意就好了。可没想到班主任王大河直接任命他当了代理班长，让所有人都看到了他衣服上的补丁和花布书包。更要命的是，王大河居然完全用考试成绩来评选班干部。也就是说，狗蛋要是期中考试考不了第一名，他这个代理班长就当不成了。

狗蛋十分郁闷。自己才从乡下来，怎么可能考得过城里的娃娃？城里的教学条件可比阳曹大队强多了，看来自己注定要丢人了。

## 第16章　少年

“今天不上课，大家一起打扫卫生，我们先选出一名生活委员来！”王大河扫视全班同学，“你们谁愿意担任生活委员安排大家打扫卫生就举手！”

全班又是一片寂静。大家相互看着，谁也没有说话。好多人虽然也想当生活委员，却没有勇气举手。狗蛋转头看了一圈，发现全班只有那个叫聂大民的健壮男生举着手。他看起来满不在乎，一点儿都不紧张。

“好吧，既然只有聂大民一个人愿意当生活委员，就让他当吧！”王大河赞许地朝聂大民点了点头说道。

同学们一阵骚乱，谁都没想到，这个聂大民居然就这样轻而易举地当了生活委员。而狗蛋没想到的是，刚才只是点了一次名，班主任王大河就记住了聂大民的名字。看来这个王老师不简单呢。

“行了，你们所有人都听聂大民的安排，把教室和外面的院子，还有学校分配的公共区域，都打扫干净！”王大河说道，“各小组打扫完，就找王谦己去检查，检查不合格就继续打扫！”

“我们打扫完卫生，居然让王谦己检查？”

“那王谦己要不要打扫卫生啊？”

“他是班长，肯定不用打扫了吧？”

同学们又是窃窃私语。

王大河却大步走下讲台，到了门口又转头说道：“王谦己，跟我来一下！”

狗蛋赶紧站起身来，跟着王大河出了教室门。

“嗡！”教室里顿时嘈杂起来，就像被捅的马蜂窝。

“安静！我来分配打扫卫生的区域，大家安静一下！”教室里传来了聂大民的大叫，可同学们依旧吵闹，没有一个人肯听聂大民的安排。

“砰！”王大河一脚踢开了门，黑着脸又回到了教室。教室里顿时安静下来，所有的同学都低头不敢发出一点声音。

王大河冷冷地扫视全班学生，又看向了聂大民说道：“安排吧！”

聂大民这才站了出来，走到讲台边说道：“你们第一组擦南边的玻璃，第二组擦北边的玻璃，第三组扫地……”

同学们这才乖乖地听聂大民的安排。王大河便又出了门，狗蛋就紧跟着来到了办公室。

王大河的办公室里拉了一道帘子，帘子外面是桌椅台灯，帘子里面却是一张床。

“你去一下总务处，领了我们班的书，然后叫个同学一起搬到我办公室里来。”王大河对狗蛋说道。

“嗯。”狗蛋刚要走，却听见王大河又说道，“你顺便问一下总务处，我们班的公共卫生区域划分的是哪一块，然后告诉聂大民安排人打扫！”

“是。”狗蛋赶紧出了王大河的办公室。王大河虽然很器重他，却一直黑着脸，让狗蛋感到很有压力。

狗蛋找到了门口写着“总务处”的办公室，问里面的老师领好了几捆新书，又回到了教室，就见聂大民和同学抬着一大桶水，带着大家热火朝天地打扫卫生。

“你们几个女生，过去帮包娜和石梅擦玻璃。”

“你们几个男生，再去抬一桶水来！”

“张刚，你们几个要是再偷奸耍滑，我可就要去告诉王老师了！”

聂大民指挥着大家打扫卫生，一点儿都不客气。狗蛋走进教室，同学们又都看着他。好多人就看聂大民会不会给狗蛋分配活。

聂大民非但没有给狗蛋派活，反倒上来笑道：“王谦己，你看我安排的行不行？”

“行呢。”狗蛋说道，“我们班的公共区域是礼堂门口的旗台，你安排人去打扫吧。”

“好，张刚，你们几个不要再玩了，赶紧去打扫旗台，一会王谦己就去检查，要是打扫不干净就继续打扫！”聂大民对着院子里“斗鸡”的张刚他们几个男生叫道。

“凭什么让我们去打扫旗台？”张刚没好气地说道。

“我是生活委员，我想让你干啥，你就得干啥！”聂大民叫道，“你们敢不听，我就去告王老师！”

“你……”张刚和几个高个子男生见聂大民丝毫不怯，只好拿了扫帚簸箕去了。

“萧华，你帮我去领书吧！”狗蛋对同桌萧华说道。

“好。”萧华笑着点头，就跟着狗蛋去总务处领了书，抱到了王大河的办公室里。全班 36 个人的书可不少，狗蛋和萧华搬了好几趟才搬完。狗蛋虽然身体瘦弱，可好歹也是在腾格里沙漠边跑大的，这点活根本不算什么。

“去检查卫生吧，没问题就让大家进教室发书。”王大河说道。

“嗯。”狗蛋带着萧华回了教室，就见聂大民带着同学们已经把教室和院子打扫得干干净净，窗户也被女生们擦得一尘不染。

“王谦己，现在要检查吗？”聂大民问道。

“嗯，我随便看看就行！”狗蛋说道。

“我陪着你看！”聂大民说，“那边槐树下是五组扫的，窗子是一组和二组擦的。”

“嗯。”狗蛋就在各处转了一圈，象征性地检查了一下卫生。

张刚他们几个把旗台打扫得不甚干净，聂大民本来要他们重新打扫的，狗蛋却说要发书了，让张刚他们几个也回了教室。

狗蛋让大家坐在教室里，就去叫王大河发书。王大河却挥了挥手说道：“你去发吧。”

狗蛋只好叫来了萧华和聂大民，把书抱到教室里给同学们发书。发完书，狗蛋又来找王大河，王大河就让狗蛋去宣布放学。全班同学一听放学，顿时吵嚷起来，纷纷拿出书包装起新书回家。

狗蛋故意磨蹭，想等大家都走了再一个人悄悄地走，免得大家盯着看他的补丁衣服和花布书包看。不料，聂大民却从后面走过来，亲昵地拍了拍狗蛋的肩膀笑道：“王谦已，我们一起走吧！”

狗蛋只好收拾起了书包，又对萧华说道：“你也和我们一起走吧！”

“好。”萧华说话很简短，他收拾好书包，和狗蛋聂大民一起出了学校。

时间已经是中午，学校里出来了一大批熙熙攘攘的学生，大街上也都是骑着自行车下班的大人们。

“你们住在哪里？”聂大民问道。

“我……我住在水利局。”狗蛋为难地说着，又解释了一句，“我住在我爸爸的宿舍里。”

“是吗？”萧华顿时眼睛一亮，“我就住在水利局隔壁的电力局，也住在我爸的宿舍里。”

“哦？”狗蛋顿时轻松了一些，这个萧华也住在他爸的宿舍里，看来也是从乡里来的，和自己差不多。

“那我下午顺路来叫你一起去上学吧！”萧华亲切地笑道，“电力局就在水利局的后面。”

“这……”狗蛋愣住了。自己平常连门都不能出，哪里敢让同学来水利局叫自己上学？要是让别人看到了，岂不是给父亲惹麻烦。

“算了，还是我去找你吧。”狗蛋说道，“我爸他们中午要睡觉呢。”

“哦，那你来找我也行。”萧华说道，“我爸宿舍就在电力局的门房边，进大门第二个房子。”

“好，我吃过饭就来找你！”狗蛋笑道。

“我也来找你们！”聂大民也在一边笑道。

“你也住在附近吗？”狗蛋疑惑。

“我们家虽然不在那边，可绕过去找你们也远不了多少路。”聂大民又笑道，“我们三个人以后就一起上学，热闹些！”

“好啊！”狗蛋很感激聂大民的热情。这个城里娃耿直爽快，也没有看不起自己这个乡里娃，可以当个好朋友。

“你也是今年才转学的吗？”萧华看着狗蛋身上的补丁。

“是的，你也是吗？”狗蛋打量着萧华。萧华虽然看起来也是乡下来的，却穿着一身买来的新衣服，背着军挎包，只有鞋子是手工纳的“千层底”。

“嗯，我也是这学期才转上来的，我以前在老家村里的小学上学。”萧华笑道。

“哦。”狗蛋发现萧华的情况的确和自己差不多，就更觉得他更亲近了。

回到家吃过饭，略微休息了一下，狗蛋就背起书包早早地去电力局里找萧华。

狗蛋刚进电力局大门，就见门房里走出一个大爷，疑惑地打量着他的花布书包问道：“你找谁？”

“我，我找萧华。”

“萧华？”

“就是和我一般大的学生，他说他住在门房里，让我来叫他上学。”狗蛋赶紧解释。

“你说的是肖总工程师的娃娃啊，来，我带你去找他！”门房大爷顿时换了一副笑容，敲了敲第二间房门，大声说道，“萧工，有个学生娃来找你家娃娃一起去上学！”

“请进来吧！”门里传来了一个声音。

门房大爷就拉着狗蛋推门进去。只见一个戴着眼镜的中年男人坐在窗户前的桌子边，拿着尺子和铅笔在一大张绘图纸上画图。狗蛋本以为萧华的父亲只是电力局的一般干部，没想到居然是什么总工程师。

“你就是王谦已？”萧华的父亲停下了手里的笔，转头看着狗蛋。

“嗯，我，我来叫萧华一起去上学。”狗蛋有些拘谨。

“萧华中午和我说你很优秀！”萧华的父亲赞许地看着狗蛋微笑着说，“你俩以后就一起好好学习。”

“嗯，萧华呢？”狗蛋见萧华的父亲很和蔼，也就不那么紧张了。

“在里间睡觉呢，你自己进去叫他吧！”

“哦。”狗蛋这才发现，这房间里有一个套间，他便走进套间，发现萧华在一张小床上睡觉。

套间里还有一张大床。台灯、衣帽架、沙发、茶几什么的，家具一应俱全，看起来十分豪华。狗蛋从来都没有见过这样富丽堂皇的地方，看来萧华父亲的级别可不低。

狗蛋轻轻地走到了萧华的床边，摇了摇他说道：“萧华，起来上学了！”

“唔。”萧华这才醒来，起床说道，“你先坐一会儿，我洗个脸。”

狗蛋坐在松软的沙发上，身子顿时陷进了海绵里。

“萧工，您可是刚从首都学习回来的高级工程师，局里咋把您给安排到门房上来住了？”只听见外屋里，门房大爷在和萧华父亲说话。

“是我主动要求的。”萧华父亲说道，“这里挺好的，离食堂近，关键还有个套间，可以让孩子在里面学习。”

“哦，那等我们局里的办公大楼盖起来了，就让局里给您多分几间宿舍！”

“没事，我就带着孩子两个人，这里住就够了，不用再麻烦。”

狗蛋竖起耳朵听着外面的谈话，发现萧华的父亲果然是和左工差不多的大工程师。

“萧华！”门外有人喊着萧华的名字，一听就是聂大民。

“来了！”萧华赶紧收拾好东西和狗蛋出了里间，就见聂大民在外屋和萧华的父亲热情地打招呼，他见谁都是自来熟，一点都不认生。

“爸，我们去上学了。”萧华给父亲打了招呼，三人就出门往学校走去。

“我请你们喝好东西！”聂大民从书包里掏出一个玻璃瓶子，里面装着白乎乎的水。

“这是啥？”狗蛋好奇地问道。

“雪糕水。”聂大民笑道，“我妈在雪糕厂上班，有些雪糕化成了水，她就用瓶子装了来给我们喝，你尝尝！”

狗蛋也不客气，接过了瓶子就“咕嘟嘟”地喝了几口。一股带着奶油香味的凉意从口中甜到心里，狗蛋感觉浑身的汗毛都竖了起来。

“这可比我们乡里的蜂蜜水还好喝！”狗蛋把瓶子递给了萧华，“你也尝尝！”

萧华也喝了一口雪糕水，咂了咂嘴说道：“比我爸买的橘子粉水还好喝！”

“那当然了！”聂大民得意地接过瓶子，也“咕嘟嘟”地喝了几口，“我们三个人以后就是好朋友，有福同享，有难同当！”

“好啊！”萧华点头。

“我们就和桃园三结义的刘关张一样！”狗蛋也兴奋地笑道，他原本怕城里的同学看不起他，没想到这才半天，就有了两个好朋友。

“啥叫个刘关张？”聂大民问道。

“就是刘备、关羽和张飞。”狗蛋就给萧华和聂大民讲起了桃园三结义的故事，他一肚子全是这些戏文和连环画上的故事。

“你讲得真好，我们以后也是结拜兄弟。”聂大民叫道。

“你咋知道这么多？”萧华也十分佩服狗蛋。

“都是看书听故事得来的。”

“那你再给我们讲讲，刘关张三兄弟后来咋样了？”聂大民刨根问底。

“行。”狗蛋就一边走，一边给萧华、聂大民讲故事。

从此以后，三个好朋友就一起上学放学，狗蛋的故事总让萧华和聂大民听得津津有味。

第二天，狗蛋把全班的作文收起来交给了王大河。语文课的时候，王大河开始点评大家的作文。

“我们先来看看王谦已同学的作文。”王大河首先拿起了狗蛋的作文说道，“你们大多数人写了四百字，有些人才写了两百字，而王谦已却写了八百字。”

“啥？王谦已居然写了八百字？”全班同学都看向了狗蛋，狗蛋顿时脸上发热，赶紧低下了头。

“毫不夸张地说，王谦已同学的作文水平已经达到了初中生的水平！”王大河继续说道，“他的这篇自我介绍，不仅写了自己的性格、爱好、特长、缺点，还介绍了自己的家乡。文章不仅条理清晰地剖析了自己，还满含热情地赞美了家乡，让人看了不仅喜欢王谦已这个人，还喜欢上了他的家乡。”

狗蛋听了王大河的讲评不禁汗颜，他的那篇作文其实是随便写的。他离开腾格里沙漠边的家乡已经一两个月了，很是怀念，就多写了一点家乡的趣事，这和个人介绍没有什么关系，严格来说已经跑题了，没想到王大河却如此推崇夸赞。

“希望大家以后多多向王谦已同学请教写作文的窍门。”王大河讲了将近半小时，终于结束了对狗蛋作文的点评，然后，他又点评了萧华和包娜的作文，一节课就结束了。

刚下课，石梅就转过头来，对狗蛋露出了两个酒窝笑道：“王谦已，你咋能写出八百字的作文呢？你能教教我吗？我连两百字都写不出来。”

“这个……你多看书好了。”狗蛋腼腆地笑道。

“看啥书啊？”

“啥书都行呢，小人书、杂志、课本、报纸都行呢。”

“我最讨厌看书了，”石梅皱起了眉头，“我一看书就瞌睡。”

“那就听故事，听戏文，听广播也行呢！”

“王谦已，你最近看的啥书？借我看看呗。”坐在狗蛋前面的包娜也转过身来笑道。

“我……”狗蛋一愣，他哪里有什么正经书看，他只有东子给的几本连环画，已经翻看得倒背如流了，他就不好意思地笑道，“我只有一些连环画，你要是想看我明天就拿上！”

“给我也拿一本！”石梅笑道。

“行。”狗蛋只好答应。

“我爸有好多书，可我都看不懂，我明天带一本来和你换着看！”包娜又说道。

“好啊！”狗蛋对书可是非常痴迷，便没有和包娜客气。

“包娜，你的头发和眼珠子为啥是黄色的啊？”石梅好奇地问出了狗蛋早就想问的问题。

“不知道。”包娜拉着自己的辫子，有些不好意思地笑道，“是不是难看得很？”

“不，一点都不难看！”石梅笑道。

“没错！”狗蛋笑道，“我爸曾经去金城学习过，见过外国人，他说好多外国人就长着黄头发，眼睛珠子不仅有黄色的，还有蓝色和绿色的呢！”

“真的！”石梅惊奇地叫道，“你爸居然去过金城学习，那肯定是大领导了吧？”

“这……”狗蛋脸上的笑容顿时凝固，尴尬地笑了笑，低头说道，“我爸不是领导，也不识字，他是水利局的厨师。”

“那你每天吃的饭肯定很好了？”石梅丝毫没有发现狗蛋的自卑，又兴奋地问道。

“我爸只是在大灶上做饭，我们家的饭从来都是我妈做的。”狗蛋笑道。

“包娜，你的爸妈或者爷爷奶奶，是不是有谁是外国人啊？”狗蛋又好奇地问包娜。

“没有，我的爷爷奶奶，外公外婆，都是地地道道的中国人！”包娜笑道。

第二天，狗蛋把自己的几本破破烂烂的连环画带到学校，分给了包娜、石梅和萧华、聂大民他们看。包娜从书包里掏出一本厚厚的书给了狗蛋，书的封面上写着《薛刚反唐》四个大字。

“哇！”狗蛋早就书荒了，现在见到这么厚的书，自然是欣喜若狂。

“这书有我们语文课本的四五本厚呢，你啥时候才能看完啊？”石梅却皱起了眉头。

“我最多三天就看完了！”狗蛋感激地对包娜笑道，“我看完就还你！”

“没事，你随便看，几天都行呢！”包娜无所谓地笑了笑。

“谢谢你，我看完了就给你们讲里面的故事。”

“行，那你看完了给我们讲，反正我也看不懂。”包娜点头。

狗蛋如获至宝，把那本《薛刚反唐》小心翼翼地放进书包里，下课就赶紧拿出来看，放学路上一边走一边看，到家里也是边吃饭边看。

不到三天，狗蛋就把一本厚厚的《薛刚反唐》看完了。薛刚是薛仁贵的孙子，在武则天篡位后，拉起了兵马在火焰山反抗武则天，这相当于薛仁贵征东的续集，看得狗蛋如痴如醉。他把书还给了包娜，就给大家从头讲薛仁贵、薛丁山、薛刚祖孙三代的故事，几乎就等于讲了一遍《薛家将》。班里的同学也纷纷围过来听狗蛋讲故事。

“王谦己，你咋知道这么多?”

“这些故事恐怕连大人都不知道呢!”

“难怪他作文写得好，我要是有一肚子的故事，我也能写好作文!”

班里的同学渐渐开始佩服狗蛋，他们看惯了狗蛋的补丁衣服和花布书包，也就不觉得土气。

就这样，狗蛋在沙城县的东关小学开始了新的学习生活。王大河对狗蛋十分器重，把班里的所有事情都交给狗蛋去处理，培养他的能力。萧华、聂大民、包娜、石梅，成了狗蛋最好的朋友。

班里的同学都非常喜欢狗蛋。因为狗蛋从来不像其他班的班长那样盛气凌人。即便是班里有人捣乱，狗蛋也是心平气和地劝说，大多数人都会听狗蛋的。最关键的是，即便有同学犯了什么错，狗蛋也从来不去王大河那里打小报告。这让大家都很信服狗蛋。

而狗蛋自从到了城里后，仿佛一下子就长大了。狗蛋很少像在阳曹村那样淘气，生怕被城里的同学笑话，他变得稳重了一些。

狗蛋熟悉了城里的学校生活后，母亲就回老家阳曹村去种地。母亲看病花了不少钱，家里的日子捉襟见肘，必须抓紧种一季麦子，这样起码一家人不用买粮食吃。而且，母亲也实在不愿意在城里吃“下眼饭”。东子和狗蛋就跟着父亲在城里生活，他俩有时候自己做饭吃，有时候父亲给他们兄弟俩偷偷端点食堂大灶的剩菜剩饭。

很快就到了期中考试，狗蛋怕丢人，就拼了命地学习，每天都学到很晚才睡觉。可到考试的时候，狗蛋却彻底傻了眼。数学题狗蛋基本都会做，只有最后几道超了范围的题，他猜着做了一下，估计有九十分。语文试卷可就要了命，好多题狗蛋见都没有见过，城里学校的考试果然比乡下难得多。

狗蛋看着语文试卷心中感叹，这次莫说满分，能考及格都算是烧高香了!自己这个代理班长看来是当到头了。其实，狗蛋压根就不想当这个班长，他只是怕被撤职后丢人。好在语文试卷的作文题目是《我的家乡》，这可是狗蛋的拿手好戏，他就洋洋洒洒地写了五六百字。

写完作文，狗蛋才开始仔细地做题。好多题目都很深奥，狗蛋只好根据自己的理解作答。

“丁零零!”下课铃声响了。

“把卷子都交上来!”讲台上的王大河黑着脸说道。

狗蛋不再纠结最后一道题目，随便写了个答案就率先交了试卷，转头却见同学们都还在奋笔疾书。

“起立!”王大河沉声喝道。

“哗啦啦!”同学们都站了起来。

“王谦已，去把他们的卷子都收起来!”

“是。”狗蛋就去收试卷。却见包娜和萧华还在偷偷地写着作文。狗蛋就绕过他们去了远处，先收了别人的试卷，最后才来收了包娜和萧华的试卷，交给了王大河。王大河就抱着试卷走了。

“这次的语文试卷也太难了吧?”

“是啊，一大半我都不会做!”

“我连作文都没有来得及写完!”

同学们顿时叫嚷起来。

“王谦已，谢谢你，要不是你绕了一圈才来收我的试卷，我的作文可就写不完了!”包娜感激地对狗蛋笑道。

“我也一样，多亏了王谦已我才把作文写完!”萧华也笑道。

“嘘。”狗蛋却赶紧示意他们不要再说。

“王谦已，你咋答得那么快?你都答完了吗?”石梅问道。

“答是答完了，”狗蛋皱起眉头叹道，“可好多题我见都没有见过，我这次能及格都不错了。”

“那你要是考不了第一名，岂不是就不能当班长了?”石梅担心地问道。

“不当就不当了吧。”狗蛋摇头苦笑，“其实我压根就不想当班长的。”

“没事，你绝对是第一名!”聂大民从后来过来笑道，“我刚才问了一圈，全班答完题的就没几个人。”

“那我也不可能考第一名。”狗蛋又摇头叹道，“我们乡里的学校考试都很简单，就是书上的内容，城里的考试太难了！”

考完期中试，就是一个周末。父亲照例去给人家炒菜，东子和狗蛋自己做了饭，吃完饭就又溜到水利局办公大楼的楼顶玩。

“你咋了？今天为啥没精打采的。”东子好奇地看着狗蛋，“谁欺负你了吗？”

“没有，考试没有考好。”狗蛋就把考试的事情给东子说了。

“没事，你才到城里，就算考不上第一名也没有啥。”东子拍了拍狗蛋的肩膀。

“考不考第一的确不要紧，关键我觉得继续当不了班长丢人得很！”狗蛋叹了一口气，看向远处的水利局大门，只见一个熟悉的身影推着自行车进了大门，和门房赵大爷问着什么，仔细一看却是狗蛋的班主任王大河。

“王老师？”狗蛋大吃一惊，赶紧缩低了身子，生怕被王大河看到。

“你们王老师到这里来做啥？”东子也眯起了眼睛。

“可能是我考砸了，他来找爸的吧？”狗蛋着急地说道。

“没事，爸又不在。”东子说道，“我们赶紧下去，让他骂你一顿，完了他就不会再找爸说了。”

“好吧。”狗蛋跟着东子赶紧下了楼顶，跑到了家门口，就见王大河推着自行车在找人。

“王老师。”狗蛋胆怯地叫了一声。

“王谦已，你爸呢？”王大河面无表情地问道。

“我爸给人家炒菜去了。”狗蛋低头嗫嚅，等待着王大河的狂风暴雨。

“王老师，请到屋里坐吧！”东子害怕王大河在路上批评狗蛋会引起水利局其他人的注意，就赶紧把王大河往屋里让。

“不了，我也是路过，想起你们住在水利局就进来看看，你爸不在我就走了。”王大河调转了自行车就要走。

“王老师！”狗蛋赶紧叫住了王大河，眼泪就下来了，“我这次考试没有考好，您要批评就批评我吧，不要告诉我爸……”

“啥？你这次考得很好啊，谁说你考得不好？”王大河笑道。

“真的？”狗蛋惊喜地破涕为笑，“我考了多少？”

“数学 96，语文 87，全年级第一！”

"啥?"狗蛋吃惊得下巴都快掉下来了。

"全年级第一?"东子也是瞠目结舌。

"行了，我走了。"王大河骑上自行车就走了。

东子这才激动地拍了一把狗蛋叫道:"你小子行啊，居然能考全年级第一!"

"哈哈! 就这我还好几道题没有做好呢!"狗蛋得意扬扬地笑道。

"说你胖你就喘上了? 要谦虚，我的王谦已同学!"东子也高兴地笑道。

# 第17章　"左工"

第二天上学，第一节课就开始发卷子。这次期中考试的第一名就是班长，第二名就是中队长，所以大家都期待地看着讲台上的王大河。有些人就偷眼看狗蛋，他要不是全班第一，班长可就当不了了。狗蛋却早就知道了自己的成绩，便云淡风轻，波澜不惊。

"你咋不紧张?"萧华在一边低声问道。

"紧张也没有用，反正已经考完了。"狗蛋笑道。

萧华却有些紧张。

"这次考试，我们班考得不错，平均分是全年级五个班里最高的。"王大河说道，"下面开始发试卷，第一名王谦已，语文87，数学96。"

"王谦已真的考了全班第一!"

"他还是第一个交卷的呢!"

"难怪王老师让他当代理班长，原来王谦已真的很厉害啊!"

全班同学都对狗蛋佩服得心服口服。

"王谦已同学还是这次期中考试的全年级第一，为我们班争了光!"王大河又说道。

"啥? 全年级第一?"

"这个王谦已才从乡里转学来，咋可能考这么高?"

同学们更加吃惊了。狗蛋却镇定自若地上台领了自己的试卷。

“按照我开学时说的，王谦已同学现在就正式成为我们班的班长！”王大河说道。

“哗！”聂大民带头鼓掌，同学们也都鼓起了掌。

“第二名是萧华，语文 78，数学 99！”王大河又念道，众人又是惊叹。

“按照我说的，萧华就是我们班的中队长。”王大河看着萧华点头，萧华就赶紧上台领了自己的试卷。

“这个萧华也没有见有啥厉害的，居然悄悄地考了个第二名。”

“他和王谦已是同桌，肯定是跟着王谦已一起学的。”

好多同学又看着萧华，小声嘀咕着。

狗蛋却感到了压力，因为萧华的成绩只比他低了几分。狗蛋刚才看了试卷，发现自己的作文被王大河打了三十分的满分，而萧华的作文比自己少了 5 分，只有 25 分。也就是说，如果萧华的作文成绩和自己差不多，说不定就超过自己了。而作文成绩可是波动很大的，狗蛋哪里能保证自己下次的作文成绩也是满分。狗蛋暗暗心惊，决定继续好好学，免得被萧华超过。

“第三名是包娜，语文 80，数学 90，她以后就是我们班的学习委员！”王大河又说道。

“包娜也考得这么好？”

“几个好学生咋都坐在一起了？”

“是啊，他们那里坐着班长、中队长和学习委员，以后可就成全班的中心了！”

同学们纷纷羡慕地看着狗蛋他们的那片座位。

“第四名是聂大民，语文 77，数学 89，他继续担任生活委员。”王大河又念了聂大民的成绩。聂大民喜气洋洋地上了讲台，领了卷子就得意地朝狗蛋点头微笑，一点都不低调。

就这样，狗蛋终于正式当上了班长，虽然他是班里唯一一个穿着补丁衣服，背着花布书包的人。

一学期很快过去，期末考试狗蛋又考了全班第一。不过，萧华只比狗蛋少了两分。这让狗蛋吓出了一身冷汗，因为他的作文王大河又给他打了满分，而萧华的作文还是25分。也就是说，如果王大河不给自己打满分，也打个25分的话，萧华可就成了全班第一了。

狗蛋不知道王大河是不是偏袒自己，为了维护他班长的权威才给他的作文打了满分。毕竟班里的事情都是狗蛋在做，好多该老师管的事情王大河也都交给了狗蛋。

狗蛋暗暗下定决心，暑假里好好预习一下，不然就让萧华超过了。

放假的时候，包娜一次给狗蛋借了好几本书。《西游记》《三国演义》《水浒传》，四大名著狗蛋就差《红楼梦》没看过了。

狗蛋对包娜十分感激，他可以不吃饭，就怕没书看。

东子六年级毕业，坐车回到阳曹村帮母亲种地干活，他已经长成大小伙子，可以和大人一样干活。

而狗蛋却整天捧着书看，再加上他考了全班第一，父亲就没有舍得让他回乡下干活，怕影响狗蛋学习。狗蛋就跟着父亲住在城里。他每天除了写暑假作业就是如痴如醉地看书，都有些魔怔了。包娜借给他的书他都看完了，只好再看一遍。父亲对狗蛋非常满意，他不懂狗蛋看的什么书，只知道看书写字就是学习。

这天是周六，中午吃过饭，狗蛋就对父亲说要去找萧华玩，萧华过几天也要回乡下去帮他妈收麦子，开学才能回来。狗蛋学习这么好，偶尔说要去玩一下父亲自然是答应了，他叮嘱狗蛋："我下午下班就要骑车回阳曹村，你带好钥匙，弄丢可进不了门。"已经到了秋收时节，父亲周末就和以前一样，骑着自行车赶一百多里路去家里帮母亲干活。

"嗯。"狗蛋答应着就去隔壁的电力局找萧华玩。不一会儿聂大民也来了，三个人就一起弹玻璃球、"拍三角"、在垃圾堆里收集没有见过的烟盒。一直玩到晚饭时分狗蛋才回家。水利局的人早就下班了，再加上是周末，水利局里几乎没有什么人。

狗蛋回到父亲的宿舍，房间里空荡荡且黑乎乎的，肚子早就饿了的狗蛋不知道自己晚饭该吃什么。

这几天吃饭的时候，父亲都会提着盖着毛巾的水桶，给狗蛋送一碗大灶锅底里的剩饭。

今天父亲骑车回了乡下，狗蛋就不知道自己吃什么了。他拿了钥匙出了门，来到隔壁的大灶寻找吃的。以前周末没人的时候，狗蛋也经常来大灶吃饭，偶尔还和东子帮父亲干一些活。这几年大灶上没什么人吃饭，就只剩下父亲一个厨师，其他厨师都被分配到下面的水管所了。

大灶进门就是一个很大的饭厅，摆着很多饭桌和长条椅。灶房的门边是几个打饭的窗口。狗蛋进了灶房，寻摸一圈，就在巨大的灶台上发现了一个大搪瓷碗扣住的盘子。他揭开大搪瓷碗，顿时惊喜地低呼。原来，搪瓷碗下面的盘子里是一盘木耳炒肉，上面还放着两个“刀把子”馒头。

灶火里的炭火还没有熄灭，所以灶台上放着的菜和馒头还是热乎乎的。狗蛋不明白父亲今天为啥对自己这般好，居然给自己留了这么高级的饭。狗蛋肚子饿得咕咕叫，把木耳炒肉和馒头吃了个干干净净。他还用最后的一点馒头抹着盘子底的菜汤，把盘子也抹得干干净净。

狗蛋这才满足地打了个嗝，木耳炒肉还真好吃呀！平常父亲提给狗蛋的饭菜不过是烩菜、面条什么的，从来没有这么高级的木耳炒肉。狗蛋正在回味着美味的木耳炒肉时，灶房里却进来了一个老头。

老头极瘦，皮包骨头的身子都快撑不起一身干净的蓝色中山装。他的眼镜就像酒瓶底一般厚，能看到一圈一圈的纹路。

“你……找谁？”狗蛋胆怯地问道，像一个被当场抓住的小偷。按水利局的规定，他是不能来这灶房的。更何况他刚刚还“偷”吃了父亲留给他的木耳炒肉。

“你是王大师的小儿子吧？”老头笑眯眯的，满脸堆起了皱纹。

“是的。”狗蛋嗫嚅道。

“听说你学习不错，每次考试都是第一名！”老头看着狗蛋笑道。

“是。”狗蛋手足无措，不知道这个老头是什么人，居然知道自己每次考试第一。

“你不要紧张，我是来吃饭的。”老头见狗蛋十分紧张，就笑着安慰他，“我忙得顾不上吃饭，就让你爸给我留了些饭，他说放在大灶的灶台上。”

“啥？”狗蛋顿时如同五雷轰顶，三魂走了两魄。

原来刚才的那盘木耳炒肉和馒头是父亲留给这个老头的，自己居然天真地以为是父亲留给自己的。父亲要骑车赶一百多里的路回家，哪里有心思给自己炒什么木耳炒肉，自己咋就这么傻呢！现在自己吃掉了这个老头的饭菜，明天父亲回来肯定会打死自己的！

狗蛋的眼泪顿时就下来了。

“你哭什么？怎么了？”老头的眼神透过厚厚的“玻璃瓶”，关切地看着狗蛋。

“我，我……”狗蛋用袖子擦了一把泪，这才惶恐地说道，“对不起，我，我以为灶台上的饭是我爸留给我的，我……我就把您的饭给吃了。”

“这算什么事，你哭什么呀？”老头一脸疑惑。

“您不生气吗？”狗蛋惊讶。

“一顿饭算什么呀！”老头摆了摆手，满不在乎地笑道，“你又不是故意的，我怎么能生你的气呢？”

“真的？”狗蛋破涕为笑，“那您能不告诉我爸吗？”

“怎么？你爸知道了会责怪你吗？”老头好奇地问道。

“我出门乱跑都不行的，现在吃了您的饭，我爸肯定会打我的！”狗蛋胆怯地皱起了眉头。

“上班时间你们娃娃们的确是不能乱跑，会影响职工们的工作，你们住在这里上学，的确也不容易。”老头叹道，“你既然怕你爸责怪你，我不给他说就是了。”

“真的？您可真是好人啊！”狗蛋喜出望外，又吸着鼻子说道，“可我吃了您的饭，您没有饭吃咋办啊？”

“没事，一顿不吃也不要紧。”老头笑眯眯地摇头。

“我给您找点吃的！”狗蛋赶紧四处翻箱倒柜地找了起来。他和东子有时候也来帮父亲洗碗干活，对灶房里的东西都很熟悉。

“有了！”狗蛋从一个柜子里找到了四枚鸡蛋，如获至宝地举起来，对老头说道，“爷爷，我给你炒几个鸡蛋吃吧！”

“你一个娃娃，会炒吗？”老头好奇地眯起了眼睛。

“当然会了，上次周末我爸骑车回家，我哥就带我在这灶上偷偷炒过鸡蛋吃。”狗蛋说着就取出了一个碗，笨手笨脚地把四个鸡蛋都打进了碗里。之前偷吃炒鸡蛋的时候，狗蛋虽然没有实际操作过，却也见东子做过。

“那行，你就炒鸡蛋给我吃！”老头见狗蛋极力要弥补自己的过失，也就给了他这个机会。

狗蛋学着东子的样子，在鸡蛋里丢了一点盐，然后用筷子打散，把一个炒锅坐在了还没有熄灭的小灶上。他还装模作样地拿起火钳在炉灶下面捅了几下，火苗居然就真的蹿了出来。

狗蛋又找到了清油，毛手毛脚地倒进锅里，没等油热又把鸡蛋倒进了锅里，鸡蛋并没有像东子炒的时候那样“滋啦”一声，而是和油和在了一起，一塌糊涂。

狗蛋顿时慌了，赶紧找来了勺子翻炒了几下，试图“拯救”被自己搞砸的炒鸡蛋。

“我来吧！”老头接过了勺子慢慢地翻炒，又捅了几下炉子。

不一会，鸡蛋终于凝固起来变成了一盘炒鸡蛋，老头就把鸡蛋盛了出来，坐在炉灶边的凳子上吃。

“我去蒸笼里给你找个馒头！”狗蛋记得蒸笼里经常有剩下的馒头，可蒸笼七八层叠起来有一米多高，狗蛋根本够不着。

“我来吧！”老头费力地推开了蒸笼，在最下层找到了两个冷馒头。

“我给你热热！”狗蛋又说道。

“不用了，你给我倒碗开水来喝吧！”老头把炒鸡蛋的盘子和馒头放在灶台上，搬了凳子就坐在灶台边吃。

狗蛋去暖壶里给老头倒水，却发现没有多少水了，只好给老头倒了半碗。

“只有这点水了，我再去给你烧！”狗蛋又找到了水壶，在水龙头上接了半壶水，坐在了火炉上。

“没事，你不用紧张，我随便吃点就行了，你炒的鸡蛋味道还不错嘛！”老头就着炒鸡蛋吃馒头，还称赞起了狗蛋的手艺。

“我其实也不会炒，还是您炒的呢。”狗蛋不好意思地低头。

“你叫什么名字？”

“王谦己，谦虚的谦。”狗蛋生怕老头以为自己叫王钱己，就赶紧解释。

“不错！”老头点头，“谦虚谨慎，谦谦君子，好名字。”

“爷爷，您是水利局里的大领导吗？”狗蛋好奇地问道。

“我可不是什么大领导，”老头笑道，“我叫左奉璋，他们都叫我左工，你叫我左大爷就好了！”

“啥？”狗蛋吃惊地瞪大眼睛，“您……您就是给我们家种子，让我们种瓜和麦子的那个左工？”

“你爸给你说起过我吗？”左工笑眯眯地吃着馒头。

“当然了！那年你给了我们家瓜种子，我们种了好多瓜，我妈愁得卖不出去，还是我帮着她吆喝才换来了粮食的。”狗蛋打开话匣子显摆起来，喋喋不休地给左工讲了那年母亲种瓜的事情。

“你这么小就这么能干，将来肯定有出息呢！”左工笑道。

“我，我其实笨得很，除了学习，啥都不如我哥。”狗蛋黯然，这倒是他的实话，他身体瘦弱，干活从来都不如东子。

“万般皆下品，唯有读书高！”左工却笑道，“书中自有黄金屋，书中自有千钟粟。你可不要自卑气馁，要好好读书！”

“我除了念书再啥都不如人，就只能好好念书了，不过，我的脑子好使呢，念书一点都不怕！”狗蛋又忘记了谦虚。

“有志气！好好念书，将来给你爸争气！”左工吃完了炒鸡蛋和馒头，站起身来就要走。

“左大爷，你等等水开了再喝点水去吧！”狗蛋还在为自己吃了左工的饭而内疚。

“不了，我还有工作没有做完。”左工摆了摆手。

“那您在哪里办公？等水开了我给您送去！”狗蛋自告奋勇。

“我在办公楼的一楼，你看到亮灯的就是。”左工说着就走了。

狗蛋等水壶里的水开了就灌进暖壶，提着来到办公大楼，果然一楼的办公室亮着灯。狗蛋敲了敲门，提着暖壶推开门，只见左工坐在一张大大的桌子边，拿着一个放大镜在看着一幅地图，他另一只手里的红蓝铅笔还在图上标注着什么。

“左大爷，我来给您送水了。”狗蛋低声说着，生怕打乱了左工的思路。

“唔。”左工佝偻着身子聚精会神地看着地图，压根就没有注意到狗蛋进来。

狗蛋看着左工比自己还瘦的身子，不禁好奇。这个瘦瘦的小老头，居然能设计建造出亚洲最大的沙漠水库！他既然干出了这么大的事业，应该算是功成名就了，为什么还要加班？据父亲说，这个左工虽然不是大领导，却是京城来的大工程师、大科学家，水利局最大的领导都得听他的。可自己“偷”吃了左工的饭，他居然不生气，反倒安慰自己。这个瘦弱小老头的身上，有一种狗蛋说不上来的力量。

“左大爷，你喝杯水歇歇吧！”狗蛋给左工的搪瓷缸子里倒上了水。

“谢谢。”左工这才端起搪瓷缸子喝了一口水。

“左大爷，您看的这个是啥图啊？”狗蛋好奇地问道。他发现左工看的地图和毛生初中地理课本上的地图不像，似乎是一种高级地图。

“这就是苍天般的腾格里啊！”左工拿起红蓝铅笔在地图上虚画了一圈。狗蛋看到那片区域的颜色是黄的，和其他地方不一样。

“我们虽然修了崖山水库，却不能完全治理好腾格里沙漠，还是要引黄济西呢！”左工喃喃自语。

“啥叫个引黄济西？”狗蛋又好奇地问道。

“引黄济西就是把黄河水引到西北来，彻底解决西北干旱的困难，从根本上治理好腾格里沙漠！”左工有些激动地在地图上用红蓝铅笔虚画了一道线，“我打算修建一条暗渠横穿腾格里沙漠，把黄河水引到你们家那边。”

“黄河水？”狗蛋记得父亲说过，黄河是一条大河，从金城穿过。

“金城到我们老家可远了，我爸坐车都要走两天呢，咋可能把黄河水引到我们那边的沙窝呢？”狗蛋表示怀疑。

“只要我们不放弃治沙的决心，办法总会比困难多呢！”左工笑道，“你还是个娃娃，不懂这些，等把黄河水引来，你们也长大了，就能把腾格里沙漠彻底治理好！”

“那您也不能把自己累坏啊！”狗蛋看着左工瘦弱的身体说道，夜已经深了，可左工还没有要下班的意思。

“我打算过几天去腾格里沙漠里勘测暗渠的路线，所以才加班看地图，我得先确定大体方位呢！”左工又拿起了放大镜和红蓝铅笔。

狗蛋便悄悄地出了门，不敢再打扰左工工作。

回到父亲的宿舍，狗蛋在桌子底下发现了父亲经常给他提饭的水桶。揭开毛巾，桶里的一碗面条早就坨住了，这才是父亲给狗蛋留的晚饭。狗蛋回来的时候天已经黑了，就没有发现桌子底下的水桶。狗蛋就把那碗坨了的面条也吃了，才一个人睡了。

周一的早晨，父亲风尘仆仆地骑着自行车回到了水利局，一向干净的裤腿上溅满了泥。他放好了自行车，洗了把脸就赶紧去做早点。

早点是鸡蛋汤加刀把子，职工们吃完后，父亲照例提着水桶给狗蛋送来了一小碗，他冷着脸问狗蛋："灶上柜子里咋少了四个鸡蛋？是不是你吃掉了？"

"不是我……"狗蛋低头说道，"是左大爷吃掉的。"

"左工的饭量一向很小，我留的一大盘菜他都吃掉了，咋可能再吃得下四个鸡蛋？"

"这……"狗蛋知道父亲虽然不识字，却极为精明，任何事情都很难瞒过他，看来只有坦白从宽了。

"我以为那盘木耳炒肉是你留给我的……"狗蛋就把昨天晚上"偷"吃左工晚饭的事情说了一遍。

"啥？你居然把左工的饭给吃掉了？"父亲脸色顿时沉了下来。

"左工没有生气，我给他炒了鸡蛋，找了两个刀把子让他吃了。"狗蛋赶紧说道，"我还烧了开水，给他送到办公室里了呢！"

"幸亏是左工不计较，要是别人还不知道说啥难听的话呢！"父亲瞪了一眼狗蛋，这才作罢。狗蛋心里的石头也才落了地。

收麦子的时候，狗蛋依旧没有回老家去。父亲每到周末就骑自行车赶回阳曹村去干活，终于把母亲辛苦种了一季的麦子收了上来。

狗蛋就帮着父亲在周末的时候伺候左工吃饭。左工一直在研究"引黄济西"工程的路线，每天晚上都在办公室里加班到深夜。他总是笑眯眯的，和狗蛋十分谈得来，两个人就成了忘年交。

# 第18章　腾格里沙漠勘测

麦子收上来后，母亲就又来城里住了，她拿卖麦子的钱给狗蛋买了一身新衣服，一件蓝色的涤卡军便服和条绒裤子。裤子很肥大，不仅春秋可以穿，冬天还可以套在棉裤上面。狗蛋终于告别了穿补丁衣服的历史。

东子又让母亲给狗蛋也买了一顶新式军帽，他说狗蛋戴的那种有五角星的帽子只有三年级以下的小娃娃才戴，狗蛋开学就要升五年级了，再戴那种帽子就太丢人了。狗蛋现在可是城里娃娃们的班长，母亲宁可自己一年不买新衣服，也不能让狗蛋在同学们面前抬不起头来。

一家四口就又挤在父亲那间单人宿舍里，母亲天天给东子、狗蛋做饭，不让父亲从大灶提饭。

这天晚饭，总务赵股长又来到了狗蛋家。

“赵股长，吃了没？吃些我们的甜中面？”母亲放下了碗就要给赵股长舀饭。

“不了，我已经在灶上吃过了。”赵股长坐在一边的条椅上。

“赵股长，抽烟。”父亲又从抽屉里拿出了早就干掉的过滤嘴“大前门”香烟，他从来不抽烟，这烟是备着招待客人的。

“娃娃们都长高了啊！”赵股长抽着烟，看着坐在三屉桌前吃饭的东子和狗蛋。

东子十三岁，狗蛋也十岁了，现在生活好了，吃得也好了，他们的个子就都蹿高了一大截。狗蛋的身子没有以前那么瘦弱，脸蛋红扑扑的也成了大小伙。

“你家小娃在东关小学上得不错吧？”赵股长说道，“我听说他回回考试都是第一名。”

“还行吧，这都是托了您的关系才问上的学，他要是不好好学可对不起您。”父亲笑道。

“没事，我舅佬是东关小学的教导主任，给娃娃们问个学就是一句话的事情。”赵股长摆了摆手又说道，“王大师，左工说过几天就要进腾格里沙漠勘测呢，这后勤可是个大问题，你准备好了没?”

“我一个厨师没啥好准备的，围裙包了菜刀随时都能走。”父亲笑道，“关键是你得给我准备好米面粮油，瓜果蔬菜，巧媳妇难做无米之炊啊，沙窝里我可变不出饭来。”

“这个你放心，我们准备了两个军用货车的拖斗（货车车厢），一个装吃的，一个就是你的厨房，万一补给不够还可以让他们送。”赵股长抽着烟说道。

“进了大沙窝，万一迷路出都出不来，咋往里头送东西?”父亲皱起眉头，他可是从小在腾格里沙漠边长大的，再加上狗蛋爷爷是驼商，当年给父亲讲过很多腾格里沙漠里的事情。所以，父亲深知腾格里沙漠的凶险。

“没事，这次腾格里沙漠勘测，省上派了飞机天天跟着我们，万一有啥问题，我们还可以让直升机给我们空投物资!”赵股长笑道。

“直升机?”狗蛋一家四口不约而同地瞪大了眼睛。

东子、狗蛋经常看到天空有喷气式飞机拖出一条白线，却从来没有见过直升机。

“再说了，你不就是腾格里沙漠边的人吗?”赵股长弹了弹烟灰说道，“那天在会上，左工说你不仅是厨师，还是腾格里沙漠里的向导，还说这次勘测谁不去都行，唯独不能少了你王大师!”

“我就是一个烧火做饭的，最多有些沙窝里走路的经验，哪里能比得上局里的工程师们啊!”父亲笑道。

“你不要谦虚嘛，这次腾格里沙漠勘测可是一件大好事!”赵股长说道，“不光有奖金补助、荣誉证书，还有一件风衣呢!局里不知道多少人找了领导挤破头地要去，就连我都没有争取到机会，左工一句话可就把你的名额给定下了。”

赵股长的话里，明显有些酸味。

“奖金荣誉啥的我没想，”父亲看着东子、狗蛋叹道，“我就想着能把腾格里沙漠治理好，让我们的子孙后代不再为吃饭发愁!”

“还是你觉悟高，能力强啊!”赵股长干笑一声又说道，“这次去腾格里勘测，局里打算就派你一个厨师去。”

“就派我一个人去?”父亲愕然，“我一个人管着两个拖斗的东西，还得做饭，要是遇到事情，连个搭把手的人都没有啊！”

“这个情况局里也是知道的。”赵股长叹了一口气说道，“可我们大灶上现在就你一个大师傅，再也没有人啊！”

“这……”父亲皱起了眉头。

这几年水利局修了几处家属院，好多职工都成了家，大灶上吃饭的人就越来越少，局里就只留下了他一个厨师，其他厨师都分配到了下面的水管所。现在去腾格里沙漠勘测，其实完全可以从下面的水管所里调两个厨师来帮忙，可赵股长却提都不提。父亲就说道：“要不从下面水管所调个厨师来给我帮忙，再有一个人就行。”

“下面的水管所也没有闲人啊，每个水管所里就一个厨师，要是调上来整个水管所的人都吃不上饭了，水管所灶上吃饭的人可多了，不像局里大灶上这么清闲。”赵股长顿了顿，抬头看着狗蛋母亲说道，“田嫂子，要不你跟着去给王大师帮几天忙？”

“我……”母亲端着饭碗愣住了。

“田嫂子，不让你白帮忙，有工资呢！”赵股长见母亲面露难色，赶紧说道。

“他肺上有病，从医院里出来还没一年，要是去一趟沙窝肺病再犯了，挣的那点工资恐怕还不够看病！”父亲没好气地说道。

“这可就难办了！”赵股长见父亲脸色不悦，便也冷着脸说道，“王大师，局里培养了你多年，又派你去金城学了手艺，你也得为局里考虑一下难处啊！”

“这……”父亲语塞。他现在成了沙城县最有名的大厨，每个周末都在有头有脸的人家做席。他还给婚丧嫁娶的人家炒菜，挣了不少的绸缎被面。水利局好多人就说起了怪话，说到底，父亲的手艺的确是水利局花钱培养的。

“你们一家子住在局里，好多人都有意见，我和领导们可都给你压着呢！”赵股长又皱起了眉头，“还有一些人在背后说，田嫂子这一季在乡里种地，你的两个娃娃都在灶上悄悄吃饭，你也得考虑一下影响，体谅我们的难处嘛！”

父亲沉默了。他给东子、狗蛋提饭吃的事情，早就是水利局公开的秘密。父亲其实也没有办法，他那么忙，母亲又不在，东子、狗蛋自己做饭实在太耽误时间。人们的那些风言风语本来就让父亲有很大的压力，现在赵股长公开说出来，父亲自然是无言以对。

“赵股长，您别说了，我跟你们去腾格里沙漠就是了。”母亲叹道。

“腾格里的风沙有多大，你又不是不知道！”父亲瞪了母亲一眼，“你肺上的病才好了些，就别逞能了！”

“我……”母亲一愣，低下了头。

“爸，让我跟你去吧！”东子却兴奋地说道，“灶上的活我啥都能干，保证比妈还强！”

“爸，我也去！”狗蛋也是自告奋勇，他对腾格里沙漠本来就充满了无限向往，更何况这次勘测还有飞机，肯定很好玩。

“胡闹！你们会干个啥？”父亲瞪了东子、狗蛋一眼。

“爸，我保证啥都能干！”东子坚持道，他偶尔去大灶上给父亲帮忙，的确是什么都会干，父亲也一直把东子当大人使唤。

“王大师，娃娃们积极性这么高，你咋能打击呢？”赵股长却帮着东子和狗蛋说话，“他们虽然是娃娃，却也有去腾格里沙漠的勇气，不愧是我们沙城水利的接班人呢，你应该鼓励他们才对啊！”

父亲没有理会赵股长的话，母亲却皱着眉头说道：“再咋说，他俩也还是娃娃啊！”

“十几岁就是男子汉了嘛，过去的人十三四岁就要娶媳妇了呢！”赵股长看着东子和狗蛋笑道，“你的这两个儿子都是腾格里沙漠边长大的，肯定比一个大人还强！”

“没错，我们比大人还清楚腾格里沙漠里的事情！”东子激动地说道。

“我们两个加起来肯定比一个大人强！”狗蛋也说道。

他俩倒不是有多么高的觉悟，就是想跟着父亲横穿腾格里沙漠，去看看没有见过的直升机。

“好吧，既然你们想去就去吧！”父亲叹道。

母亲却吃惊地看着父亲说：“他俩才几岁，你就带他们横穿腾格里沙漠？”

“放心吧，有我看着他们不会有事的。”父亲顿了顿，又叹道，“他俩吃了水利局的饭，就得为水利局出份力！”

母亲低头不语，这才明白父亲是被赵股长挤兑后，不想再让人说闲话。

“这就对了嘛！”赵股长见父亲答应了让东子、狗蛋去帮忙，便笑道，“田嫂子，你不用担心，我们这次勘测有十几辆车，带足了水和吃的，还配备了随行的医生，就算有啥紧急情况，还有直升机呢！”

“好吧。”母亲虽然担心，可父亲已经决定，她也就不再说什么了。

“哇，我们能去腾格里沙漠了！”东子和狗蛋兴奋地跳了起来。

“那这事就这么说定了！”赵股长站起身来，“你们收拾一下，三天后就要出发呢！”

“好的，到时候我带着两个儿子负责做饭！”父亲站起来送赵股长出去。

走到了门口，赵股长又停住了脚步，假装为难地说道：“王大师，你的两个儿子虽然很不错，可毕竟是孩子，所以只能发一个人的工资，免得人家说闲话啊！”

“不发都行呢，你不是说了吗，他们是沙城水利的接班人，还吃了水利局的饭，有啥脸要工资！”父亲没好气地说道。

“好，好！还是你觉悟高！”赵股长干笑着走了。

房间里安静下来。

“你真的要带他们进腾格里沙漠？”母亲担心地问道。

“嗯。”父亲点了点头叹道，“带他们去看看他们爷爷走过的路也好。”

“这……”狗蛋娘仨这才明白，父亲决定带东子、狗蛋去腾格里沙漠勘测，主要目的是想让他们看看狗蛋爷爷当年当驼商时走过的路。

“你们也大了，凡事小心，多给你爸帮忙，别惹他发火。”母亲忍不住把东子、狗蛋揽进怀里嘱咐。

“妈，您放心，我不仅能给爸帮忙，还保证看好狗蛋！”东子信心满满地笑道。

“我都这么大了，不用人看着。”狗蛋也仿佛一下子长大了。

“去吧！去看看你们爷爷当年走过的腾格里沙漠，从今天开始，你们都是大人了！”母亲又抹起了眼泪。

“行了，他们没有你想的那么娇气，我在他们这么大的时候，已经一个人住在腾格里沙漠里放羊了！”父亲却满不在乎。

过了三天，“引黄济西”的勘测队就在水利局集合，准备出发。办公大楼前彩旗飘飘，锣鼓喧天。县里的重要领导都来了，坐在办公楼大门口的主席台上讲话。

“此次‘引黄济西’勘测是利国利民，造福子孙，千秋万代的大好事，是我们县今年最重要的工作。此次勘测要是成功，就能引来黄河水，我们沙城县就会告别干旱的历史，成为‘塞上江南’。预祝我们的勘测队在左工的带领下，圆满地完成这次勘测任务！”

“哗！”会场里所有的人都兴奋地鼓起掌来。只要引来了黄河水，沙城县的人民就再也不用饿肚子了。

东子和狗蛋骑在一辆军用卡车车斗的后帮上，也用力地鼓掌。这个车斗里装的是米面粮油，瓜果蔬菜，是此次勘测队的食物“仓库”。这种卡车的车斗只是一个车厢，并没有动力，需要别的车牵引着才能走。车帮上竖起一道道铁架子，蒙上帆布，形成了一个封闭的空间，就像一个小房子。车厢里放着一张行军折叠床，这就是东子和狗蛋住的地方。他们兄弟俩除了给父亲帮忙做饭，还要看管这一车的食品物资。

“下面请左工讲话！”主持人请左工讲话。

主席台上的左工佝偻着身子，并没有站起来讲话的意思，主持人就赶紧把话筒拿到了左工跟前，左工却说道：“我没啥说的。”

会场上顿时一片寂静。

左工叹了一口气才又说道：“‘引黄济西’工程现在只是论证阶段，能不能行得通还要这次勘测完了再说。即便是行得通，‘引黄济西’的工程比崖山水库的工程还大，恐怕要几代人几十年才能修成。你们现在这么大鸣大放，好像‘引黄济西’工程马上就搞成功了一样，实在是有些操之过急啊。”

热火朝天的会场顿时冷了下来。

“我们水利人，搞的都是千秋万代，造福子孙的大事，可不能搞虚架子。”左工又叹道，“我们只有脚踏实地，不骄不躁，才能把事情做好，不管是几代人，还是几十年，我们肯定能治理好腾格里沙漠。到时候，我们沙城县的天空就不会再有遮天蔽日的沙尘暴，我们沙城县的人们不仅不饿肚子，还能脱贫致富奔小康，过上无忧无虑的好日子！”

“哗！”会场上又响起了雷鸣般的掌声。

“左工讲得可真好啊！”

“只要我们脚踏实地，一代接一代地奋斗，肯定能治住腾格里的沙子！”

“没错！到时候我们沙城县也成了好地方，说不定外地的媳妇都要嫁到我们这里来呢！”

众人纷纷热烈地议论。

“我们沙城县水利人，都要谨记左工的嘱咐，戒骄戒躁，脚踏实地，搞好我们沙城县的治沙工作！”水利局的领导站起来大声说道，“现在我宣布，‘引黄济西’工程的勘测队正式出发！”

“啪啪啪！”一阵鞭炮响起，锣鼓也热闹地响起来。

左工走下主席台，带着几个人上了一辆绿色的吉普车率先出发。后面又是三辆吉普车，这些吉普车里坐的都是勘测队的技术人员。吉普车过后，就是一辆新式的“东风”牌大卡车，牵引着两个蒙着帆布的车斗，车斗里装的都是勘测仪器和帐篷什么的。后面一辆“东风”车也拉着两个车斗，第一个车斗就是父亲的“厨房”，第二个车斗里就是东子和狗蛋看管的“仓库”。

车队浩浩荡荡地开出水利局，朝东出了沙城县城，走上了石子路，变得十分颠簸。走了不到十公里，车队来到了一处名叫“东沙窝”的地方，这里已经是腾格里沙漠的边缘了。这里的沙丘并不高，沙丘下还有一些瓜田。沙漠边上日照强烈，昼夜温差大，是种瓜的好地方。

左工他们的吉普车轰鸣着冲上沙丘，沿着平缓的沙梁，消失在了沙海里。拉车斗的“东风”车却爬不上沙丘，勘测队就用四辆“东方红”牌的拖拉机来牵引车斗。“东方红”是我国最早自主制造的一批拖拉机，后面的大轮胎有一人多高，是力大无穷的巨无霸，可以爬上低一点的沙丘。四辆拖拉机牵引着四个车斗，“突突突”大声轰鸣，冒着黑烟爬上了沙梁，沿着吉普车的车辙印，也进入了腾格里沙漠。

这可是考验司机水平的时候，“东方红”拖拉机虽然强悍，但拖着沉重的车斗，太高大的沙丘也是爬不上去的。司机得仔细研究前面的沙丘，想办法从缓一些的沙梁爬上去，所以走得极慢。东子和狗蛋骑坐在车斗后帮上，甩着腿，优哉游哉地看着腾格里沙漠里的美景。

这里是腾格里沙漠的边缘，随处可见绿色的芦苇、甘草、芨芨……好久没有见到沙漠了，狗蛋觉得是那么亲切。拖拉机爬上沙梁的时候，狗蛋还能看到远处沙漠边绿油油的瓜地。甚至还可以看到沙城县里的一些烟囱和水塔。

“哥！你看，那边的沙丘上居然有树！”狗蛋指着远处的一个沙丘惊喜地叫道。

东子转头，就见一个高大的沙丘顶上真的长着三棵树。

拖拉机“突突突”地冒着黑烟爬到那个大沙丘边，只见四辆吉普车停在沙丘下，拖拉机也就停了下来。东子直接从车斗上面跳下来，狗蛋却有些害怕，哆哆嗦嗦地不敢跳。

“你个怂货，沙子这么软，就算再高，跳下来也摔不死你！”东子笑骂。

狗蛋便闭起了眼睛，纵身跳下了车斗。下面的沙子果然十分松软，狗蛋滚了一个蛋，什么事都没有。

“王大师，吃午饭吧！”左工手搭凉棚，眯起了眼睛对车斗里的父亲说道。

“您想吃啥，我这就做！”父亲围好了围裙。

“没时间做饭吃了，我们吃些西瓜泡馍继续赶路吧！”左工又眯起了眼睛，透过“酒瓶底”看着远处的大沙丘说道，“照现在的速度，过了这三棵胡杨，还得走半天才能到南湖，我们尽量晚上赶到南湖科研基地，在那里宿营。”

“好！”父亲跳下车斗，对东子和狗蛋说道，“你们去车斗里抱些瓜来，拿到上面的‘梧桐’树下，让大家边乘凉边吃！”

“嗯。”东子答应一声，就麻利地爬上了车斗，狗蛋试了一下，却没有爬上去。

“你别上来了，在下面接瓜！”东子从车斗里抱出一个大西瓜，就扔了下来。狗蛋赶紧把瓜接在怀里，却差点被瓜砸倒。他害怕被别人看到自己的没用，便调整了一下站姿，在沙子里站稳，接住了东子扔下来的第二个瓜。

扔了好些瓜，东子和狗蛋就用袋子装了，费力地拖到沙丘的树下。他们虽然年纪小，可从小在腾格里沙漠边爬惯了沙丘，所以一点都不费力。几个技术员爬上沙丘，在树下累得气喘吁吁。跑了几趟，东子和狗蛋抱来好多西瓜，父亲又提来了一大包早就蒸好的馍馍，勘测队的几十号人就围坐在树下吃午饭。

这三棵树正是“千年不死，死了千年不倒，倒了千年不腐”的胡杨，不过在狗蛋的老家，人们把胡杨叫“梧桐”，因为胡杨的叶子有五个分叉，和梧桐树差不多。所以，父亲刚才还是把胡杨叫梧桐。

# 第19章　沙海里的科研所

父亲用刀子把每个西瓜都一切两半，分给每个勘测队员一半西瓜，大家就拿起筷子吃起了“西瓜泡馍”。

“西瓜泡馍”是沙城县人的一种独特吃法，一般不用勺子，而是用筷子。要是用勺子吃，瓜碗里就没有汁水，只有用筷子搅着吃，瓜碗里的水才会越来越多，把干馍馍泡进去就能充分吸收西瓜的甜汁，吃起来非常美味。

现在已经到了腾格里沙漠里面，狗蛋极目远眺，只见到处是大大小小的沙丘。沙丘下面的拖拉机和吉普车因为离得太远，变得和架子车一样小。

“大家快点吃，吃完了抓紧赶路，晚上就去南湖实验基地宿营。”左工大口大口地吃着西瓜泡馍。

狗蛋不禁感叹，左工的年岁已经很大了，又是工程师、大干部，可他为了赶路，还是和大家一样吃着简单的西瓜泡馍。这个小老头一进腾格里沙漠仿佛就换了一个人，他不仅眼睛炯炯有神，背似乎都不佝偻了。

大家听了左工的话，便赶紧吃了西瓜泡馍继续坐车出发。虽然已经是秋天，可腾格里沙漠里的昼夜温差极大，下午天气非常热，东子、狗蛋闷在密不透风的车厢里都是大汗淋漓。好在他们从小就光着屁股在沙漠里玩，早就习惯了沙漠里的酷热。

东子切了一个甜瓜和狗蛋吃了，兄弟俩就骑坐在车厢后面的车帮上吹风。可拖拉机走得实在是太慢，一点风都没有。四周是浩瀚无垠的沙海，拖拉机“突突突”地在沙海里费力爬行，打破了腾格里沙漠的宁静。

“兔子！”眼尖的狗蛋忽然指着远处的沙丘下面叫道。只见一只黄色的兔子竖着长长的耳朵，呆呆地盯着拖拉机。

“要是小兵在，肯定能用弹弓打到这兔子！”狗蛋望“兔”兴叹。

兄弟俩坐在车帮上，任由拖拉机冒着黑烟费力地爬过一个又一个沙梁。黄昏时分，夕阳给每一个沙丘都镀上了金边，在浩瀚无垠的沙海里如同无数的金浪在舞动。

天渐渐地黑了，可拖拉机还是“突突突”地费力爬行，如同沙海中飘摇的小舟。

“哥，北斗七星！”狗蛋指着星空中的北斗七星。在乡下的时候，狗蛋几乎每天都能看到北斗七星，还有银河边的牛郎织女星。可自从进了城，狗蛋只有偶尔跟着东子去水利局的楼顶才能看到满天的繁星。

一直走到半夜，远处的沙海里终于出现了一些灯光。拖拉机就朝灯光所在的方向开去，最后停在了一院用夯土墙围起来的平房跟前。

“这就是左工的科研基地？”狗蛋愕然。

在他的想象里，左工的科研基地应该是一处钢筋水泥做成的高大、宏伟、气派的建筑。可没想到，却是一院夯土墙修建起来的平房，就和阳曹村的房屋差不多。这所实验基地虽然寒酸，却是极大。用夯土墙围住的院子里种着好多块试验田。四辆吉普车加四辆拖拉机停在院子里，一点都不拥挤。院子里放着一个大铁槽，里面燃着炭火，上面就烤着好多肉。

“哇，真香！”狗蛋嗅到了一股烤肉的香味。

“王大师，大家都饿得不行了，就先烤了路上打来的兔子。”左工咬着烤兔肉，费力地嚼着。

“我马上做饭！”父亲打开了餐车的后门，招呼东子、狗蛋赶紧做饭。

坐了一天的车，终于到他们工作的时间了。东子麻利地从“仓库”车里取来了一些菜送到餐车上，然后就带着狗蛋去井边抬水。科研基地的井是压井，一下一下地压动杠杆就能出水。东子和狗蛋抬来了水就开始洗菜，父亲便“叮叮咣咣”地在餐车里忙了起来。不到半小时，父子三人就做好了一大锅酸汤面条。在沙漠里走了一天，大家都有些脱水，胃里都很干，吃一碗酸汤面条既解暑，又开胃。

科研基地的工人拉来了电灯架在大车顶上，把院子照得明亮。父亲的餐车上放着一个梯子，大家去餐车打了饭，就蹲在院子里吃。等所有人都打了饭，父亲才带着东子、狗蛋把锅底的饭舀了，来到电灯的亮处吃。

“哈哈，你咋长胡子了！”狗蛋忽然指着东子的脸大笑。原来东子的鼻孔下有一团黑灰，就像长了小胡子。

东子赶紧抹了一把，把鼻子上的黑灰抹掉，对狗蛋说道：“笑屁呢，你也一样！”

“哦？”狗蛋也赶紧抹了一把鼻子下面，果然一手黑灰。

“这是啥啊？”狗蛋好奇地问道。

“这是拖拉机烟囱里的黑灰，我们坐在拖拉机后面走了一天，鼻子里就吸上黑灰了。”东子一边大口大口地吃着饭一边说，“赶紧吃吧，没时间闲扯了！”

匆匆吃完饭，时间已经到了下半夜，勘测队员就赶紧找地方睡觉。东子和狗蛋跟着父亲洗掉锅碗，收拾好炉灶后，天已经蒙蒙亮了。

“你们去睡吧，我做早点。”父亲打发东子、狗蛋去睡觉。

“爸，我们不瞌睡，我们帮你做早点吧！”东子却说道。

“是的，我们不瞌睡。”狗蛋嘴里说着不瞌睡，却打了一个大大哈欠，眼泪都下来了。

“狗蛋去睡吧！”父亲吩咐了一声，就去揉面做“刀把子”了，东子费力地端来了蒸笼，在笼屉上面抹油。

“哥，我来和你抬。”狗蛋就帮东子抬蒸笼。

“你去睡吧，”东子说道，“我一个人能行。”

“没事，我真的不瞌睡。”狗蛋打着哈欠，帮东子抬来蒸笼，把父亲变戏法一样做好的“刀把子”摆放在了抹好油的笼屉里。

兄弟俩抬起蒸笼一层层地放在蒸锅上，用湿抹布塞住笼屉之间的缝隙，以免漏气，然后用簸箕铲来了炭，加在炉子里放火蒸馒头。父亲早就开始烧蛋花汤了，他用一个铁丝做的打蛋器把一大盆鸡蛋液打得散散的，然后在烧开的锅里搅进搓好的面，做成拌面汤，最后，父亲左手浇鸡蛋汁，右手用勺子快速地搅动锅里的拌面汤，就像在跳舞。拌面汤里顿时就飘起了无数漂亮的蛋花，又薄又散。左工吩咐过，勘测队员体力消耗很大，必须保证他们每人每天能吃到两个鸡蛋。

天大亮的时候，一层层笼屉里的“刀把子”就蒸熟了，看火的狗蛋却早就支持不住，歪在炉子边睡着了。

“起来，帮我抬笼屉！”东子踢了一脚狗蛋。

“哦?”狗蛋睁开了惺忪的睡眼，茫然四顾，忘了自己是谁，身在何处，他从来没有这么累过。

“快点!”父亲催促。

狗蛋这才一个激灵回过神来，一骨碌爬起，帮东子抬下一层层笼屉。勘测队员们早都起来了，拿着自己的搪瓷缸子过来吃饭，父亲就快速地给他们打饭，一人两个“刀把子”，两勺鸡蛋汤。左工也佝偻着身子，夹着自己的大搪瓷缸子来打饭。父亲的勺子一翻，就在锅底稠稠舀了一勺满是鸡蛋的汤，倒在了左工的搪瓷缸子里。

“够了，我吃不多。”左工只要了一勺鸡蛋汤，拿了一个“刀把子”。

“您吃这么点咋能行呢?”父亲皱起了眉头。

“胃里干得很，吃不下。”左工无奈地摇头，便小心翼翼地下了餐车。

“唉!”父亲也无奈地摇头。

狗蛋也舀了一碗鸡蛋汤，拿了一个“刀把子”，蹲到了左工身边吃。

“左大爷，我们家的西瓜和麦子种子，就是您在这里培育的?”狗蛋在周末的时候经常伺候左工吃饭，还给他送开水，和左工很熟悉。

“是啊，就是那片试验田里培育出来的。”左工用下巴点了点远处的试验田。

“我还以为你的实验基地有多攒劲呢，原来就是个土院子。”狗蛋笑道。

“实验基地不在乎修得有多气派，能搞研究就行。”左工呼啦啦地喝着鸡蛋汤。

“这里叫南湖?”狗蛋又问道，他和左工在一起的时候总有问不完的问题。

“是的，这里虽然是腾格里沙漠腹地，但曾经是一个大湖，所以地下水位不深，随便挖几米就能出水。”左工也很喜欢给狗蛋解答一些问题，“我计划把你们老家的人移民到南湖来，这里的生态条件比你们青湖镇那边好一些。你们青湖镇要是移民掉一部分人，生态压力就没有那么大，再加以治理，腾格里沙漠也就慢慢变成绿洲了，这才是治本的办法呢!”

匆匆吃完早饭，勘测队就又出发了。

“你们赶紧去睡觉，中午过来帮我做饭!”父亲说道。

“嗯。”东子、狗蛋早就瞌睡了，赶紧爬进了仓库车去睡觉。

“突突突!”拖拉机发出了轰鸣声，冒着黑烟，跟着吉普车出了南湖科研基地。

仓库车里，东子和狗蛋就钻进了被窝。秋日的腾格里沙漠，下午热死人，清晨却有一丝寒意，狗蛋抱着东子取暖，闭上眼就睡着了。睡了四五个小时，拖拉机就停了。

“快起来，要做饭了！”东子一骨碌爬起来，推着迷迷糊糊的狗蛋。狗蛋又睡得忘记发生了什么，跌跌撞撞地跟着东子下了仓库车，来到餐车。

却见父亲已经在蒸笼里蒸上了米饭。那时候可没有什么电饭锅，米饭就只能用锅焖，或者上蒸笼蒸。勘测队里二十多号人，用锅焖米饭显然不行，父亲就把米饭盛在一个一个碗里，按比例放了水，摆在蒸笼里蒸。

“快点淘菜！”父亲说着，手里快速地干着活。

东子、狗蛋就赶紧在一个大铝盆里倒满了水准备淘菜。

“别用那么多水，万一前面找不到海子可就麻烦了！”父亲深知在腾格里沙漠里节约用水的重要性。

“哦。”东子和狗蛋就赶紧淘菜，父亲把他们淘过的菜拿过来“当当当”地切好。东子和狗蛋淘菜的速度还赶不上父亲切菜的速度。不一会儿，案板上就堆起了小山一样的菜。

父亲又拿起大铲子在大行军锅里炒菜，很快就炒好了一锅菜。他把碗里蒸熟的米饭用筷子一搅，就倒进了勘测队员的搪瓷缸子里，然后快速地在上面浇一勺菜，勘测队员就端着缸子去吃了。父亲打饭的速度极快，几乎不用大家排队，他知道勘测任务重、时间紧，如果磨磨蹭蹭地在腾格里沙漠里待的时间太长，遇上危险情况可就糟糕了。

直到所有的勘测队员都打到了饭，狗蛋父子三人才开始吃饭。狗蛋发现勘测队伍已经到了腾格里沙漠的深处，四周都是光秃秃的沙丘，连一根草都没有。

勘测队伍宿营休息的这个地方是一个沙谷，风纷纷扬扬吹起四周沙丘顶上的沙子，落进了大家的碗里，米饭吃起来便有些硌牙。好多人就躲在车厢下面吃。匆匆吃完饭，大家就又出发了。等东子、狗蛋帮父亲收拾好了锅灶碗筷，已经是下午两点了。

“快去睡一会儿。”父亲对东子、狗蛋说着，他自己也拉开了一张折叠床，随便铺了被褥，倒头就睡着了。

东子、狗蛋跳下了行驶中的餐车，又爬上了仓库车。拖拉机在沙漠里爬行得极慢，比人步行也快不了多少，所以爬上爬下完全没有问题。兄弟俩睡了三四个小时，等起来已经是傍晚了。勘测队打算宿营，车队便停了下来。

“王大师，你看我们在哪里下帐篷好？”左工下了吉普车，到餐车边问父亲。

父亲手搭凉棚，四下里看了看说道：“去那边吧，那里的上风方向没有大的沙丘，就不会有太多的沙子刮来，而且那里下风是个大沙丘，也挡住了风。”

“好，我们就去王大师说的那个地方搭帐篷！”左工吩咐勘测队员，“我可不想再就着沙子吃饭了！”

“是。”勘测队员就去父亲说的地方搭帐篷，他们发现这里的风沙果然比别处小得多。

父亲带着东子、狗蛋做好了饭，大家就打了饭，点亮了煤油马灯，幕天席地，吃起了饭。

“王大师，你选的这个地方还真不错，果然没有多少风沙。”有个年轻的勘测队员笑道，“你是怎么知道沙漠里的这些事情？”

“我小时候就在腾格里沙漠里放羊，连个帐篷都没有，就住在自己搭的草棚子里。”父亲叹道，“我也是没有办法，才积累了一些在沙漠里生活的经验。”

“那我们以后可得多请教你。”年轻的勘测队员笑道。

“你太客气了，我就是个厨师，大字不识一个，勘测的事情可一点都不懂。”父亲不好意思地笑了笑。

“你虽然不懂勘测，却是腾格里沙漠里的生存专家，我这次专门要你来，就是想让你帮我们横穿腾格里沙漠！”左工笑道，“我们这次的勘测任务，关键就是要寻找到一条穿越腾格里沙漠的最佳路线，我们的仪器说不定都不如你这个专家呢。”

“左工，您把我夸得都不好意思了！”父亲叹道，“您为了治沙耗尽心血，我能跟着您一起治沙，心里也有劲呢！”

“都是为了沙城县的子孙后代不再挨饿受穷啊！”左工看着夜幕下如同群山一般的沙丘喟然长叹，“这苍天般的腾格里，治理不好就是沙尘暴的‘策源地’，可治理好了就是造福人民的聚宝盆呢！”

吃过饭，众人就进帐篷睡觉了，每个人都分了一张折叠床，带着自己的被褥。腾格里沙漠昼夜温差极大，正所谓“早穿皮袄午披纱，怀抱火炉吃西瓜”，所以大家不能直接睡在沙地上。

“轰隆隆！”第二天一大早，狗蛋就被一阵巨大的轰鸣声吵醒了。

“快，是直升机！”东子系着纽扣就跳下了车。

狗蛋也赶紧穿好衣服跳下车，仰头望去，果然一架军绿色的直升机从天边飞来。它飞得很低，下面似乎还有一个发光的东西，一闪一闪的。

“哇！”狗蛋兴奋地大叫，挥手给直升机打招呼。

直升机盘旋了一圈后就飞走了。

“直升机是来确定我们方位的。”左工说道，“以后，每天早上直升机都会来，万一遇到什么紧急情况，我们就可以请求它的支援。”

众人都站在沙地上，目送直升机消失在远处的沙海里。

“抓紧时间吃饭，吃过继续出发！”左工信心满满地说道。

就这样，勘测队一路向东北方向寻路而行。每天吃过饭，吉普车就带着仪器提前出发，勘测路径，确定方位。那些年可没有电脑，一切都得人工操控、记录、存储。

四辆拖拉机就拉着物资车和餐车慢慢跟在后面。直升机每天早上都会来一趟，看勘测队有没有什么问题，左工有时候就拿着特殊的通信设备，和飞机上的人说话。

艰难前行一周之后，勘测队已经到了腾格里沙漠腹地的无尽沙海之中。勘测队就像是大海中的孤舟，几乎与世隔绝。飞机成了大家唯一的心理寄托。每天早上，大家看到直升机如期而至，心中就踏实了。如果哪天飞机来迟了，大家都会惴惴不安地看着天空，竖起耳朵听天边有没有飞机的轰鸣声。

大家的表情都很木讷，谁也不爱多说话。就连一向滔滔不绝的狗蛋，也变得沉默寡言。每次帮父亲做完饭，狗蛋和东子就抓几只“屎爬牛”，在它们身上扎了沙棘刺玩。“屎爬牛”是一种黑色的甲虫，在沙漠里随处可见，不怕酷热，还会打洞，吃的是草根草籽一类的东西。

看着可怜的“屎爬牛”驮着沙棘刺在沙地上拖出一条条印记，狗蛋和东子都是目光呆滞，百无聊赖。在茫茫沙海中日复一日地像乌龟般爬行，东子和狗蛋早就失去了最初的热情。每天睁开眼，看到的都是一模一样的沙丘。

这天下午，东子和狗蛋躺在车斗里昏昏欲睡，就听见在“突突突”的拖拉机声里似乎有人的欢呼声。

东子一骨碌爬起来，狗蛋却还迷迷糊糊的。

“海子！”东子骑在车后帮上惊喜地大叫。

“啥？”狗蛋也赶快爬起来，骑在车帮上伸长了脖子朝远处看。

只见远处的沙丘下面，有一大片蓝宝石一样的海子。

这漫天黄沙中间的蓝色海子如同一针强心剂，让所有人都兴奋起来。吉普车早就翻越了沙梁，朝海子疾驰而去。拖拉机也拉着沉重的拖斗，开足马力朝海子爬去。

海子看似不远，可拖拉机爬得像蜗牛一般慢，一直到黄昏的时候才来到了海子边。东子和狗蛋早就跳下车斗奋力奔跑，超过了拖拉机，飞奔到了海子边。

吉普车里的勘测队员早到了海子边，用手捧着水在大口大口地喝，有些人就在海子里洗手洗脸。这几天一直没有遇到水源，勘测队的储备水已经告急了。

每天早上大家都不敢用脸盆洗脸，而是含一口水徐徐吐下，用手接了洗手，最后洗脸。这是父亲教给大家的在腾格里沙漠里洗脸的土方法，虽然不是很卫生，却能极大地节约水，一两口水，就能洗完手脸。

现在，大家见到了这么大的海子，就兴奋地把水泼在脸上，洗掉了脸上多日积攒的沙子，也洗去了这几天心里的郁闷和烦燥。

“你们不能这样！”狗蛋却急了，大声叫道，“我外公说过，腾格里沙漠里的海子里住着神牛呢，我们要是弄脏了海子里的水，神牛发怒就会吹出黑风，也就是沙尘暴！”

“哈哈哈！”众人都大笑起来。

“狗蛋，你都是五年级的学生了，咋还相信这些传说。”

“这传说就是你外公骗你玩的。”

“现在新社会了，谁还信这些。”

勘测队的人这几天都熟悉了狗蛋，对他傻乎乎又较真的性子既喜欢又觉得可笑。

“这……”狗蛋低头不语，他忽然发现，外公讲的关于腾格里沙漠海子神牛的传说，真的只是传说，不可能是真的。

“不，这可不是胡乱说的！”父亲却从餐车的车斗上跳下来，对大家说道，“关于腾格里沙漠海子里有神牛的传说自古就有。我那天就是站在沙丘上听到了‘神牛’的哞哞声，才让左工改变了方向朝这里来的，果然就找到了海子。虽然新社会不提倡这些，可我们还是要对这片海子心存敬意！”

众人见父亲说得一本正经，都愣住了。

“王大师说得没错！”左工又说道，“我就是听了他的建议，改变了路线才找到这片海子的。不管这海子里有没有神牛，我们都要感激那个哞哞声带着我们找到了水源。其实这些传说也是有科学道理的。腾格里沙漠里水源极其珍贵，这片海子不知道滋养了多少的生命，我们要是恣意妄为，污染了这里的水源，好多生命可能就要消失。如果这里的生态环境和食物链被破坏，海子就会枯竭，到时候肯定就会引发沙尘暴，就会影响到我们每一个人。我们就算不敬畏那不存在的神牛，也得敬畏大自然，敬畏这腾格里！”

“左工说得真好！”

“是啊！我们就算不敬畏神牛，也得敬畏大自然！”

“没错，我们治沙就是要改善腾格里沙漠里的环境，我们可不能破坏这片海子的宁静！”

众人也纷纷点头。

“大家都别在湖水里洗脸，更不要便溺，最好把水打上来了再用，而且也不要浪费。”左工又吩咐。

“是！”大家这才取来了储水的器具，恭恭敬敬地在海子里打水。

东子和狗蛋也去打做饭的水，狗蛋还恭恭敬敬地跪在海子边磕了三个头。

“行了，你还真信这海子里有神牛啊？”东子在狗蛋撅起来的屁股上踢了一脚。

“有没有的磕几个头总没错，反正磕头又不要钱！”狗蛋笑道。

这时几只不知名的鸟飞来，落在海子边一丛芦苇草里。

“哥，你说这芦苇丛里有没有鸟蛋？”狗蛋兴奋地叫道。

“你连吃水都要磕头，居然还敢去掏鸟蛋！不怕神牛出来顶死你吗？”东子笑道。

“神牛只是管不让人糟蹋水，哪里管蛋？”狗蛋反问道。

“你没听左工刚才说吗？我们不能破坏这里的生态环境。”东子看着芦苇丛里又飞起来的鸟，说，“这些鸟在沙漠里生存肯定很辛苦，要是吃了它们的蛋，他们可就不能繁衍后代了！”

吃过饭，勘测队员就把帐篷搭建在海子边睡觉，东子和狗蛋也把折叠床搬下来睡到海子边。黄昏的时候，就见许多动物悄悄来海子边喝水。各种各样的鸟，蹦蹦跳跳的兔子，还有一对土黄色的狐狸。所有动物都十分警惕地看着海子边上的车和人。

夜晚，狗蛋睡在被窝里听着海子的波浪声，看着满天繁星，和东子辨认着外婆曾经说过的星星。

次日，众人在所有蓄水的器皿灌满了水，吃饱喝足后，才告别海子继续出发。

过了海子，却是一眼望不到边的沙葱滩。郁郁葱葱的沙葱没过了脚面，开着紫色的小花，如同满天的繁星铺满了绿油油的草滩。沙葱是沙漠戈壁特有的野草，尤其腾格里沙漠最多，据说每年都可以产出几百吨。沙葱又叫蒙古韭，早在《本草纲目》里就有记载，被称为：茗葱。沙葱全草入药，主治痢疾、秃疮、冻疮。

对于腾格里沙漠边的人们来说，沙葱是一道美食。沙葱长得和韭菜差不多，辛辣的味道丝毫不亚于小葱和洋葱。把沙葱用开水焯了，拌上盐醋香油就是一道下饭凉菜，用沙葱炒羊肉或者鸡蛋是最美味的吃法，沙葱馅的饺子更是一绝。

腾格里沙漠边的人们最常吃沙葱的办法却是腌制，因为沙葱不好保鲜，采下来两三天就坏了。秋天的时候，大家便成群结队地去沙漠深处去“欻”沙葱。“欻”在当地方言里就是拔，摘的意思。沙葱是宿根，就和韭菜一样，“欻”掉一茬，还会再长出新的一茬，越“欻”长得越好。“欻”来沙葱择洗干净，人们就用盐把沙葱腌制在陶瓷坛子里，压上一块大青石。等到了冬天，沙葱就腌熟了，成了腾格里沙漠边家家户户不可或缺的咸菜。喝粥吃面条的时候就着腌沙葱，简直是人间美味，而手抓羊肉配上腌沙葱一起吃能去除羊肉的肥腻腥膻，更是绝配。沙葱花也是一道美味佳肴，把沙葱花晒干，用油炝后倒在汤面片里，葱香味比小葱浓郁得多。沙葱花还能用盐腌制了保存在罐子里做成酱。

也许是因为那片海子的滋养，走过一望无际的沙葱滩后，勘测队就又来到了一片沙米滩。

沙米也是沙漠里的一种植物，叶子带着尖刺，结出来的沙米只有芝麻大小。所以要经过烦琐的采收脱粒，还要用碾子碾去外壳才能吃。过去人们嫌沙米收拾起来太麻烦就很少吃它。可到了饥荒年，沙米就成了救命的粮食，不知道挽救了多少人的性命。

走过了两片草滩，勘测队又进入了无尽的沙海，这里的沙丘变得越来越高，勘测队的行进速度也越来越慢。吉普车虽然走得快，可好几次陷进了沙子，拖拉机就卸了拖斗，费力地把吉普车拉出来。

大家的情绪又低落起来。

这天，中午太阳实在太毒，晒得拖拉机的外壳都烫手，左工就让大家在一个大沙丘的背后吃饭歇息，等太阳弱一些了再走。

这片大沙丘下面有一些红柳，勘测队员吃过饭就在红柳的阴凉里睡午觉。东子、狗蛋睡不着，就用红柳枝条编了凉帽戴在头上，爬到最高的沙丘上玩。他们追逐一种叫“蛇鼠子”的沙漠蜥蜴玩。这种“蛇鼠子”很小，成年的也才不到手掌长，腾格里沙漠里随处可见。它们身体的颜色和沙子一模一样，有时候躲在枯黄的沙米墩下面完全看不到。

东子抓住了一只“蛇鼠子”，正准备让狗蛋找来绳子绑了玩，却忽然看着远处愣住了。

“咋了？”狗蛋朝东子的眼神方向看去，顿时大吃一惊。只见远处有一道和天一般高的沙墙，在缓缓移动。

“黑风！”狗蛋吃惊地大叫。作为腾格里沙漠边长大的人，他当然知道那堵接地连天的沙墙就是“黑风”，也就是沙尘暴。

“快，快去报告爸和左工！”东子大叫，带着狗蛋连滚带爬跑下了沙丘。

“爸！左大爷！黑风来了！”狗蛋扯着大嗓门叫道。

“什么？”在红柳丛里午休的勘测队员全都吃惊地站了起来，呆呆地看着远处的沙尘暴。

不过是眨眼间的工夫，沙尘暴已经到了不远的地方，沙墙已经变成黄沙巨浪！接地连天的沙浪翻卷涌动，如万马奔腾，如山崩海啸，如恶魔在沙浪里搅动天地。

可众人所在的地方，却是艳阳高照，一丝风都没有。如果不是东子和狗蛋提醒，勘测队根本不可能发现有沙尘暴来袭。

“我的妈呀！我长这么大都没有见过这么大的黑风！”

“这么大的黑风也只有腾格里沙漠里才有啊！”

“我们怎么办？”

众人惊恐地看着海啸一般的沙尘暴都没了主意。就连左工也戴着“酒瓶底”，茫然地看着远处的沙尘暴，吃惊地张大了嘴巴。

“快！把大车开到上风，把小车跟在后面！”父亲最先回过神来，大声地指挥。

几个司机却是一愣。

“快点！没时间了！”父亲大吼，完全忘记他只是个做饭的厨师。

“是！”几个司机赶紧启动了汽车。

“把拖拉机对着黑风，吉普车排在拖车后面！左工，你和技术人员都挤进车里！其他人就进大车斗里躲起来！”父亲又大声指挥。

司机们赶紧开动四辆拖拉机，对准沙尘暴来的方向呈八字形排列。四辆吉普车就跟在拖拉机的后面，也排成了八字形。

“所有的技术人员赶紧挤到吉普车里！”父亲又是大叫，十几个技术人员就挤进了四辆吉普车。

“狗蛋，快来我抱着你！”左工坐在一辆吉普车的副驾驶位上朝狗蛋招手。

“他在沙窝里跑惯了，不要紧！”父亲拉起一名年轻的技术员，把他塞进了左工的怀里说道，“让他挤进去吧！”

那名技术员刚要说什么，父亲却“嘭”的一声关上了车门。

“其他人跟我上车！”父亲两手抱起东子和狗蛋，把他们扔进餐车斗里。剩下的人也都跟着父亲爬进了车斗。

“大家脱下外套蒙住头，尽量蹲低身子！”父亲又叫道。

众人便都脱下了外套，蒙住了自己的口鼻。父亲也脱下了中山装顶在头上，像老母鸡一样把东子、狗蛋搂在怀里，蹲低了身子。

空气忽然安静了。狗蛋头上顶着自己的外套，外面还有父亲的外套，热得汗都出来了。他好奇地从衣服底下探头，从车帮帆布的缝隙里向外看去。

只见恐怖的沙尘暴已经翻滚到了眼前。百米外的红柳从本来在阳光下笔直地挺立，可沙尘暴经过，红柳瞬间倒伏，继而就被沙尘暴吞噬，消失不见！狗蛋在老家阳曹村也见过很多次沙尘暴，却从来没有见过这么恐怖的沙尘暴。

眨眼间，沙尘暴已然到了拖拉机前。

“唰！”整个世界顿时一片昏暗混沌。狗蛋什么都看不见了，只是感觉到父亲死死搂住他。疾风夹带着沙子从帆布的缝隙里吹进来，吹得狗蛋的脸蛋像针扎一样生疼！呛人的沙土瞬间就钻进了口鼻，狗蛋赶紧用手捂住了口鼻。

“咳咳咳！”有人就剧烈地咳嗽起来。勘测队员好多都是城里的人，哪里见识过腾格里沙漠的恐怖沙尘暴。也不知道过了多久，沙尘暴终于小了下来。但天依旧很昏暗，就像到了黄昏。父亲这才松开了东子和狗蛋。

“咳咳！”狗蛋这才咳嗽起来，吐着嘴里的沙子。

“都怪你这个臭嘴！”东子也吐着嘴里的沙子，推了一把狗蛋。

“我咋了？”狗蛋一脸冤枉。

“你那天在海子边说，要是得罪了神牛，神牛就会吹出沙尘暴来，今天果然就来了沙尘暴！”东子笑道。

“说不定真的是神牛发怒了呢！”狗蛋看着东子笑道，“你眉毛上咋都是土，成黄眉怪了！”

“你还不是一样，牙缝里都是土呢！”东子帮狗蛋打着身上的土。

父亲去取了餐车里的水，含在嘴里洗了手脸，东子、狗蛋也用这种独特的方式洗了脸。

沙尘暴刮了一天一夜才停。拖拉机的巨大轮胎一半被沙子掩埋，形成了一个小沙丘。餐车里到处都是沙子，父亲洗了好几遍锅，做出来的饭里依旧有硌牙的沙子。

风停了后，大家便出发了。勘测队的好多仪器里都进了沙子，勘测的工作进展得很缓慢。

每天早上，左工带着技术员坐着吉普车先去探路，勘测记录路径。四个拖拉机就拉着物资和食物跟随在后面。几天后，沙丘越来越高，越大，越陡，东方红拖拉机根本爬不上去。吉普车更是陷在了沙里。勘测队寸步难行。可这里距离此次勘测的终点中卫已经不远了，中卫就在黄河边上。只要把路线勘测到黄河边，就可以把黄河水从中卫调进沙漠里的暗渠，最终流到腾格里沙漠边的田地里。

眼看就到了中卫，勘测队居然寸步难行，将要前功尽弃。而勘测队员在腾格里沙漠里待了十多天，谁都快支持不住了。

左工心急如焚，就给有关部门打电话请求支援。

过了两天，八辆“东方红”75 型拖拉机就昼夜兼程，冒着黑烟赶来了。这种拖拉机不仅马力大，关键还是履带式的。前面的“东方红”55 型拖拉机是橡胶轮胎，完全没有办法和履带式的 75 型拖拉机比。75 型拖拉机的履带在沙漠里行驶，如履平地，即便是四十五度斜坡的大沙丘，它也可以轻松爬上去。八辆“东 75”就拖着八辆车继续前进，那四辆“东 55”拖拉机不用拉车斗了，便也能勉强跟上。

勘测队浩浩荡荡地爬过了一个又一个的沙丘，越过了一个个沙梁，终于走出了苍天般的腾格里沙漠。到达中卫的时候，四辆吉普车彻底报废，被拖进了废车场。

中卫处在黄河“几”字形的一撇中腰，黄河就从城南流过。勘测队的目标就是在沙漠里找一条路，把中卫的黄河水引到腾格里沙漠另一边的沙城县。勘测队在腾格里沙漠里一边勘测一边改变路线，曲折迂回，其中的艰辛无法言表。在中卫略作休整，勘测队便坐车从公路绕腾格里沙漠一圈，回到了沙城县。

水利局里举行了盛大的欢迎仪式，锣鼓喧天，彩旗飘飘。县里也召开了表彰大会，给每个勘测队员都发了一个荣誉证书和一支“英雄牌”钢笔。

证书是红绸封皮的，上面有烫金大字，钢笔更是高级货。在那个年代，“英雄牌”钢笔只有领导才能用得起的。东子、狗蛋虽然没有荣誉证书，可每人还是得到了一支“英雄牌”钢笔。水利局里还给勘测队员每人发了一件米黄色的风衣，父亲穿上式样新潮的风衣，就像一个大干部。

所有的人都在庆祝勘测队的胜利归来，只有左工闷闷不乐。他把自己关在办公室里，拿着放大镜和红蓝铅笔，眉头紧锁，又研究起了腾格里沙漠。狗蛋给左工送饭送水的时候，左工便叹着气告诉他，这次勘测任务其实彻底失败了。

左工亲自带着勘测队横穿腾格里沙漠，做了大量的勘测工作，结果数据显示，他之前的想法完全行不通。腾格里沙漠里的情况比他预想的要复杂得多，在沙漠里修一条暗渠把中卫的黄河水引到沙城来，简直是天方夜谭。

所以，左工一直躲避着那些庆祝勘测胜利的活动。他不仅高兴不起来，还为这次的勘测行动的失败深深自责。因为“引黄济西”的工程设想是他首先提出来的。县里和省上因为左工主持修建过崖山水库，所以对他的设想十分重视，才展开了这次轰轰烈烈的勘测活动。

左工为浪费了那么多的资源和人力深深自责，所以他要赶紧再想别的办法，重新制定引水计划。

几年后，左工就有了新的方案。那就是利用“景电二期工程”把黄河水沿河西走廊提调，直接注入崖山水库，再通过崖山水库灌溉整个沙城县。现在，千里之外的黄河水早就流淌进阳曹村的田地里。就是因为有了黄河水，沙城县才有了彻底治理腾格里沙漠的可能。左工的造福沙城人民的理想终于实现了。

对于狗蛋来说，这次“失败”的勘测却是最大的成功。他第一次用自己的劳动为家里挣到了钱。虽然没有多少钱，可还是让狗蛋兴奋不已，他不再是家里“没用”的那个人了。母亲就用狗蛋挣的钱给他买了一个军用挎包。

勘测回来没几天就开学了。狗蛋穿着母亲给他买的一身新衣服，背着新买的军用挎包。他的上衣兜里还插着一支闪闪发亮的“英雄牌”钢笔。这钢笔比班主任王大河的笔都高级。

五年级的期中考试，狗蛋“大意失荆州”，萧华考了第一名。下半学期，狗蛋狠下了一番功夫，期末考试他又重夺第一的“宝座”。狗蛋现在已经成了全班都拥戴敬佩的班长。他从来不盛气凌人地训斥同学，还给大家讲好多好多的故事。他现在和外公一样，肚子里有讲不完的故事。

狗蛋给同学们讲了他跟着勘测队横穿腾格里沙漠的事。神奇的海子，哞哞叫的“神牛”，恐怖的沙尘暴，好玩的“蛇鼠子”“屎爬牛”……同学们都崇拜地听狗蛋滔滔不绝讲腾格里沙漠里的事，无限向往。他们这些城里娃虽然生活在腾格里沙漠边的沙城县，却连个大些的沙丘都没有见过。他们对沙漠的印象就是城里的沙漠公园。

沙城县里有一个沙漠公园，里面有几个不太高的沙丘，还有很多沙枣树。每年端午，几乎整个沙城县的人都会聚集在沙漠公园里赏玩沙枣花。沙枣花虽然不甚漂亮，却是极香。沙城县人每年端午都要去闻闻沙漠公园里的沙枣花。

在狗蛋看来，沙漠公园的沙丘实在是太小了，连阳曹大队边的沙丘都比不上，更别说腾格里沙漠腹地的巨大沙丘了。

不过，城里娃也有令狗蛋羡慕的东西。五年级开学的时候，包娜爸给她买了一个新的铅笔盒。这个铅笔盒居然是泡沫塑料做的，上面印着漂亮的“米老鼠”。更为神奇的是，这个铅笔盒的开关居然是一块磁铁。铅笔盒关上，磁铁就“吧嗒”一声紧紧吸在一起。这铅笔盒不仅漂亮，还摔不坏。石梅买了一个最新式的双肩书包，在那个年代，几乎每个人都背着挎包，石梅的双肩书包就轰动了全校。萧华的父亲也给他买了一支最新式的自动铅笔，按一下上面的按钮，笔尖下面就能吐出细细的铅笔芯来。聂大民也穿了一身新的运动服，不仅有漂亮的拉链，袖子和裤腿上还有两条白道道。这运动服配上聂大民高大健美的身材，更显得帅气。

在日新月异、风起云涌的改革开放大潮中，即便是小孩子身上也发生着深刻的变化，令人目不暇接。

沙城县虽然地处西北腾格里沙漠边缘，生活却是一年一个样。人们再也不用为肚子发愁，开始追求生活品质和质量，好多人家都买了录音机、洗衣机、电视机……谁都知道，这翻天覆地的巨大变化都得益于党和国家的好政策！

## 第20章　关井压田

水利局也发生了日新月异的变化，不仅修了几处职工家属院，还修了新的食堂，狗蛋一家就搬到了新食堂的宿舍里住。

过完年开春，母亲想继续回阳曹村种地，却发现地种不成了。

包产到户已经六七年，农民的积极性被充分调动起来，所有人都竭尽全力地种庄稼，想把日子过得红红火火，于是家家户户都拼命地给自己庄稼浇水。阳曹村早就通上了电，机井上的柴油机就换成电动水泵，只要轻轻一合电闸，机井里的水就喷涌而出。每天浇水的人都排得满满的，机井几乎昼夜不停地抽水浇地，再加上了崖山水库截流，阳曹村的地下水位就急剧下降。

以前在自留地边挖井，三四米就能见水，可现在十米都不见水。阳曹村陷入前所未有的干旱危机，一千多人的饮用水只有一口甜水井，其他的甜水井都干涸了。不仅阳曹村如此，整个沙城县的情况都十分严峻。

勤劳的沙城人为了多打几袋粮食昼夜不停地开机井浇水，出发点是好的。可他们粗放式的做法导致地下水位急剧下降，无异于杀鸡取卵。这个情况其实早就引起了县里的重视，可县里为了鼓励大家积极种地，之前就没有限制浇水的政策。现在水位急剧下降，生态环境面临前所未有的危机，县里便紧急出台了相应的政策：关井压田。“关井压田”就是关闭一部分机井，不让乡亲们没有节制地浇水。

沙城县掀起了一场生态保卫战，水利局派了技术员组成工作组，到全县各个大队实地考察，然后划定要关停的机井。好多农民都不理解县里的政策，好好的机井水咋就不让浇了，没有了机井水，单靠崖山水库里的水可就困难了。

崖山水库的水要灌溉整个沙城县，所以只能合理分配，轮流浇水，这个月给这个乡镇放水，下个月给下一个乡镇放水，不是谁想什么时候浇就能浇的。

可种庄稼最关键的就是节气，如果不按节气浇水，秋天的收成可就要大打折扣了。而机井水不像水库的水，基本随时都可以浇。就算排队，一个村里也没有多少户人家，完全可以轮得上。现在推行“关井压田”，大家就全靠水库里的水浇地。靠近水库的乡镇还行，可像青湖镇这样地处腾格里沙漠边缘的地方可就费劲了。

而且，没了机井水，优质高产的“云粮一号”肯定是种不成了，大家只能回头去种产量很低的“哈食白”。好多人就怨气冲天，纷纷说县里的政策不好。县里就派出宣传队，耐心地给乡亲们宣传“关井压田”是迫在眉睫，势在必行，功在当代，利在千秋的大事。乡亲们渐渐地也就理解了县里的政策。

这六七年，田地浇水虽然没有问题，饮用水可让乡亲们伤透了脑筋。尤其是阳曹村，整个大队几百户人家上千号人，只有一口甜水井还能吃，其他的井不是干涸了，就是苦水井。

说来也神奇，唯一没有干涸的那口甜水井，不管有多少人来打水，一直都有直径两米多的一汪水，不增也不减。这口井就成了阳曹村乡亲们的救命井。

即便是这样神奇的井，打上来的水也是浑浊不堪，乡亲们把水挑回家，必须放上明矾澄上半天才能吃。而且水里的氟含量极高，阳曹村的大人娃娃几乎都长着一嘴发黄的“高氟牙”，就像抽了几十年烟的人一样。

县政府就给每家每户发了一个过滤水的简易机器，可收效甚微，因为乡亲们都嫌过滤器麻烦，用了几天就扔在了一边。县政府又为每个大队修了淡化站，把地下水抽上来过滤掉杂质，淡化成合格的饮用水让乡亲们吃。可这淡化水的成本太高，需要花钱买着吃，乡亲们宁可自己买点明矾澄了浑浊的水吃，也不愿意买淡化站的水。关键是淡化站排出的废水会对周围的环境造成污染，淡化站的计划也就流产了。

这六七年水位下降得厉害，腾格里沙漠边的人为了吃水的问题想尽了千方百计，可都是治标不治本。现在县里拿出壮士断腕的决心让乡亲们“关井压田”，是从根本上解决地下水位下降的问题。要是地下水位再降下去，子孙后代可咋办呢。

乡亲们虽然抵触了一阵子，但后来在宣传队的耐心宣传下，也都接受了“关井压田”的政策。“关井压田”后，县里又建议大家不要种麦子，鼓励大家种经济作物，比如茴香、葵花、棉花什么的。随着改革开放，这些经济作物的价格每年都在上涨。乡亲们种了经济作物，秋天卖了钱再买粮食吃，比种麦子划算多了。

不过，种这些经济作物可比种麦子累得多，人手不够根本忙不过来。母亲只有一个人，就算父亲周末来帮她，也只能种麦子，种不了经济作物。而且，狗蛋家的八亩地就在沙窝边上，有机井水的时候还能种“云粮一号”。现在“关井压田”，单凭水库里放水完全没有办法种“云粮一号”，这八亩沙地只能种点“哈实白”，一年下来恐怕连一家四口的口粮都打不出来。所以，母亲已经没有办法再回乡下种地了。

她虽然一直不愿意当城里人，可历史的潮流还是把她逼到城里来，她已经没有了退路。

母亲把沙边梁的八亩地给了李二叔家种，她带着所有的家当彻底搬到城里来，打起精神努力做一个城里人。

东子、狗蛋一天天地长大，父亲不足二十平方米的单人宿舍就越来越拥挤。

孩子们开学后，母亲就推着父亲的自行车悄悄学会了骑车，然后她就推着自行车在市场门口卖“爆米花筒”，这是她唯一能干的挣钱营生。可惜，在腾格里沙漠边种了半辈子地的母亲压根就不会做买卖。她善良、倔强、自尊心又极强，既不好意思吆喝，也不会讲价。

市场门口其他几个卖“爆米花筒”的妇女每天早早地就卖光了“爆米花筒”，骑着自行车回家了。可母亲直到狗蛋放学来接她的时候，还在风地里孤零零地站着，让狗蛋看着非常心疼。卖不掉的“爆米花筒”吹了一天风沙，只能给东子、狗蛋吃掉，母亲卖了几天就赔了不少钱。

父亲没有办法，就给母亲在水利局预制厂问了一个“砸石头”的活计，就是把用来制作混凝土的大石头砸成碎石的工作，那时候还没有碎石机，石头就得工人砸。这个活计很简单，却非常苦。母亲每天拿着大铁锤用力砸着坚硬的石头，机械而枯燥。虽然她戴着破破烂烂的手套，可手上还是磨满了血泡。

母亲并没有叫苦，她宁愿每天机械地砸石头，也不愿意去市场门口卖“爆米花筒”。她已经很努力了，可还是不能融入城市。一年匆匆而过，狗蛋已经上六年级，东子也升到了初二，他们都比母亲高了。而母亲天天风吹日晒地砸石头，累得面黄肌瘦，腰身已经不再挺拔。可她砸了一年的石头，还没有挣上一季庄稼的钱。

第二年开春，母亲迎来了一个好消息，沙城县政府在东沙窝开垦了一大片荒地，要承包给人们种籽瓜。

籽瓜的味道虽然不是很好，可瓜子却很大很好吃，就是“大板黑瓜子”。这几年大板瓜子刚刚兴起，南方老板把价格越炒越高，种籽瓜的农民就卖了不少钱。于是县里就决定在东沙窝开垦一大片荒地，用来种籽瓜。

东沙窝边的沙地虽然种不成别的庄稼，可种籽瓜却是极好。最关键的是，在腾格里沙漠边开荒地承包给人们种瓜，能有效地防风治沙，这比花钱造林治沙效果好得多。

这对于母亲来说是天大的好事，她就是个农民，只会种地，种瓜更是驾轻就熟。于是，父亲就给母亲承包了十亩地。母亲每天一大早就骑着自行车去瓜地里劳作，脸上渐渐有了笑容。

五一劳动节放假的时候，狗蛋约了萧华、聂大民、包娜、石梅，一起骑车去母亲的瓜地里过劳动节，东子也约了一大帮同学朋友来帮母亲种瓜。

母亲早就开好了瓜垄瓜塘，她和父亲还用自行车捎来了地膜，大家就一起行动，开始种瓜。

萧华和聂大民用一个铁圈制成的工具在瓜垄上快速地掏出一个个小坑，包娜和石梅就跟在后面往小坑里丢瓜子。狗蛋就用铁锹铲土埋住那些种好瓜子的小坑。父亲母亲分成两组，带着东子和他的同学在后面铺地膜。铺地膜可不是轻松活，要一个人拉着沉重的地膜覆盖住瓜垄，两个人用铁锹快速铲土压埋，十分吃力。

人多力量大，中午的时候狗蛋他们几个人就种好了七八亩地的瓜，铺地膜的两组人也铺好了五亩地。

“狗蛋，你带着你的同学去沙漠里捡些柴火，准备吃饭。”母亲擦了擦脸上的汗对狗蛋说道。

“哈哈哈！”萧华、聂大民和包娜、石梅大笑起来，狗蛋的脸顿时就绿了。

“咋了？”母亲愕然，不知道自己说错了什么话。

“妈，给你说多少遍了，不要再叫王谦已的小名，你咋还狗蛋狗蛋的叫呢？”东子在一边郁闷地说道。

“这……”母亲歉然地看着狗蛋，不好意思地笑了。

“你们不许笑！”狗蛋郁闷地对同学们说道。

他们几个同学这两年已经成了最要好的朋友，大家都相互打听小名。萧华就叫小华，聂大民的小名叫民民，包娜叫小娜，石梅叫梅梅，狗蛋却死活都不肯告诉大家自己的小名。狗蛋的小名实在是难登大雅之堂，要是说出来肯定会被取笑，有损自己班长的威信。可没想到，母亲今天当着大家的面叫出了狗蛋的小名。

狗蛋郁闷地带着同学们出了沙地边的沙墙。他们家的瓜地就在腾格里沙漠边上，母亲用红柳在地边插起了一排沙墙，用来抵挡风沙。

“这里的沙丘比沙漠公园的可大多了！”石梅惊奇地叫道。

“我在沙城县里长了这么大，从来不知道腾格里沙漠居然离我们这么近！”包娜也是感叹。

聂大民冲上了高大的沙丘，翻着跟头滑了下来，大家也都爬上了最高的沙丘。

“我老家的沙丘比这还高呢！”狗蛋笑道。

“那你能带我们去玩吗？”石梅一脸兴奋。

“我已经好几年没有回去了。”狗蛋叹道。

“你们看，那面的沙丘上居然有树！”萧华手搭凉棚，眯着眼睛看着远处的沙丘。

“哇，真的有树！”石梅又兴奋地大叫，“我们去那边树下玩吧？”

“好！”萧华和包娜也来了兴致。

“那沙丘看着不远，其实可不近呢！”狗蛋却说道，“你们种了一早上的瓜不累吗？”

“不累！”大家齐声说道。

“好吧，那三棵树是胡杨，乡下又叫梧桐树，去年秋天勘测‘引黄济西’工程的时候，我们就在那里休息过。”狗蛋就带着大家，翻过几座沙丘来到三棵胡杨树下。

“这里真凉快！”

“看，下面种瓜的人都变成小人国的人了！”

包娜、石梅开心地叫道。

聂大民看到树下倒扣着几个瓜碗，想着应该是在这里乘凉的人吃过的，就过去踢了一脚。

“唰啦！”瓜碗底下钻出了一只“蛇鼠子”，嘴里还衔着一只“屎爬牛”。

“啊！”包娜、石梅吓得直跺脚，聂大民也吓了一大跳。

“别怕，这种蛇鼠子不咬人的，我抓住它来给你们玩！”狗蛋追着“蛇鼠子”，抓住了它举到包娜、石梅跟前，“蛇鼠子”就装死，一动不动。

“快把它拿开！”两个小女生却吓得尖叫。

“你们不用怕，它在装死，不会咬人。”狗蛋笑道，“要是有绳子，我们还可以拴住它的尾巴玩！”

“算了，你还是赶紧放它走吧！”

“是啊，它怪可怜的，是不是已经被你弄死了？”

包娜、石梅皱着眉头。

“好吧！”狗蛋远远地把“蛇鼠子”扔到了沙丘下面，“蛇鼠子”翻了身箭一般地逃走了。

“哇，它真的是装死的啊！”石梅吃惊地大叫。

“走吧，我们捡点干枯的沙枣枝和红柳枝回去吧。”狗蛋带着同学们捡拾了一些枯柴回到地头。

母亲用石头垒了一个灶，点起火烧上了茴香茶。父亲则拿出了早就炒好的肉，放进锅里炒热，又加上切好的甘蓝，不一会儿，一锅香喷喷的甘蓝炒肉就好了，大家围着锅用筷子夹着吃。父亲又拿出了软馒头分给大家，母亲就用搪瓷缸子盛了茴香茶让大家喝。

“狗蛋，你们家的饭可真香！”石梅吃着饭赞不绝口。

“那你以后就来我们家吃饭吧！”母亲抿嘴笑道。

“真的？那以后我爸妈忙的时候，我可真的来你们家吃饭了。”傻乎乎的石梅没有听出母亲话里的意思。

狗蛋已经十二三岁了，早听出了母亲的一语双关，便赶紧转移注意力，假装生气地对石梅说道：“你以后不要叫我小名了！”

“我觉得狗蛋挺好听的啊！”石梅笑眯眯地说道，“我奶奶稀罕我的时候也叫我狗蛋呢！”

“反正不准再叫！”狗蛋又对一边笑着的包娜、萧华、聂大民说道，“你们也不许把我的小名告诉班里其他同学！”

“行，我的狗蛋大班长！”聂大民笑道。

“放心吧，我们不会再叫你狗蛋的！”萧华也是一脸坏笑。

“哈哈哈！”东子的同学们也都笑了起来。

吃过饭，大家就又开始紧张地干活了。狗蛋他们种瓜轻松，很快就种完了剩下的几亩地，接着他们也抬了一卷地膜，试着铺地膜。

“不好，黑风来了！”不知道谁叫了一声。

狗蛋猛地抬头，就见东沙窝里刮起了沙尘暴，如万马奔腾般的沙墙，飞奔而来。

“大家快到沙墙边趴下！”父亲大叫。

“你们两个女娃娃，把盛瓜子的盆子扣在头上！”母亲护着包娜、石梅趴在沙墙下的水沟里，把盛瓜子的盆子扣在她们头上。父亲把几个化肥袋子折叠成了简单的帽子，让萧华、聂大民和东子的同学戴在头上。

转眼间，沙尘暴已经到了跟前。“唰！”天地一片混沌，大家都趴在沙墙边的水沟里不敢抬头。狗蛋脱下了外套护住了头脸。好在这场沙尘暴的威力不大，持续时间也不长，不到半小时就刮走了。大家这才从水沟里爬起来。

“你咋变成花脸猫了！”石梅看着包娜笑道。

“你还不是一样，都快成五行山下压着的孙猴子了！”包娜也笑道。

“哈哈哈！”大家都笑了起来。

黄昏的时候，十亩地的籽瓜终于种好了，大家就骑着自行车回家。萧华他们都骑着自己家的自行车，狗蛋却连自行车都不会骑，只好让聂大民捎着。大家虽然劳累了一天，却嘻嘻哈哈地说笑着，十分开心。

种好了瓜，母亲就像老母鸡呵护小鸡娃一样精心营务着她的十亩籽瓜。她每天都骑着自行车去瓜地里干活。父亲周末也去帮母亲浇水，东沙窝离县城只有七八公里，比起从水库骑车到阳曹大队可轻松得多了。

不过，父亲现在已经没有多少时间帮母亲干活了。他自打从金城学习归来后就成了沙城县最有名的厨师，几乎每个周末都有人请他去做席。

东子、狗蛋周末偶尔也去帮母亲干活，可母亲却尽量不使唤他们。东子上了初中后学习成绩一塌糊涂，而狗蛋也马上六年级毕业，母亲不想耽误他们的学习。

母亲就一个人营务着十亩籽瓜。瓜蔓扯起，开出黄花，黄花谢了，就结出一地籽瓜。母亲心情大好，虽然劳累，但脸上却经常泛着红润的笑容。

秋天，狗蛋毕业考试结束。全沙城县总分上 180 分的只有 8 个人，而王大河的班里就有四个，他们是狗蛋、萧华、包娜和聂大民。其中狗蛋考得最高，以全县第四名的成绩升入沙城县四中。

父亲母亲高兴得合不拢嘴，水利局的人也纷纷感叹：鸡窝里飞出了金凤凰。

母亲的籽瓜也成熟了，狗蛋因为是毕业季，放假比东子早，就跟着母亲住在瓜地里挖瓜子。瓜秧已经枯黄败落，露出了满地金黄色的籽瓜。在母亲的精心呵护下，她地里的籽瓜明显比隔壁地里的瓜多且大。母亲几乎对每个瓜都很熟悉，他自豪地带狗蛋参观了她的“瓜王”。“瓜王”有十几斤重，狗蛋几乎都抱不起来。

隔壁瓜地的人家早就开始挖瓜子了，他们用菜刀把籽瓜一砍两半，然后把手插入籽瓜中间的瓜瓤里用力一转，瓜子就流到下面的盆子里。

父亲却不让母亲和狗蛋用这样的方式挖瓜子，因为效率太低了。父亲找来一个大铁槽，是用切割开的半截油桶做成的，然后用两块木板制作成了一个铡刀样的夹板，用这个夹板来压瓜。

狗蛋和母亲就按照父亲设计的新方法挖瓜子。他们先把瓜垄上的瓜都摘下，将铁槽放在瓜沟里，把夹板架在铁槽上面。狗蛋用一个长炉锥刺中籽瓜，把它塞进夹板里面，然后用力地一压，籽瓜就被夹板压得稀碎，掉进了下面的铁槽，母亲就在铁槽里抠掉瓜皮和瓜瓤，父亲还在铁槽下面钻了好多小孔，瓜水就慢慢流出去，铁槽里只剩下了瓜子。

狗蛋虽然瘦弱，可也是十三岁的大小伙了，他就出力气压瓜，让母亲捡拾铁槽里的瓜皮瓜瓤。

父亲利用杠杆原理设计的这个夹板压瓜装置，不仅效率极快，还十分省劲，引得其他瓜地里的人家纷纷效仿。

每天都忙到很晚，狗蛋和母亲就在瓜地中间的瓜棚里睡觉。

母亲忙得没有时间做饭，就和狗蛋吃西瓜泡馍。母亲在籽瓜地里种了一垄西瓜，是左工给她的新品种。这种西瓜长得不大，结的数量却很多，用指甲一掐瓜顶，西瓜就会“砰”地一下炸开，十分神奇。瓜瓤粉红，卖相不是很好看，味道却是极甜。

西瓜泡馍再好吃，也不能天天吃。狗蛋吃了两天的西瓜泡馍，就压不动夹板里的瓜了。

母亲刨出了套种在瓜垄里的洋芋蛋埋在沙子里，在沙子上面点了火堆，等火堆熄灭后洋芋蛋便烤熟了，母亲就刨出滚烫的洋芋蛋让狗蛋吃。

瓜垄里还套种了左工研究出的新品种：沙地萝卜。这些萝卜也很奇怪，它们露出在沙地的半截萝卜顶只有手腕粗，看起来不大，可把它们挖出来你就会吃惊地发现，埋在沙地下面的萝卜身子居然有小腿粗，吃起来嘎嘣脆响，甜美多汁。即便吃了烤洋芋和沙地萝卜，狗蛋的嘴上还是起了很多泡。狗蛋觉得嘴上的泡是燥热的秋风吹的，母亲却心疼地说狗蛋几天没有吃正经饭，嘴上才起了泡。

母亲让狗蛋一个人压瓜，自己骑着自行车回了一趟家，带来了一个小铁锅和菜面盐醋。她用铁锅煮了一盘茄子和辣椒，做成了凉拌菜。然后，母亲又用盆子和了面，拉了“拉条子”在锅里煮熟。狗蛋就着水煮的茄子、辣椒，吃了三大碗拉条子，他从来没有发现水煮的茄子、辣椒居然这么好吃。

过了几天就到了中秋节。傍晚时分，父亲骑着自行车来到了瓜地，带来了一饭盒刚卤好的卤肉，还有一大块月饼。沙城县的月饼有脸盆大，一层一层的月饼之间是薄荷、胡麻、红花、姜黄……五颜六色，好看又好吃。

狗蛋和母亲在明亮的月光下，用月饼夹着卤肉美美地吃了一顿。

狗蛋辛辛苦苦压了十天，才压掉了一半的瓜，母亲种的籽瓜结得实在太多了。好在东子终于放假了，东子便接替狗蛋开始压瓜，他的速度是狗蛋的三倍。他像一名剑客，用长炉锥刺中籽瓜，速度极快地塞进夹板，把瓜压得稀碎。

母亲和狗蛋两个人在铁槽里捡拾瓜皮瓜瓤，都跟不上东子的速度。东子已经十六岁了，干活十分利索，他只用了三四天就压完了剩下五亩地的籽瓜。

母亲在瓜棚边铺了一大片塑料布，把瓜子倒在上面晾晒。大板瓜子挖出来后必须晒干了才能去卖，要是一直装在编织袋里就会发霉。

其他人家的瓜子也都挖完了，他们把瓜子用编织袋装了拉回家里去晾晒。种瓜的人大多是沙城县周围的农民，有的是场院和屋顶来晾晒瓜子。狗蛋一家四口挤在不足二十平方米的单人宿舍里，没有地方晾晒瓜子，只能铺了塑料布把瓜子晾晒在地里。

狗蛋娘仨就继续住在瓜棚里，一边守着瓜子一边挖着套种的洋芋和萝卜。不料，瓜子刚晾晒了两天，老天爷就下起了蒙蒙细雨。母亲只得带着东子和狗蛋把还没有晒干的瓜子又装进编织袋里。可是，秋雨淅淅沥沥地下了三天，还没有晴的意思，母亲顿时着急了。这些瓜子可是她苦了一季的收获，要是发霉了卖不出去可就全完了。

父亲也很着急，就借来了两个帆布大帐篷支在瓜地里，在帐篷里面铺上塑料布，把瓜子都倒在上面，免得发霉生毛。

夜晚，东子、狗蛋就睡在帐篷里看着瓜子，以免田鼠偷吃。腾格里沙漠边的田鼠体型很大，它们可不是偷吃几颗瓜子那么简单，它们会把瓜子偷回去藏起来慢慢吃。

每只田鼠的嘴里都可以塞七八颗瓜子，要是偷一晚上，起码能偷好几斤瓜子。东子和狗蛋白天准备了很多土块“弹药”，晚上他们听见哪里有动静就用手电筒去照，发现田鼠就扔土块惊吓。

可田鼠太多了，他们成群结队地来偷瓜子，压根不怕东子和狗蛋的土块。东子、狗蛋和田鼠奋战了一夜，但帐篷里的塑料布上的瓜子还是被田鼠偷出了一个大豁口，目测损失了起码有几十斤瓜子。

“这该死的老天爷，咋还不晴？”母亲看着天空中下着的蒙蒙细雨，气得骂起了老天爷。

“周围的人家都拉着瓜子走了，又一连下了好几天雨，这些田鼠找不到吃的，就全跑我们地里来了！”狗蛋郁闷地分析道。

“这可咋办啊！”母亲忧心忡忡，“照这样下去，我们的瓜子还不知道要被田鼠祸害掉多少呢！”

“走，我们去报仇！”东子抄起了铁锹对狗蛋说道。

“咋报仇？去挖田鼠洞吗？”狗蛋问道。

“对，我们去把附近的田鼠洞挖了，把田鼠都赶跑，我们的瓜子就安全了。”

“好主意！”狗蛋也拿起了铁锹和东子一起出了帐篷。

天上一直下着毛毛细雨，东子、狗蛋却完全不在乎，他们都是小兵的“高足”，挖田鼠洞可谓经验丰富，兄弟俩很快就找到了一个田鼠洞。东子挖了几铁锹，就见一只肥大的田鼠从洞里窜了出来，连头带尾就有鞋子那么长。狗蛋一惊，下意识地用铁锹去拍，那只田鼠却早跑得没影了。就在兄弟俩一愣的时候，又有一只田鼠从洞里窜出来，箭一般地跑了。

东子就继续挖，只见鼠洞的深处有一个光秃秃的大洞，是田鼠的“客厅”。“客厅”后面有个洞口，左右还有两个洞口。东子就先挖了后面的那个洞，发现后面是一个封闭的大洞，里面铺垫着干燥细软的草，这里显然是田鼠的“卧室”。

“你把这两个岔洞也挖了！”东子指着“客厅”两边的岔洞。

狗蛋奋力地挖着一条岔洞，忽然欢呼起来。原来那个洞里塞满了黑瓜子，目测起码有四五斤呢！

田鼠把这洞里的瓜子堆得非常瓷实，还用土封上，这样瓜子就不会发霉生毛。

“这些小东西还真不简单啊！”狗蛋不禁感叹。

“它们偷吃也就罢了，居然要把我们的瓜子储存起来当过冬的粮食！”东子愤愤不平地说着，便去帐篷里拿来了一个空袋子，把田鼠洞里的瓜子都装进了袋子里。

狗蛋继续挖另外一个岔洞，发现岔洞尽头是一个大大的田鼠“仓库”，里面也储存了四五斤的大板黑瓜子。

兄弟俩把田鼠洞里的黑瓜子全装进了袋子里，居然有十斤左右，这可是五六十块钱，够狗蛋一学期的学费了。

“哥，我们继续去挖田鼠洞吧，把他们偷我们的瓜子都拿回来！”狗蛋兴奋地说道。

今年县里在东沙窝开垦荒地种瓜，这里的田鼠有了吃的就泛滥成灾，瓜地里到处都是大大小小的田鼠洞，每个田鼠洞里或多或少都有储存起来的黑瓜子。一个上午，东子和狗蛋就挖了半袋子黑瓜子，足足有五十斤重，他们就抬着黑瓜子凯旋。

母亲早做好了饭等着他们，看到东子和狗蛋挖了半袋黑瓜子，母亲吃惊得张大了嘴。这五十斤黑瓜子可就是三百元，在那个万元户都是凤毛麟角的年代，三百元对于狗蛋家来说无异于巨款。

“妈，我们吃了饭再去挖田鼠洞！”狗蛋把母亲做的萝卜醋卤浇在“拉条子”上，大口大口地吃着。

“好，可不能对这些坏东西心慈手软，要是让它们有了过冬的粮食，来年就要生出十倍的小田鼠来，我们的瓜可就遭殃了！”善良的母亲对田鼠深恶痛绝。

吃过饭，东子和狗蛋就拿着铁锹和袋子去挖田鼠洞，天黑的时候他们又挖了半袋黑瓜子。接下来几天，东子和狗蛋一直挖田鼠洞，他们几乎把方圆五六公里所有田鼠洞里的黑瓜子都挖了出来，不过，远处的田鼠洞里没有太多的黑瓜子，兄弟俩的收获越来越少。

天终于放晴了，黑瓜子也晒干了。

父亲借了一辆驴车把十几袋黑瓜子拉到城里去卖，居然卖了八千多元。除去承包费、水费、地膜、化肥的成本，母亲这一季也挣了五千多元。母亲拿着收购场老板给的一沓钱，忍不住喜极而泣。

去年黑瓜子价格很好，所以今年县里又开垦了东沙窝荒地，沙城县里到处都是收购黑瓜子的老板，他们租个场地，买几台筛选机，就开始收购黑瓜子。等收购到一定数量，他们就卖给南方来的大老板，转手就能赚不少钱。

农民们拉着自己晾晒干的黑瓜子，让各个老板看货色品级，希望能卖个好价钱。老板就根据黑瓜子“翘板”“麻板”“白板”的多少，给出相应的价格。

所谓“翘板”就是翘起来不平整的黑瓜子，“麻板”就是长了麻点的黑瓜子，“白板”就是没有长熟的白色瘪瓜子。

商量好了价格，农民就把辛苦一季种出来的黑瓜子倒进老板的筛选机里。筛选机又是吹又是抖，过滤掉了“白板”，一堆老板雇来的工人再择掉黑瓜子里的“麻板”“翘板”。南方来的大老板把精选好的黑瓜子装车运到火车站，然后用火车运往南方的炒货厂。

虽然今年的黑瓜子价格比去年还高，可黑瓜子依旧供不应求，好多南方老板出了高价还是收不到货。南方的工厂如雨后春笋一般层出不穷，好多地方的经济如同插上了翅膀，即便沙城县这样的西北小县城，乡亲们也真真切切地得到了改革开放带来的实惠。

这是一个浪潮奔涌的时代，中国大地的每个角落每天都在发生着翻天覆地、日新月异的变化。

母亲的黑瓜子虽然卖了不少钱，可狗蛋家却再次陷入了危机。县里开始公开出售“非农户口”，也就是所谓的“城市户口”。在当年，城市户口可不简单，农民想要改变命运进城当“城里人”比登天还难。父亲招工都十年了，却还没有解决户口问题，他还是个计划内的合同工，户口还在阳曹大队。如果给孩子买到了城市户口，初中毕业就有考中专或者技校的资格。

东子今年初三，只要给他买了户口，秋天就有资格考中专技校。虽然东子上初中后学习成绩一直不好，可父亲还是不想放弃这个希望。那时候的中专技校很吃香，因为中专技校不仅毕业包分配，还少上三年学，这就意味着能早拿三年的工资，这对于家庭条件不好的人家来说实在是太重要了。

父亲一狠心，便决定给东子和狗蛋买户口，母亲却发了愁：“一个城市户口要一万元呢，他们兄弟俩就得两万元，我们家哪有两万块钱啊！”

“你的瓜卖了八千，我的工资折子上有两千多，一万是有的。”父亲思忖道，“剩下的一万，我们只能想办法借了。”

“借？去哪里借？”母亲愕然，“就算有人愿意借给我们，也得他有一万块钱啊！再说了，即便人家借给我们，我们将来拿啥给人家还啊？”

“只要我们下定决心，办法总比困难多！”父亲毅然抬头说道，“我就是苦折肋巴，砸锅卖铁，也要买户口让两个娃娃进城！”

“爸，你先给哥一个人买户口吧，我将来好好学习上高中考大学。”狗蛋说道。考大学不管户口，只要是高中毕业就能考。

“不，你们还是给王谦己买户口吧，我反正……估计也考不上中专技校。”东子叹道。在那个年代，能考上中专技校的都是好学生，东子知道自己考上技校的概率很小。

“你们不用管爸有多难，只要好好学习考上中专技校，三年出来就能拿工资挣钱，借点钱我们也还得起！”父亲说道，“而且，只要有了城市户口，就能买宅基地在城里盖房子！”

“对！”母亲眼睛顿时一亮，“只要给我们块地方，就算搭间瓜棚住也是自己的家，心里也畅快得很！”

# 第21章　“下海”

父亲母亲就四处奔走借钱，可好多人家也打算给孩子买户口，手头也很紧张。好在父亲这几年常常给人家炒菜做席，认识了很多人。他们一听父亲要给娃娃们买户口，纷纷解囊相助，王福恭和左工也给父亲借了点钱。

即便如此，父亲母亲还是费了九牛二虎之力才凑够了两万元，给东子、狗蛋买了户口。

“户口给你买好了，离毕业还有一学期，该咋学你自己想清楚！”父亲用自己的方式嘱咐东子。

“我知道。”东子低头答应，开始认真学习。

可是，东子落下了的功课太多了，一学期怎么可能补回来？而且那年买了城市户口的人很多，中专技校的招收名额却没有扩大多少，于是那年的中专技校录取率极低，比考大学还难。东子虽然拼尽了全力，可还是差了几分，名落孙山。

父亲对东子非常失望，总是冷冰冰地看着他，基本不和他说什么话，父子关系冷到了冰点。东子便主动辍学，他要为家里赚钱，他不想整天被父亲冷冷地看。父亲没有说什么，就给东子在水利局预制厂找了一份最苦的差事“打圈子”。

“打圈子”就是制作水泥井圈的预制件。东子每天一大早就骑车去预制厂里上班，中午回家吃完饭倒头就睡，下午继续上班。晚上下班，东子吃过饭就不见了，直到很迟了才回来睡觉。他的饭量变得很大，人也变得沉默寡言，身上有一股烟味。一起睡觉的时候，狗蛋经常能听到东子在睡梦里呻吟。

周末的时候，狗蛋去预制厂里看东子上班。只见几个工人把沙子、碎石、水泥倒进搅拌机搅拌成混凝土后，倒进井圈模具里。等混凝土凝固得差不多，另外的工人就把带着模具的井圈用特制的架子车拉到车间外面的场地去晾晒。

东子和一个工友就负责把带着模具的井圈拉到车间外面去。狗蛋不知道那带着模具的井圈有几百斤，他只看到不到十八岁的东子和一位工友，他们两个人吊在车辕条上，才能把车尾的井圈压起来。

拉着架子车走的时候，有一个人要像猴子一样吊在车辕条上，才能勉强保持架子车的平衡。另一个人就要用尽全身力气拉动架子车，把带着模具的井圈拉到远处的场地上晾晒，东子和那个工友都累得汗流浃背，就像从水里捞出来的一样，这样的场景看得狗蛋彻底震惊了。

狗蛋心疼东子，却没有任何办法，他知道父亲是用这个方式来惩罚东子，而倔强的东子却默默承受，不喊一声苦。

母亲这次却没有心疼东子，东子已经是大人了，既然念不成书就只能受苦挣钱，这是他必须面对的命运。母亲之前并不是一味地溺爱东子，她不过是觉得东子小时候承受了不该背负的沉重。现在东子快十八岁了，他的人生应该由他自己来选择。

母亲其实比东子还累，她在脱土坯。父亲给东子、狗蛋买了户口后，就马上买了宅基地开始筹备盖房子。虽然家里债台高筑，可东子现在也开始赚钱了，再加上父亲的工资和母亲种瓜获得的收益，债迟早会还掉的，而盖房子也是迫在眉睫的大事。

东子已经十七八岁，狗蛋也有十四五岁，都成了门头高的汉子，却还和父亲母亲挤在十几平方米的单人宿舍里。后来，父亲给东子问了一个烧锅炉的差事，东子晚上就在锅炉房里睡觉。

不管走到哪里，人都要有个窝。金窝银窝不如自己的狗窝。只有在城里盖了房子，才算是在城里立住了脚，才算是城里人。有了自己的房子，狗蛋一家就再也不用低声下气地躲在父亲的单人宿舍里了。所以再穷再难也要先盖房子！

母亲卖掉瓜后，就在宅基地上搭了帐篷，住在那里“倒土块”，也就是脱土坯。她用架子车从很远的地方拉了土，在土里掺了细细的麦草，用水和成泥，然后用模子脱成一个一个的土坯。这活比东子“打圈子”累得多，即便是身强体壮的人也吃不消，就别说体弱多病的母亲了。可为了建造自己的新家，母亲再苦再累心里也充满了干劲。

父亲一有空闲也来帮母亲脱土坯，他的速度是母亲的三倍。到冬天上冻的时候，父亲母亲脱的土坯就码满了宅基地，足够盖一座房子了。母亲又去了预制厂砸石头，哪怕每月挣两三百块钱，也能给新家买几根椽子呢。父亲紧锣密鼓地联系木匠打造梁檩门窗，趁着冬闲把木工活都做完了。

第二年开春，大地刚刚消冻，父亲母亲就开始盖新房，东子每天烧完锅炉后也赶去帮忙。狗蛋已经上了初二，是全家的希望，父亲母亲就不让他来干活了。

只用了一个多月，狗蛋家的新房子就落成了。

气派的门楼飞檐上蹲着几只小石狮子，大门上面有王福恭亲自题写的“三槐遗泽”四个大字。进了大门就是一个小院子，西面的“上房”极大，足足二十平方米，里面还有个十几平方米的套间，是父亲和母亲的卧室。南边的第一间叫“书房”，也有二十平方米大，里面有一个盘了大炕的碧纱橱，这是为东子准备的婚房。南边第二间叫“小屋”，只有十几平方米，是狗蛋的房间，这间“小屋”里没有盘炕的碧纱橱，显然父亲母亲压根就没有打算让狗蛋在这里娶妻成家。

大门南边的“旮旯屋”是一间二十平方米的厨房，也盘了大炕，冬天就可以睡火炕。大门的北边是一个十几平方米的仓房，以后母亲的瓜子就有地方放了。

这院房子的官方主人是东子，因为宅基地是父亲用东子的户口批的。父亲还用狗蛋的户口在隔壁要了一个小一点的宅基地，用土坯墙围成了一个后院，在里面种上了枣树。

这个新家虽然没有阳曹大队王三爷留下的那院宅子地方大，却比那里气派多了。从此以后，狗蛋一家四口再也不用挤在父亲的单人宿舍里忍受白眼，他们堂堂正正地住在自己家里，一人住一间屋子都有富余。

新家盖好了，可借下的债却更多了。虽然新家土坯都是父亲母亲自己脱的，却没有省下多少钱。盖房子最花钱的是木活、砖瓦、家具，盖一院新房谈何容易。

今年东子不上学了，一边烧锅炉一边能帮母亲种瓜，开春以后，母亲就包了二十亩瓜地，盼望今年的黑瓜子价格能好一点。要是能像前几年那样一斤六块钱，一季瓜起码能挣一万块钱，就能还不少账了。

秋天，母亲的二十亩籽瓜又成熟了。

挖瓜子的时候，父亲雇来了一辆打瓜机。现在挖瓜子早就不像前几年那样用手掏，用夹板夹了，而是有了打瓜机。大家只需要拿着鱼叉一样的工具，把摘下来的籽瓜叉起扔进打瓜机的斗里就行了。打瓜机会把籽瓜搅得稀烂，然后把瓜子和瓜皮瓜瓤分离开来。只用了一个周末的时间，母亲的二十亩籽瓜就变成了几十袋黑瓜子。她用车拉回了家里，悠闲地晒在自己家的院子和房顶上。她还养了一只大狸猫，老鼠连一粒瓜子都偷不走。

瓜子晒干后，母亲的瓜子卖了一万多块钱，除掉成本也挣了有小一万块钱。

母亲把所有的钱都还了账，等来年再种瓜的时候，可以用父亲和东子的工资陆陆续续买籽种、化肥。

即便还掉了一万多元钱的债，狗蛋家还是债台高筑，盖房子花掉的钱太多了，母亲就打算明年种三十亩籽瓜。可万万没想到，年刚过完，又一道晴天霹雳在狗蛋一家头上炸响。

沙城县要砸烂“铁饭碗”，大力发展“第三产业”。

第三产业是指各类服务业或商业，也就是除第一产业和第二产业之外的所有产业。根据沙城县政府的政策规定，每个单位都必须拿出方案来搞“第三产业”，这是死任务，死命令。

这可不是沙城县的土政策，而是全国上下都在推行的国策方针。改革开放已经好多年了，第一产业和第二产业都得到了飞速发展。可第三产业因为各种原因，还处在观望起步阶段。第三产业是最具活力的，是建立市场经济必不可少的组成部分。

最关键的是第三产业可以提高就业率，缓解城市的就业压力。去年出售城市户口后，一大批人进了城却没有正式的工作，可他们也得工作，也得吃饭。所以，发展第三产业迫在眉睫，不仅可以解决就业问题，还能提高综合国力，提高人民的生活水平，让大家解决温饱之后奔小康。

可好多单位都墨守成规，缩手缩脚，不敢“下海”试水，所以就制定了让各个单位发展第三产业的政策。只要有人带头尝到好处，第三产业就能慢慢搞起来。这就是让一部分人先富起来，然后带动所有人共同致富的理念。

政策的确是高屋建瓴，高瞻远瞩，可下面的人思想陈旧，并不理解。放着正经工作不干，搞的什么第三产业？搞好了皆大欢喜，可要是赔了呢？随着改革开放的深入，大家早就领教了市场经济的残酷性。比如沙城县这几年的拳头产品黑瓜子，今年六块钱一斤，大家赚得钵满盆满，可明年说不定就成了三块一斤，市场经济可是捉摸不透的。

所以，每个单位上的人都不愿意“下海”去干第三产业。虽然单位上可以让人“停薪留职”，还提供无息借款和各种优厚条件，可还是没有多少人愿意“下海”。

水利局虽然是事业单位，可下面也有一些企业，比如门市部、铁工厂、水泥预制厂……本来这些下属企业都是为水利局的工程服务的，可为了响应政策，局里就开会决定把这些企业都承包出去。

总务股赵股长在会上提出来，要把水利局的食堂承包给狗蛋父亲开饭馆。

水利局新修建的食堂临街开了一个大门，本来是为了开会的时候让职工吃饭方便，现在刚好可以承包给职工对外开饭馆，发展第三产业。

水利局成立差不多有十年了，修了好几处家属院，职工大多都成了家，在食堂吃饭的人越来越少。这几年食堂里就只有父亲一个厨师，所以父亲便成了承包食堂独一无二的人选。

赵股长的提议得到了好多人的赞成，父亲却是一百个不愿意。他虽然是个计划内合同工，却和正式职工待遇一样，不仅工资随着工龄涨，逢年过节水利局发的福利，他也一样不少。

可承包了食堂将来会是什么情况，完全无法预料。虽然父亲是沙城县最好的厨师，可谁能保证饭馆开起来就有人来吃饭？要是生意不行，恐怕连承包费都挣不出来。父亲不愿意承包食堂，也不光是他，门市部的经理、预制厂和铁工厂的厂长也都不愿意承包各自的企业，水利局的“第三产业”发展计划就陷入了僵局。

水利局的领导三天两头找父亲谈话，许诺了很多优厚的条件，劝父亲“下海”承包食堂，赵股长更是天天来找父亲说承包食堂的好处。

局里的领导也一趟一趟地轮番给父亲做工作，看来承包食堂是势在必行。父亲万般无奈，只好去找左工，想让左工帮自己说句话。左工虽然不管行政上的事情，可他德高望重，说话极有分量，水利局的领导都很尊重左工的意见。

可父亲万万没想到，左工却帮着局里的领导做起了他的工作：“王大师，你是局里唯一的厨师，自然是承包食堂的不二人选啊！你都不承包食堂，谁还有本事承包？”

“可是，承包食堂就得自负盈亏，万一生意不行赔了钱，我们一家子可咋办啊！”父亲忧心忡忡地叹道，穷怕了的他从来没有面对过这么大的危机。

“怕什么？你的手艺那么好，饭馆生意怎么可能不行？局里不是还有单身职工嘛，他们不得去你饭馆吃饭？要是没有人去吃饭，我就天天去给你捧场！”左工笑道，“你放心，我再给你研究开发些沙珍特产，你的饭馆肯定能赚大钱！”

“唉！我压根就没有想过赚大钱，能赚到我现在的工资就心满意足了。”父亲见左工和局里领导一个意思，只好告辞，又悄悄去找了王福恭。

王福恭已经是县里的重要领导，父亲想让他给水利局的领导说一下，不要把食堂承包给自己。不料，王福恭非但没有给父亲走这个后门，反倒也帮着水利局的领导做起了父亲的工作："四爷，承包食堂是天大的好事呢，改革开放都这么多年了，你咋还抱着'铁饭碗'不放呢！"

"这'铁饭碗'……是你给我的呢！"父亲叹道。当年可是王福恭看中了他，把他招进了水利局当了厨师。

"既然这'铁饭碗'是我给的，我今天就给你砸烂！"王福恭笑道，"四爷，你一向雷厉风行，敢闯敢干，不是个缩手缩脚的人啊！现在咋怂了呢？别的不说，就凭你那把子吃苦的精神，就没有啥事干不成！"

"这……"王福恭的话顿时点燃了父亲的斗志，他忽地站了起来说道，"既然你这么说，我就承包食堂！你给的这'铁饭碗'，我吃了十年饭也够本了！大不了砸烂'铁饭碗'，继续回老家种地，也没有啥了不起！"

"好啊！这才是我最赏识的不认怂的四爷嘛！"王福恭赞许地拍了拍父亲的肩膀，"你放心大胆地干，我想办法支持你！"

"好！"从王福恭那里回来，父亲就在承包食堂的合同上摁了手印。

水利局把食堂的所有房屋和设施都承包给了父亲，还给他借了二十万的流动资金，而父亲只需要每年交很少的承包费就可以了。

母亲整天忧心忡忡，父亲却不再患得患失，他告诉母亲："既然没有了退路，就只能拼了！只要我们能受苦，就没有过不去的坎！"

筹划了半个月，狗蛋家的饭馆终于开业了。父亲请王福恭题写了招牌，上面是古朴苍劲的四个大字：龙丰酒店。

龙丰酒店开业的时候，父亲请了很多客人。他虽然是个厨师，却结识了沙城县许多人，他们都扛着牌匾前来祝贺。水利局办公室也送来了一个大大的牌匾，上面写着"大展宏图"四个金色大字。水利局下面的门市部、铁工厂、预制厂也都以单位的名义送了牌匾。

在一阵"噼里啪啦"的鞭炮声中，龙丰酒店便热热闹闹地开业了。

晚上，母亲愁眉苦脸地说道："今天开业的酒席花了不少钱，还得给两个雇来的嫂子发工资，明天不知道有没有人来吃饭，要是一个吃饭的人都没有，那可咋办啊！"

"现在已经没有退路了，我们就只能硬着头皮往前走了！"父亲心里也没有底，“明天……多多少少总应该有几个来吃饭的人吧。”

一家人都惴惴不安，一晚上几乎没有睡着，即便上着学的狗蛋也在担心，明天万一一个吃饭的人都没有，那可就彻底完了。

睡了没几个小时，天还没有亮，父亲母亲就起床去龙丰酒店开始准备早点。当时沙城县还没有一家像样的酒店，只有一些卖臊子面、牛肉面的小吃店，父亲就打算先卖早点，起码支撑住酒店的运转再说。不过，父亲不想和别人一样卖牛肉面、臊子面，他和母亲煮了稀饭，拌了凉菜，做了凉面，还蒸了馒头、花卷、包子……

天蒙蒙亮的时候，东子和狗蛋便起床帮忙，雇来的两个大妈也来上班了。

大家准备好了早点，可偌大的龙丰酒店里十几张圆桌，却空无一人，没有一个客人进来吃饭。

“你俩去坐在外面吃饭，说不定能引着别人进来吃。”父亲眉头紧皱地看着空荡荡的饭厅，东子就赶紧舀了两碗稀饭，拿了两个肉包子和狗蛋坐在饭厅里吃。

“嫂子，你们也出去吃早点吧。”父亲又打发雇来的两个大妈也坐在饭厅里吃早点。

可是，依旧没有人进来吃饭。

父亲看了看手表对母亲说道：“你出去喊几声！”

“我嘴笨得很，当年在乡里卖瓜都喊不出去，哪里敢在城里大街上喊？”母亲为难地说道。

“东子，你去喊！”父亲又指使东子。

“我不去。”东子和母亲一样脸皮薄，自尊心强，哪里肯去门口大街上吆喝。

“我去吧！”狗蛋却自告奋勇，吆喝可是他的老本行。

狗蛋站在龙丰酒店的大门前，也不知道该怎么喊，就扯起嗓子乱喊：“卖早点咯！吃早点的快来咯！”

空荡荡的大街上只有几个学生娃，他们听见狗蛋的吆喝声就围过来看热闹。他们看着灯火辉煌，气派非凡的龙丰酒店，却不敢进去吃饭。在他们的印象里，卖早点的都是一些小饭馆，哪里有这么大的高档酒店！

“吃早点吗？进去吃吧！”狗蛋见围观的学生娃们不敢进去吃饭，便主动问道。

“早点……多少钱？”一个学生娃手里捏着几毛钱，胆怯地问道。

“不贵！肉包子五毛，花卷馒头都是三毛！”狗蛋又说道，“你们买了一边上学一边吃，不会迟到的。”

“真的？”学生娃们不可置信地瞪大了眼睛。

“当然了，走，我带你们进去买！”狗蛋推开了龙丰酒店气派的大门，带着一群学生娃进了酒店。

“我买……一个包子。”一个学生娃伸开了手，里面是皱巴巴的五毛钱。

母亲却愣住了。

“快收钱啊，你愣着干啥呢？”父亲对母亲说了一句，就赶紧从笼屉里取出了一个热腾腾的肉包子，麻利地用报纸包了递给了那个学生娃。

母亲这才回过神来，赶紧接过了龙丰酒店的第一笔收入。

那学生娃拿着肉包子狠狠咬了一口，满嘴流油，香气四溢。其他学生娃见包子馅是诱人的鲜肉和粉条，都情不自禁地咽了一口唾沫。

“给我也来个包子！”

“给我来个花卷吧！”

几个学生娃纷纷掏出钱买了包子和花卷，成群结队地推开大门走了。

“终于开张了！”母亲手里捏着一沓毛票，长长地吁了一口气，虽然学生娃的这点钱不算什么，可毕竟是开张了。

“我再去门口喊人！”狗蛋说完就要去门口吆喝。

“这都几点了，你不去上学吗？”父亲又看了看表。

“我今天请假了。”狗蛋笑道。

“啥？你请假做啥呢？”父亲顿时竖起了眉毛。

“我怕店里忙不过来，昨天就找老师请了一天假帮你们干活。”

“胡闹！”父亲顿时沉下了脸，“你都初三了，再三四个月就考试了，咋能请假？我们就算忙不过来，也不用你帮忙！”

“是啊！你咋能因为开酒店耽误学习？”母亲也皱起了眉头，“只要你能考上中专技校，我们再苦再累也没啥！”

“你就算请了假，也只能‘打老猴’，给我们帮不上啥忙！”东子笑道。

“打老猴”的意思就是在一边干看着，帮不了什么实质的忙。

“刚才这几个学生娃不就是我喊进来的吗？我还能端盘子呢！”狗蛋却说道，“你们不用担心，今天没有什么重要课，我完了看看书就行。”

“好吧，既然请了假就给我们帮一天吧！”父亲叹道，“以后可不许再请假！”

“嗯，那我去喊人了！”狗蛋便高兴地出去，又站在龙丰酒店的门口大声吆喝起来，“卖早点咯！吃早点的快来啊！热腾腾的肉包子，还有花卷和稀饭！”

“包子花卷多少钱？”几个学生娃围了过来。

“肉包子五毛，花卷三毛，赶紧进去买，迟了就卖光了！”狗蛋推开了大门，学生娃就争先恐后地进去买包子花卷。

“买早点咯！包子花卷，还有凉面、清汤羊肉！”狗蛋喊得更起劲了。

“清汤羊肉多少钱？”忽然一个骑自行车的中年男人停了下来，他提着一个人造革包，一看就是跑买卖的老板。

“这个……”狗蛋愣住了，他其实是随口乱喊的，他压根不知道父亲早上有没有准备清汤羊肉，自然就更不知道价格了。

“您先请进，我给您问问！”狗蛋赶紧说道。他想先把客人请进去再说，即便没有清汤羊肉，也可以介绍他吃别的。

“好！”中年男人就锁好了自行车，跟着狗蛋进了酒店。

“爸，这个叔叔要吃清汤羊肉呢，多少钱？”狗蛋给父亲挤了挤眼睛。

“啥？清汤羊肉？哦，有呢，有呢！就是做起来麻烦些，要稍微等一等！”父亲自然也不肯放过吃饭的客人。

“多少钱？”那中年男人又问道。

“三块！”父亲想了一下，就给清汤羊肉定了价。

“那来一碗！”中年男人便把人造革皮包扔在桌子上坐了下来。

父亲赶紧拿出了昨天做酒席剩下的羊腿削了半碗肉。昨天煮羊肉的汤还有一大锅，而且是煮了一整只羊的全羊汤，非常鲜美。

父亲在灶上坐了锅，烧开了羊肉汤，下了羊肉和粉条，不到 5 分钟就做好了一碗清汤羊肉，汤肥肉烂，让人看了不禁流口水。

狗蛋把清汤羊肉端上桌，那中年男人看着飘着油花的清汤羊肉，顿时两眼放光地说道：“再来两个馒头！”

“好！”狗蛋赶紧给中年男人端来了馒头。

中年男人狼吞虎咽地吃了起来，烫得直吸溜。不一会儿，男人吃完了清汤羊肉，咂巴着嘴，意犹未尽，就从人造革皮包里掏出一张百元大钞，拍在了桌子上说道：“再来一碗！”

父亲赶紧又给那人做了一碗清汤羊肉，这次的肉比上次的还多。母亲就赶紧拿着那张百元大钞出去换钱。可大清早的，商店都没有开门。

父亲母亲完全没有想到有人会在大清早拿着百元大钞来吃饭，他们原本以为今天最多就收点毛票，所以就没有准备零钱。

母亲拿着百元大钞回来，就见那个中年男人又吃完了一大碗清汤羊肉和两个馒头，打着饱嗝等着找钱。

“那个……您没有零钱吗？”母亲不好意思地问那人。

“昨天刚从银行贷到款，全是整钱，哪有零钱？”中年男人拉开人造革皮包的拉链，就见里面全是一沓一沓的百元大钞，目测起码有四五万。

母亲为难地皱起了眉头说道：“大哥，要不……你下午了再来一趟，我们现在没有零钱，给您找不开。”

“那就不用找了！”中年男人大手一挥，“我姓金，是前面金祥农副产品收购公司的老板，你们记住我，下午来吃饭的时候再一起算！”

“行，谢谢！”母亲赶紧道谢。

“你们家的清汤羊肉着实不错，以后我天天来吃！”姓金的老板剔着牙走出了龙丰酒店的大门。

“金老板，这酒店里头卖的啥？”门口几个男人停好了自行车问金老板。

“清汤羊肉，香得很！赶紧去，才三块！”金老板笑道。

“啥？才三块？”几个男人就走了进来叫道，“来几碗清汤羊肉，弄肥些！”

“好，好！”父亲赶紧去做清汤羊肉。

这时，门口停下了两辆汽车，就见王福恭带着七八个人下车走进酒店，说道：“四爷，生意不错嘛，赶紧给我们弄点饭，我们吃了要赶一天的路呢！”

父亲忙着做清汤羊肉，顾不上招呼王福恭，母亲就赶紧问道：“你们想吃啥呢？”

“有啥吃啥，你们咋连个价目表菜谱啥的都没有呢？”王福恭左右看了看说道，“四爷，你也是在金城友谊饭店里学习过的大厨，要把大酒店的那一套弄起来嘛，得上档次才行，光卖个早点能赚啥钱？”

父亲顾不上回答王福恭，在后堂烧了一大锅羊肉汤，母亲就带着两个大妈赶紧从羊腿上削肉。不一会儿，十几碗清汤羊肉做好了，东子和狗蛋就用木头托盘端了出去。

“味道真不错！四爷，你这清汤羊肉多少钱？”王福恭吃得赞不绝口。

“三块。”父亲这才用围裙擦着手，过来和王福恭说话。

“啥？才三块？这一碗清汤羊肉，别说金城，就算是在市里起码也得卖六七块！”王福恭说道，“不行，你得涨价！”

“没事，我卖三块也有赚的呢！”父亲笑道。

“你的目光还是太短浅！”王福恭叹道，“你现在是生意人，是老板，不能光想着你自己。你不仅要自己赚钱，还要做大做强，让大家来你这里上班挣工资，你要带着大家共同富裕，这才是国家让你们先富起来的根本用意啊！”

“我自己先富起来了再说吧！”父亲不好意思地笑道。

“你有机会还是要多出去看看，眼光得放长远一些才行。”吃过了清汤羊肉，王福恭站起来问道，“我们总共多少钱？”

“啥钱不钱的！”父亲赶紧出来说道，“你到我这里来吃饭，哪里能要钱？”

“你这简直是胡闹！”王福恭顿时生气地说道，“这不是我到你家里去做客吃饭，而是来你店里消费，咋能不要钱呢？你要搞清楚，你现在是生意人！再说了，我这是出差，吃饭公家报销着呢，你和我客气啥？”

“哦，要是报销那我就收钱！”父亲笑道。

“赵秘书，你打个条子，以后单位吃饭就尽量来这里。”王福恭又吩咐。

“是！”王福恭的秘书就给父亲打了一个条子。

“四爷，我们先走了，你月底了来找赵秘书结账！”王福恭给父亲打了个招呼，就坐着车走了。

“这上头写的啥？”母亲把条子给了狗蛋。

“今欠龙丰酒店早餐，清汤羊肉八碗，馒头十六个，共计金额二十八块八角。”狗蛋念道。

“一下子就卖了二十多？”母亲不可置信地问道，“这白条条……能领到钱吗？”

“你胡说啥呢？王福恭都说了话，还能领不到钱？”父亲白了一眼母亲。

“卖的啥？”此时又进来了一群人。

“啥都有呢！馒头、花卷、稀饭、凉面、清汤羊肉。”狗蛋赶紧开始了店小二的工作。

“好，那就给我们每人来一碗清汤羊肉！”进来的人看着前面的几个人喝着肥肥的羊肉汤，咽着唾沫说道。

“这……”父亲却为难地说道，“不好意思，我们的清汤羊肉卖完了。”

昨天做席剩下的羊腿上并没有多少肉，刚才已经被剔得干干净净的。

“啥？卖完了？”来人郁闷地皱起了眉头，“那羊肉汤还有没有？来几碗。”

“有，给你们算一块钱一碗吧！”父亲赶紧去烧了羊肉汤，又把没有什么肉的骨头剁碎盛在碗里，让狗蛋端给客人。

“有骨头也不错，我最爱啃骨头了！”

“骨头比肉还香呢！”

客人们喝着羊肉汤，啃着骨头赞不绝口。

“卖的啥？”一帮客人又推门进来。

改革开放如火如荼，即便是腾格里沙漠边的沙城县也发生了翻天覆地的变化。尤其是这一两年沙城县开始大力种植黑瓜子，大家手里都有了钱。可大家挣了钱却没有地方去花钱，就导致市场不流通，如同一潭死水，这便是国家大力发展第三产业的重要原因之一。

以往，沙城县的人都没有在街上吃早点的习惯，后来也只是吃牛肉面和臊子面，现在狗蛋家的龙丰酒店卖起了高级的清汤羊肉，马上就引起了大家的注意。

八点多的时候，龙丰酒店的门口停满了自行车，进来出去的人熙熙攘攘，比交流会还热闹。

十点多的时候，父亲母亲准备的所有早点全都卖光了，连那一大锅羊肉汤也一元一碗卖得干干净净，可酒店里还围着好多客人。

“对不起，我们早上的饭卖光了，你们中午再来吧！”父亲来不及跟客人们多解释，就骑着自行车去市场买肉买菜。母亲就带着两个大妈收拾碗筷，他们一早上光顾着招呼客人吃饭，压根就没有时间洗碗。幸亏水利局食堂里有两百套餐具，不然今天的碗都不够用。

东子带着狗蛋开始压面，水利局的食堂去年买了一台压面机，现在也成了龙丰酒店的财产，母亲不敢操作这个“轰隆隆”转的机器，父亲就给东子教了压面的方法。

东子熟练地在大铝盆里和了面，放在压面机上压，狗蛋便新奇地站在一边“打老猴”。

中午吃饭的客人肯定不少，母亲就焖了一大锅米饭。

十一点半的时候，父亲骑着自行车回来了，他的自行车后捎架上挂着两个大筐，里面都是肉和菜。东子、狗蛋把肉菜搬进后堂，父亲就赶紧做了一大锅烩菜。这种烩菜父亲已经做了十几年，不仅速度快，味道还非常好。

而中午吃饭的客人早就熙熙攘攘地走进龙丰酒店。

“卖的啥饭？”客人们东张西望，寻找着墙上的菜单价目表。父亲和母亲不识字，所以压根就没有想到弄什么价目表。他们把龙丰酒店当成了一个小饭馆来经营，难怪王福恭要批评父亲目光短浅。

“中午卖的是炒面和烩菜米饭。”狗蛋就招呼客人。

“多少钱？”

“都是一块五。”

“那行，给我们每人来一碗炒面！”客人们坐了下来。

东子把压好的面条下到锅里，父亲就开始架锅炒菜。面条煮熟后，东子将面过了凉水，然后倒进父亲的大炒锅里，父亲快速地翻着勺，很快就把炒面炒好盛在盘子里，狗蛋把香喷喷的炒面端到了客人桌子上。母亲和两个大妈给吃烩菜米饭的客人盛饭、浇菜，连带着收钱。

一直忙到下午三点，中午吃饭的客人才陆陆续续走了，所有人都累得筋疲力尽。

“狗蛋，你看着些，有客人来就说没饭了，我们赶紧去睡一会儿！”父亲摘下围裙，带着母亲、东子和两个大妈去宿舍里休息。

狗蛋只是端饭收碗，没有干什么活却也累得够呛，他就趴在桌子上打瞌睡。

零零星星还有客人来吃饭，狗蛋就只能给他们卖烩菜米饭，到下午五点的时候，烩菜米饭也卖光了。

大家睡了一会儿就又精神抖擞，赶紧焖了米饭，压了面，切好菜，准备下午饭。

这时，早上吃清汤羊肉的金老板又来了，他进门就着急地说道："赶紧给我炒几个菜，我要招呼南方的老板！把最好的菜炒上，不要想着给我省钱！"

"好！"父亲就赶紧准备。

不一会儿，父亲就变戏法似的炒好了一桌子菜，蒜薹炒肉、西红柿炒蛋、醋熘洋芋丝……虽然都是一些家常菜，父亲却做得十分精致。他长期给人家做席炒菜，做这几道菜就是小菜一碟。

不一会儿，金老板的客人来了，果然是几个操着南方口音的老板。

父亲把他们招呼到靠墙的一个桌子上，拉开了几个折叠的屏风，形成一个半封闭的雅座。

"上两瓶你们酒店最好的酒！"金老板大手一挥。

"酒？我们这里没有酒。"父亲一愣。

"没有酒叫啥酒店？赶紧去买啊，要最好的陇南春！"金老板说道。

"是！"父亲赶紧打发狗蛋去附近的商店里买来了两瓶最贵的"陇南春"酒。

还没有把金老板他们招呼明白，龙丰酒店的门口又停了一溜驴车，十来个农民涌进了大门，他们刚在粮站卖完了粮食，就到城里最豪华的酒店"下馆子"，吃一碗饭再出城。

下午七点，龙丰酒店的饭厅里人满为患，母亲坐在出饭口的三屉桌前收钱，忙得不可开交。抽屉里的钱早就装不下了，母亲完全没有时间去整理钱，忙得不可开交。

虽然大家准备了很多食材，可到了晚上八点的时候，所有的饭菜就都卖光了。母亲只得不断地对新来的客人说："不好意思，饭卖完了。"

金老板他们在雅座里吆五喝六地喝起了酒，一直喝到晚上九点，金老板才醉醺醺来到了桌子前结账。

"一共是一百一十三块……"母亲不好意思地说道，仿佛做错了什么事，"关键是酒贵，一瓶陇南春就是二十五，两瓶就是五十。"

“啥？你们的酒居然和商店里一个价啊！你们不挣钱的吗？”金老板斜着醉眼问道。

“我们……只是去商店里买了来，咋好意思挣您的钱呢！”父亲笑道。

“你们这叫做生意吗？”金老板摆了摆手说道，“你们把酒买来就是商品，再卖给别人就得赚钱，懂不懂？”

“那一瓶酒上您就多给一块钱吧！”父亲看着金老板非要多给钱，就以为他喝醉了。

“啥？才赚一块？你真是死脑筋！”金老板郁闷地说道，“二十五块的陇南春，你起码得卖三十，赚五块才行！”

“行，您说多少就多少！”父亲笑道。

“我给你教了这么多生意经，这也是商品，起码值十块！嗝！”金老板打了一个酒嗝说道，“所以我的这两瓶酒，你今天就不能赚钱了！”

“好吧，都依您！”父亲母亲都笑了。

“啪！”金老板拍下了两张百元大钞，“不找了，留着明天来继续吃！”

“您早上就给了一百呢！”母亲提醒金老板。

“哦？你看我这脑子……”金老板拍了拍脑门，却又无所谓地说道，“算了算了，反正以后得天天来吃，钱就先放着吧！”

“好，那您走好！”父亲拉开了大门，把金老板一行送出了酒店。

客人走完，大家便赶紧打扫卫生，洗锅抹灶，当把所有的东西都收拾好时，已经是晚上十二点了。

“王老板，你这活我们可干不了！”

“是啊，这也太累了！”

两个帮忙的大妈累得精疲力尽，想要辞职。

“张嫂，李嫂，你们别走，我给你们发双倍的工资！”父亲赶紧说道，“你们再有相熟的人明天叫几个来，大家就不这么累了！”

“好吧。”两个大妈这才打着哈欠走了。

狗蛋一家锁了酒店的门开始数钱，四个人数了半天才数清楚，今天的营业额居然有八百多元，就算除掉金老板预付的一百多元，也差不多有七百元。一家人都惊呆了。

“一天七百元，一个月岂不是……两万元？”母亲一脸茫然地算着。

“我算了一下，除掉成本咋都有三成的利润，照这样，我们一月差不多就能挣七千元，一年可就是八九万元啊！”父亲感觉像是在做梦，他从来没有一下子赚过这么多钱。

“这么说我们不用半年就能把借的账都还上了！”东子笑道。

“以后再也没有人说我们穷了！”狗蛋也兴奋地笑道。

“赶紧睡觉，明天早上起来多准备些早点！”父亲小心翼翼地把一大把钱锁进抽屉，一家人就去睡觉了，可谁都兴奋得睡不着。

## 第22章　春潮带雨来

第二天中午，狗蛋放学回到龙丰酒店就被眼前的场景惊呆了。

只见酒店门前停满了自行车，四周还有几辆汽车和好几辆驴车，许多客人就端着碗蹲在门口的台阶上吃饭。

狗蛋费力地挤进酒店饭厅，发现里面好多人。客人们在出饭口排着长队，母亲紧张地收钱，父亲和东子带着几个大妈在后堂忙得不可开交。

父亲不管外面有多少吃炒面的客人，直接炒好一大锅面，和东子把锅抬到出饭口，给排着队的客人盛面。

看到狗蛋放学，父亲飞快地给他挖了一盘炒面说道：“吃了赶紧去学习！”

“哦。”狗蛋吃完饭，又费力地挤出人群，去父亲宿舍里学习。

下午，龙丰酒店里吃饭的客人更多了，队伍都排到了门外面。

就这样，狗蛋家的饭馆一炮打响！虽然接下来的日子里客人没有那么多，可龙丰酒店每天的营业额却在稳步上涨，而且在金老板的带动下，每天下午来龙丰酒店里聚餐的客人越来越多，他们吃一桌可就是一百多块钱。

父亲就用屏风隔出几个靠墙的座位，设置成雅座，专门让聚餐的客人坐。

龙丰酒店还承接起了红白喜事的酒席。当年水利局设计修建新食堂的时候，是按照二百人同时就餐的规模设计的，所以龙丰酒店里的桌椅餐具非常齐全，承办酒席完全没有问题。

以前遇到婚丧嫁娶，沙城县的人们都是在家里做席待客，不仅麻烦还没有档次。现在大家兜里都有了钱，就在龙丰酒店里办酒席，既省事又大气。

一时间，龙丰酒店的酒席排得满满的。

承接一次酒席父亲能赚几千块，他很快成了沙城县妇孺皆知的大老板，不到半年就还掉了所有的欠账。

龙丰酒店的成功得益于国家的好政策和水利局给的优厚条件，但最关键的因素还是人。父亲要是没有精湛的厨艺，没有一身吃苦的精神，每天哪能招呼过来几百个客人，哪能挣到钱呢！

父亲母亲虽然每天起早贪黑，可兜里有了钱，整天都是喜笑颜开。秋天他们又迎来了一个喜讯：狗蛋考上了技校。

这年的中考竞争依旧激烈，因为好多人给孩子买了户口，大家都希望孩子能考上中专技校，早点出来工作给家里赚钱，所以报考中专技校的人特别多。

考中专的时候，狗蛋因为一些原因没有发挥好，名落孙山。好在考技校的时候狗蛋超常发挥，分数考得很高。

狗蛋有些不甘心，他本来想考个师范类的中专将来当个老师，可命运偏偏捉弄他，让他考上了技校。技校毕业后就会被分配去当工人，狗蛋从小干活就不行，他知道自己当工人肯定当不好。

可父亲和母亲却欢天喜地，心满意足。

“你一个农民的娃能当工人就不错了，起码能吃碗公家饭啊！”母亲说道。

“是啊，有口饭吃就赶紧去吧！”父亲叹道，“等你当上工人还可以函授进修，一样能当干部。”

“你们都是老思想！”东子却表示反对，“王谦已学习这么好，就不应该让他上技校当工人，我们家现在又不是没钱，应该让王谦已继续上高中，将来考大学！”

“大学可不是好考的！”母亲叹道，“我听说高中学的东西难得很，只有知识分子家的娃娃才能考上大学，我们一个农民家庭的娃娃咋可能考上大学？”

“你自己连个技校都考不上，白白浪费了我的一万块钱，还看不上技校？”

父亲白了一眼东子。

“我……”东子只好低头不语。

狗蛋的命运就这样被决定了，开学的时候，他就背着铺盖卷去了遥远的地方上学。放了寒假回来，狗蛋就在龙丰酒店里帮忙干活，他发现酒店的生意没有刚开业那么好了。

父亲的成功极大地刺激了沙城县的人们，酒店、饭馆如同雨后春笋般在大街小巷开了起来。就连赵股长也“停薪留职”，“下海”开了一家饭馆。饭馆一多，竞争自然激烈，龙丰酒店的营业额便慢慢下滑了。

不过，龙丰酒店依旧是沙城县餐饮界的龙头老大，好多饭馆规模都不大，没有办法承办酒席，龙丰酒店单是承办酒席这一项就顶小饭馆一年的收入。

父亲兜里有了一些积蓄，心里也不着急，便踏踏实实地开着酒店，即便生意差一点他也无所谓，相比以前的日子，现在的生活已经很美满了。

东子却越来越不满。

“爸，今天的营业额又比昨天少了！”这天晚上，东子数完了抽屉里的钱没好气地说道，“还没有刚开业的一半多。”

“要是天天像开业那么挣钱，岂不成百万富翁了？”父亲瞪了一眼东子。

“您也不想想办法，就打算这么混下去？”东子毫不客气地说道。

“啥叫个混？”父亲顿时生气了，“以前整个沙城县就我们一家酒店，现在大大小小开了几十家，我们生意淡也是正常的，你本事大了想个办法出来。”

“我当然有办法，就怕您不同意！”东子说道。

“啥办法？”父亲瞥了一眼东子。

“我们酒店的生意之所以不行，是因为没有装修！”东子皱起了眉头说道。

“装修？这食堂修起来没几年，所有东西不都好好的吗，还装修个啥？”父亲看着龙丰酒店宽敞的饭厅不解地问道。

“我们的酒店虽然大，利用率却不高，我想把饭厅分出一半来，装修成一间一间的包厢，让聚餐的客人坐在里面，不要和散客搅在一起。”东子说出了自己的想法。

“不是用屏风挡出雅座了吗？”父亲看着用屏风隔开的几个简易雅座说道。这些屏风是水利局食堂原本就有的，以前接待一些重要的领导干部，就用屏风隔出一个相对封闭的空间。

“你这个屏风根本不顶事！”东子又说道，“聚餐的客人，肯定要在酒桌上说一些重要的事情，你随便挡几个屏风，他们说话还是不方便，赵股长的饭馆虽然不大，却全装修成了包厢，几乎不接待散客。”

“你咋拿我和他比呢？”父亲一听赵股长就生气。

“赵股长做生意头脑比你灵活！”东子又没好气地说道，“他的饭馆里每天都坐满了人，金老板他们最近都去他的饭馆里吃饭了！”

“这……”父亲愣住了，金老板那些做生意的老板，的确是有日子没来龙丰酒店里喝酒招待人了。

“还有，我们酒店的价格定得也太低了，赵股长的饭馆里一瓶酒起码赚十块，菜的价格也比我们贵，他们人不咋累，赚的钱还比我们多……”

“放屁！”父亲打断了东子骂道，“你好的不学，咋跟着他学起歪门邪道了？我们开酒店第一要紧的是饭菜质量和数量，第二要紧的就是诚信，搞那些虚头巴脑的有什么用！”

“要是没用，赵股长饭馆的生意咋比我们的好？”东子脖子一拧犟起了嘴。

“哼！他好他的，我差我的，迟早有一天他倒了，我还好好的呢，不信你看着！”父亲冷哼道。

“你就是死脑筋，就知道死受苦，不知道接受新的经营理念！”东子气愤地说道，“你要是不转变思想，迟早会被别人的饭馆挤倒闭的！”

“啥？你居然教训起我了？不想干就滚！”父亲勃然大怒，瞪着眼睛大骂东子。

“滚就滚！”东子瞪了父亲一眼，扭头就出了龙丰酒店。

母亲和狗蛋赶紧追出去，东子早就没有了人影。

“你干啥呢？儿子撵出去不要了？”母亲回来郁闷地对父亲说道。

“你没听见他教训我吗？”父亲没好气地说道。

“东子说的有道理呢，我们酒店生意是越来越差了，的确不如赵股长的小饭馆。”母亲说道。

“就算酒店倒闭，我也不会像他那样弄虚作假，坑蒙拐骗！”父亲眼睛一瞪。

“就算东子说得不对，可也是为了酒店好，为了这个家好，你咋能把他赶出去呢？他都二十一了！”母亲叹道。

“就算九十一，我也是他爸！还反了他了。”父亲在家里从来都是一言九鼎，今天居然被东子说死脑筋，不会经营酒店，所以非常生气。

冰冻三尺非一日之寒，在狗蛋上学的这半年时间里，父亲和东子因为酒店的经营问题产生很大的分歧，矛盾愈演愈烈。东子认为父亲应该和其他饭馆那样，花钱打几个包厢提高档次，然后把饭菜的价格也提高一些，将酒店做大做强，一直保持龙头老大的位置。不然可就不是生意差的问题，如果将来有人再投资一个更大的酒店，龙丰酒店恐怕就要倒闭。东子也是未雨绸缪，才提出了自己的担心。

可父亲却坚持以诚信为本，只想踏踏实实地安于现状，不肯开拓进取。而且，赵股长的那种做法是父亲所不齿的，他从来都是靠本事挣钱吃饭，坚决不弄虚作假和坑蒙拐骗。

归根结底，父亲还是个农民。他虽然比一般农民见识多一些，可骨子里还是“老婆孩子热炕头”的小农思想。可东子有文化、有想法、有远见，关键是有野心！他不肯安于现状，他要挣更多的钱。这才是他们父子矛盾的根源。

东子一去不回，过了好几天才趁父亲买菜的时候悄悄到龙丰酒店来看母亲和狗蛋。

“你这几天去哪里了？吃的啥？睡在哪里？”母亲担心地拉住东子问道。

“我都好着呢，你不用担心。”东子淡定地说道。

“你爸也是在气头上，所以才说了你几句，你别在意，一会他回来你认个错就没事了！”母亲又劝起了东子。

“我不回来了，我还有事。”东子说着就要走。

“你有啥事？”母亲又拉住了东子的手。

“我的事你不要管，我闲了再来看你们。”东子松开了母亲的手走了。

母亲跟了出去，东子又没影了，她只好倚在门边抹眼泪。

过了不久，东子在离龙丰酒店不远的地方租了一间门面，开了一家游戏厅，里面都是带摇杆的街机。在那个年代，这种游戏机是最流行，最前卫，最赚钱的。东子的游戏厅是沙城县的第一家，所以生意非常火爆。

这天，狗蛋到游戏厅去看东子，就见不大的房间里拉了一道帘子，将房间一分为二。外间摆着好多台游戏机，有《恐龙岛》《三国志》《街头霸王》……游戏机边就围满了孩子。

帘子里面是一张床和桌子，东子在床上睡觉，一个漂亮的姑娘就在桌子前卖游戏币。

“你要买牌子吗？”姑娘疑惑地问探头探脑的狗蛋，那时候把游戏币叫“牌子”。

“我……找我哥。”狗蛋笑着指了指床上睡觉的东子。

“你……你是王谦已？”姑娘赶紧站起来笑道。

“嗯，是我。”狗蛋笑道。

“东子经常和我说起你，快坐！”姑娘拉出一个凳子让狗蛋进了里间坐下，然后叫醒了睡觉的东子。

“你咋来了？”东子眼睛红红的，他为了筹备开游戏厅，熬了好几夜都没有睡觉。

“我来看看你，妈说……晚上也来看你。”狗蛋看了看一边那姑娘，不好意思多说家里的事情。

“我都好着呢，你们不用担心……这是你嫂子，叫孔小凤。”东子给狗蛋介绍那姑娘。

“嫂子好！”狗蛋赶紧站起来，老实地叫道。

孔小凤顿时红了脸，抬手打了东子一拳，嗔怪道：“你胡说啥？啥都没有，哪里就……嫂子了？”

虽然孔小凤否认她和东子的关系，可狗蛋看到不大的里间里除了桌凳床铺，还有炉子、案板、锅灶、碗筷……显然，东子和孔小凤已经在这里过起了日子。

“行了，没事你就回吧，好好上学，没钱花了来找我！”东子没有理会孔小凤，而是对狗蛋说道。

“哥，你哪里来的钱开游戏厅？”狗蛋好奇地问东子。

“借的。”

“问谁借的？”

“问她爹借的。”东子指了指孔小凤，孔小凤就又不好意思地红了脸。

狗蛋这才发现东子不是在开玩笑，这个孔小凤真的会成为自己的嫂子。

东子开的游戏厅生意越来越火爆，而龙丰酒店的生意却一直在下滑。

酒店里的散客其实一点都没有少，少的是金老板那些吃炒菜喝酒的客人。

父亲却一点都不着急，酒店生意淡下来，他不那么忙了，就研究起了左工给他建议的沙珍特产：沙葱、沙米、沙秆……这些饥荒年救命的野菜在父亲的手里变成了美味的沙珍美食，比肉还好吃。尔后，龙丰酒店里就卖起了沙葱炒鸡蛋、沙米凉粉、羊肉沙米面条……这些极具特色的沙珍美食很快就在沙城县流行开来。

金老板他们又来到龙丰酒店里招待人，南方老板到了沙城县怎么能不尝尝腾格里沙漠的沙珍美食呢？龙丰酒店的生意又好起来，赵股长的小饭馆就马上跟风，也卖起了沙珍野菜。可他们却做不好这些沙珍野菜。比如腌制的沙葱和沙秆，他们怎么做都没有父亲腌制的那么翠绿，味道更是天壤之别。简简单单的一碗羊肉沙米面条，龙丰酒店的味道和其他饭馆的完全不一样。沙米凉粉就更不用说了，其他饭馆的沙米凉粉用筷子一夹就碎，而龙丰酒店的沙米凉粉不仅筋道，味道还十分纯正。

父亲在认认真真地做饭，而赵股长他们是在挖空心思地赚钱，但谁要是想吃最正宗的沙珍，就必须到龙丰酒店。赵股长他们没有办法，只好厚着脸皮来找父亲，想批发了父亲的腌制沙葱和沙米凉粉去他们的饭馆里卖。

父亲爽快答应，并且说可以送货上门。于是，沙城县的所有酒店饭馆都不再尝试做沙珍了，客人如果点了沙珍，他们只需要一个电话，不出十分钟父亲就会骑着自行车把沙珍送过来。

父亲给他们的价格很低，其他饭馆即便按龙丰酒店的定价卖沙珍也能赚不少钱。

龙丰酒店里虽然聚餐的人不多，可整个沙城县酒桌上的沙珍都是龙丰酒店在供应，再加上承办酒席的收入，龙丰酒店依旧是沙城县餐饮界的龙头老大。

父亲踏踏实实、认认真真地做好每一碗饭，每一道菜，他没有按照东子的新理念去做大做强龙丰酒店，可他依旧是沙城县里最优秀的酒店老板。

过年的时候，东子终于回家来了。他带着孔小凤，穿着新衣服，提着两瓶“西凤酒”。“西凤酒”可是高级货，连金老板都喝不起。

“买这么贵的酒做啥？”父亲冷冷地看了一眼东子。

东子默然低头，没有说话，孔小凤挽着东子的胳膊赶紧打圆场笑道：“叔，这酒不是东子买的，是我给您买的！”

“啥？这……这咋好意思？”父亲马上来了个一百八十度的大转弯，满脸堆笑地对孔小凤说道。

“小孔，都是自家人，以后可别再买这么贵的酒了！”母亲亲热地拉起孔小凤的手笑道，“你爸妈身体都好着吧？”

“好着呢，他们去乡下过年了，游戏厅过年正是忙的时候，我就没有跟他们回去，就来你们家蹭饭了！”孔小凤大方地笑道。

“这孩子，啥蹭不蹭的，你能来，我和你叔高兴都来不及呢，赶紧坐下吃饭！”母亲拉着孔小凤坐下。

狗蛋家今年的年夜饭就摆在龙丰酒店的饭厅里。

一进腊月，龙丰酒店承办的酒席就没有断过，一直到腊月二十八才结束。父亲母亲又做了很多卤肉、发菜卷、糟肉等年货，摆在龙丰酒店的门口卖，卖到三十后晌才结束，一家人就在酒店里过年。

那院新房子盖起来后，他们就没有怎么住过。

“小孔，随便吃，别客气啊！”母亲殷勤地给孔小凤夹了一碗菜。

“妈，你想胀死她啊？”东子郁闷地说道。

“你妈这是关心小孔呢，你咋咋呼呼啥？”父亲瞪了一眼东子，又马上笑眯眯地转头对孔小凤说道，“小孔，东子要是敢欺负你，你就给我说，我收拾他！”

“东子对我挺好的。”孔小凤笑道，“你们别看他平常凶巴巴的，其实我一厉害，他就怂了！”

“这还差不多。”父亲这才欣慰地点头。

“小孔，你和东子的事情……给你爹妈说了没？”母亲又问孔小凤。

“年前东子就去我们家说了……”孔小凤低头，红着脸说道，“我爹说……让你们过完年就赶紧来提亲！”

“真的？”母亲惊喜地叫道。

“我们初二就去你们家拜年，顺便正式提亲！”父亲也是大喜，“过完年就赶紧给你们办事！”

“行。”孔小凤低头笑着，羞红了脸，东子却懒洋洋地吃着饭，面无表情。

吃过饭，母亲和孔小凤去后堂洗碗，狗蛋就打开了“西凤酒”给父亲倒上。

“给你们也倒上吧，你们现在也都是大人了，逢年过节也喝几杯。”父亲淡淡地说道。

“好。”狗蛋就给东子和自己也倒上了酒。

“爸！我祝您身体健康，万事如意，生意兴隆，财源广进！”狗蛋举起酒杯说了一大堆祝福语，努力缓和着父亲和东子之间沉闷的气氛。

“嗯。”父亲却只嗯了一声，举起酒杯一饮而尽。

“哥，我也祝你生意兴隆，万事如意，早点结婚给我生个侄儿！”狗蛋又举起了酒杯敬东子。

“嗯。”东子也只是嗯了一句，和父亲一样举起酒杯一饮而尽。

狗蛋只好也喝了一杯，父子三人就闷头喝酒。

“你那游戏厅……咋样？”父亲瞥了一眼东子。

“还行，一个月……也有一两千。”东子答道。

“那不是个长久的营生。”父亲冷冷地说道。

“我知道……”东子低头，“我打算秋天开个场子搞收购，最近正在跑贷款。”

“放着亲爸不借，贷的啥款？”父亲瞪了一眼东子。

“我……”东子语塞，掏出一盒烟要抽，可看了一眼父亲又装进了裤兜。

“需要多少？”父亲又喝了一杯酒。

“起码得十万才能转得开吧。”东子皱起了眉头叹道。

“完了让你妈拿着折子带你去取。”父亲淡淡地说道。

“这……”东子抬头，愣怔怔地看着父亲，他忽然发现父亲鬓角已经有了白发。

东子低下了头说道：“爸，等我周转开了，就马上把钱还给您。”

“废话，你当然得给我还了！”父亲没好气地说道，“你翻过年结了婚，我们可就是两家人了，我的钱还得存着给王谦已上学成家呢，我这个当爸的可得一碗水端平！”

“爸！没事，你把钱都给了哥也行呢！”狗蛋见父亲和东子的关系开始解冻，便赶紧趁热打铁地笑道，“从小到大，家里的活就是哥干得多，我啥都不会干，而且我上学也比哥多花了不少钱呢！”

“听听，王谦己多懂事，哪像你这个倔驴！”父亲又瞪了东子一眼。

东子却闷头喝酒，一言不发。

“小孔这丫头对你这么好，你可要好好待人家，别整天臭着一张脸，你又是啥了不起的东西？”父亲又说道。

“知道了。”东子不耐烦地说道。

“叔，你们聊啥呢？”孔小凤和母亲洗完碗，过来坐下问道。

“没，没说啥！”父亲赶紧换上了笑脸。

“小孔，这是我和你叔给你的压岁钱！”母亲从怀里掏出了一个红纸包。

“谢谢阿姨！”孔小凤大方地收下了红包，又掏出了自己的钱包，取了一张百元大钞对狗蛋说道，“王谦己，这是我给你的压岁钱！”

“谢谢！谢谢孔姐！”狗蛋喜笑颜开地接过了钱。

“啥孔姐？叫嫂子！”母亲瞪了一眼狗蛋。

“哦，谢谢嫂子！”狗蛋站起来认认真真地给孔小凤鞠了一个躬。

“阿姨，你咋和东子一样。”孔小凤的脸又羞红了。

过完年，父亲母亲就去孔小凤家给东子提了亲。

狗蛋再放暑假的时候东子就结婚了，一辆小轿车把孔小凤娶进了新家的那间带碧纱橱的“书房”。

秋天，东子的“东辉农资商贸公司”也热热闹闹地开业了。有了父亲的资金支持，东子腰杆便硬了，就大张旗鼓地贩卖农资，收购农副产品。他的脑子灵活，朋友也多，又能吃苦，生意就越做越大。

第二年秋天的时候，狗蛋从技校毕业了。学校一时半会儿还不能分配工作，狗蛋就回龙丰酒店帮父亲干活。

龙丰酒店开了三年，早就没有了昔日的辉煌，变得陈旧沧桑。沙城县如雨后春笋般开起来了很多大酒店，每一家都比龙丰酒店更大更漂亮。

不过，龙丰酒店的生意却一直很稳定。尤其是沙珍特色美食是沙城县一绝。外面的客人到了沙城县，都要闻名来龙丰酒店里尝尝最地道的腾格里沙漠特色美食。龙丰酒店就有了一种厚重的文化积淀，成了沙城县的一种符号和标志。

母亲这年不在酒店里干活，她要伺候孔小凤坐月子。

孔小凤给东子生了一个可爱的女儿，东子让有文化的狗蛋取名，狗蛋就给小侄女取名王静，他希望家里的日子能平平静静地过下去，不要再有什么波折。

可是，生活哪里可能平平静静，要是没有艰难险阻，那就不叫生活。

小静刚出生四个月，家里就又出事了。县里出台政策，说游戏厅影响娃娃们学习，要一律取缔。东子赚了第一桶金的游戏厅就关门了，孔小凤只好抱着小静来龙丰酒店里帮忙干活。

福无双至，祸不单行，东子的公司里又出了更大的事。

这天下着瓢泼大雨，龙丰酒店里没有什么客人便早早打烊了，狗蛋正要关门，却见东子全身湿漉漉的，失魂落魄地走了进来。

“东子？你咋了？”孔小凤抱着小静，吃惊地看着东子。

“完了……全完了……”东子目光呆滞，茫然地看着家人，喃喃自语。

“出啥事了？”母亲慌慌张张地从后堂里出来。

东子却依旧默然无语。

“到底咋了嘛！”孔小凤看着东子着急地叫道，“有啥你就说，别吓我们！”

“我贩了四车蜜瓜去南方卖，结果遇到了洪水，四车瓜……都被洪水冲走了！”东子双目失神，机械地说道，“那四车瓜……值二十万，就这么……没了。”

“啥！二十万？我的妈呀，这可咋办啊！”孔小凤顿时吓得哭了起来。

“二十万？这……”母亲也绝望地坐在了椅子上，面如死灰。

“慌个啥？”父亲却阴沉着脸从后堂走了出来。

“爸！”东子跪在了父亲的脚下，崩溃大哭道，“我对不起您，我把您给我的钱……都赔光了！”

“起来！”父亲喝道，“你这个怂包样子，还是王三爷的后人吗？赔就赔了，你堂堂七尺男子汉，哭得像个啥？”

“我……”东子赶紧擦掉了泪站起身来。

“做买卖有赚就有赔！”父亲稳如泰山地坐在椅子上说道，“关键是你从哪里跌倒，就要从哪里爬起来，这才是好汉子！”

“可是……我已经……一无所有了！”东子叹道。

“不，你并不是一无所有，你还有家人，你还有我！”父亲沉声说道，“我再给你十万，你放心大胆地去闯！只要不怂，肯定能把赔的钱再挣回来！”

“爸！”东子又跪在了父亲脚下，痛哭失声。

“起来吧！”父亲扶起了东子，“老子给儿子擦屁股，天经地义，谁让我生了一个犟驴呢？”

“扑哧！”孔小凤忍不住破涕为笑，一家人也都笑了。

东子拿着父亲又给的十万资金，兢兢业业，埋头苦干，从此事业一帆风顺。没过几年，他的“东辉公司”就发展壮大成了“东辉集团”。

又过了几年，东子的东辉集团上市融资，成了千万级的大企业，是沙城县最大的民营企业。王东已的名字也家喻户晓了。

而父亲却依旧守着他的龙丰酒店，稳如泰山，荣辱不惊。

虽然父亲每年赚的钱只是东子的零头，可他永远都是东子和狗蛋最坚强的后盾，是全家人的主心骨！

# 第23章　美好的未来

狗蛋回忆着往事，开车沿着平整宽阔的公路行驶，就看到前面的无边沙海中出现了一大片绿洲。

那里曾经是狗蛋一家种过瓜的东沙窝，现在却是东辉集团的总部。

汽车开进绿洲，就见这里绿树成荫，百花争艳，生机盎然，哪里还有当年的荒凉苦寒？无数沙丘被稻草方格锁死，种植了梭梭、柠条、红柳……梭梭的根下就嫁接了被誉为“沙漠黄金”的苁蓉、锁阳等名贵中药材。

腾格里沙漠不再是难以生存的荒漠，而是创业致富的聚宝盆！

一块块绿油油的地里，玉米高大挺直，苜蓿的紫花开得正好，工人们操控着大型收割机在收割青储饲料。

一间间干净的养殖圈舍里，大黄牛在悠闲地吃草，小羊羔在自由地撒欢，工人们开着拖拉机喂养牲畜，把奶牛赶进自动挤奶机里挤奶。

一排排整齐的厂房车间里，工人们在紧张地工作。流水线上是最新研发的沙珍特产：沙樱桃汁、沙葱罐头、苁蓉锁阳酒……这些都是东辉集团的拳头产品，不仅能带来巨大的经济效益，还能带动就业。

腾格里沙漠边的好多乡亲们就在东辉集团上班，有些人在沙漠里治沙植树；有些人在养殖场里种草养牛；有些人就在沙珍深加工车间里操控机器。他们在东辉集团的帮助下，早就脱贫致富，过上了好日子。

东辉集团不仅为沙城县的经济发展贡献了巨大力量，还为乡村振兴开创了生态脱贫的新模式，带动腾格里沙漠边的乡亲们共同富裕。

狗蛋开着车和妻子女儿一起欣赏着绿洲美景，忽然却见一辆凶悍霸气的越野车从沙丘上高高跃起，冲上公路，眨眼间就飞驰到狗蛋的车前。

“吱吱吱！”越野车一个漂亮的急刹漂移，直接开到了狗蛋的车前。

狗蛋猛地刹车，差点就撞上了越野车，他气得把头伸出车窗叫道：“小兵，这个疯子！”

“哈哈！狗蛋，你咋还是这么怂？”只见小兵从越野车上跳了下来大笑。

“你咋来了？”狗蛋带着妻子女儿下车。

“我从部队退役了！”小兵笑道，“我在东子这边要了一大片沙漠，搞了一个越野探险旅游公司，专门带人横穿腾格里沙漠，报名的客人可多了，都排到一个月以后了！”

“你的确适合干这个，你要好好宣传一下我们腾格里沙漠，让更多的人来这里旅游，也能带动沙城县的经济发展呢！”狗蛋笑道。

“你们来得正好，东子又和小静吵起来了，你赶紧去劝劝吧！”小兵笑道，“他们父女俩呛起来，也就只有你能化解！”

“为了啥事？”狗蛋皱起了眉头。

“不知道，你去了问吧，我先走了！”小兵说完就开着越野车一阵风似的地走了。

狗蛋赶紧带着妻子女儿来到东子的办公室，果然就见小静双手抱在胸前，冷冷地坐在沙发上。东子坐在董事长的老板椅上，也是黑着脸，和小静对峙。

小静的性格跟东子很像，从小就十分倔强，经常和东子对着干，吵得不可开交。狗蛋一向是家里的“润滑剂”，就经常给东子小静当“裁判员”。

“你们又咋了？”狗蛋笑着问道。

“二爹，你来得正好，快来评评理！”小静一见狗蛋，就愤愤不平地说道，“我硕士毕业在大城市里签好了百万年薪的工作，他却偏偏要我回老家来帮他治沙！”

“老家咋了？老家生了你，养了你，你回来建设她不是天经地义吗？”东子眼睛一瞪。

“当年我考上大学报专业的时候，你就自作主张给我报了环境治理，现在还要我按照你安排的路走？”小静没好气地说道，“你搞清楚，我已经二十六了，不是小丫头片子了！”

“你九十六，我也是你爸，你就得听我的！”东子喝道。

“你……简直不可理喻！”小静气得转头不再理会东子。

“哥，你咋和爸当年一个样？”狗蛋笑道，“当年爸让你老老实实开龙丰酒店，你却非要出去开游戏厅，开公司，现在你咋又干涉起小静的事了？”

“我也是没有办法嘛！”东子郁闷地说道，“我们公司的生态产业这几年发展得越来越快，急缺环境治理方面的人才，我当年给小静报环境治理的专业，就是想让她回来帮我治沙，可她却非要留在大城市不回来！”

“我也不是稀罕大城市年薪百万的工作，”小静叹道，“可你们也知道，我和小宇从大学就开始谈恋爱了，感情一直很好，我们准备毕业就结婚，我要是回来治沙，我和小宇的事情可就黄了，我总不能让他也放弃年薪几百万的工作，跟着我来这腾格里沙漠治沙吧？他可是管理学博士！”

“哼！莫说博士，就算他是院士，要是不来治沙，我的女儿就不嫁给他！”东子冷哼道。

“你简直就是老顽固！老封建！都什么年代了，还干涉我的婚事！”小静气得一跺脚，转身推门而出，狗蛋赶紧跟了出来，却见门口站着一个高大帅气的小伙子。

“小宇？你怎么来了？”小静看着小伙子吃惊地问道，原来这小伙子就是她的男朋友小宇。

“我辞职了。”小宇笑道。

“什么？辞职了？”小静愕然。

“我刚才在门外都听到了，你爸说我要是不回来治沙，他就不把你嫁给我，我就只好回来帮你们治沙了！”小宇又笑道。

“这……”小静一脸尴尬。

“我就是随口一说，你可别往心里去！”东子听到了门口的对话，赶紧走出来握住了小宇的手笑道，“小宇啊，你能来可就太好了，你这个管理学大博士到我们腾格里沙漠来治沙可太委屈了！”

“没事，我虽然放弃了大城市的百万年薪，却娶了东辉集团的大小姐，算下来还是赚了呢！”小宇打趣。

“行啊！还是你小子账算得精。腾格里沙漠的治理，未来就看你们了！”狗蛋欣慰地拍了拍小宇的肩膀。

“叔，您就放心吧！我的专业虽然不是环境治理，可东辉集团现在是大型上市公司，必须要用新的观念方法来管理才行，我也有用武之地呢！”小宇笑道，“所以我在腾格里沙漠边一样能干出一番事业，实现自己的价值！”

“咋？你还没和小静结婚呢，就想夺我的权？”东子又瞪起了眼睛。

“爸！你那种家族式的粗放管理早就过时了！”小静白了一眼东子，“小宇肯用新的观念方法帮你管理公司可是天大的好事！”

“行！那腾格里沙漠的治理我就交给你们了！”东子笑道，“你们可得帮我守好这个聚宝盆，带领沙城县的乡亲们共同富裕，一起致富奔小康，全都过上好日子！”

# 后　记

狗蛋一家治沙致富的故事终于讲完了，限于题材和篇幅，结尾略显草草，实在抱歉。狗蛋的故事，其实就是根据我的真实经历改编的，当然，改编了很多，夸大了很多。但是一家人几十年的坎坷和奋斗都是真实的。

父亲招工的情节是真实的，他八岁丧父，刚结婚就丧母，是个地地道道的农民。可他硬是凭着自己的吃苦精神，彻底改变了自己的命运，也改变了一家人的命运。

其实，这部小说的主角，不是狗蛋，而是父亲。

父亲的确是沙城县水利局的厨师，也的确在金城友谊饭店里学习了两年，是沙城县首屈一指的厨师。他开发沙珍也是真实的，现在七十多岁了，还开着一家小店，卖着腌制沙葱和沙米凉粉。

左工也确有其人，连姓都是真实的。他为治理腾格里沙漠，呕心沥血，无私奉献了一辈子。退休后，左工继续研究腾格里沙漠的治理，没有经费，他就向老伴借家里的钱，还打了欠条。左工去世后，他老伴拿出了一沓欠条，令所有的人唏嘘不已……

回首这波澜壮阔的三十多年，变化是无法想象的，即便是腾格里沙漠边的一个小县城，变化也是翻天覆地，日新月异。

狗蛋一家的经历就是改革开放的一个缩影。狗蛋一家的故事就像一段音符，和无数普通人的音符汇聚在一起，奏响了中华民族伟大复兴的澎湃乐章！

最后，感谢七猫，感谢读者，感谢所有支持这本书的人。

扫码探寻 腾格里的

# 新时代愚公足迹

情系家园脱贫攻坚 生态治理信念不泯

**深研治理样板**

▼探寻腾格里的生态治理之路

**学习攻坚要领**

▼汲取荒漠化治理的攻坚智慧

**溯源绿色中国梦**

▼看见荒漠化治理的中国力量

**领略生态之美**

▼观自然奇迹，坚定环保意志

微信扫码